La dernière des stanfield

最后的
斯坦菲尔德

［法］马克·李维（Marc Levy）——著

章文——译

湖南文艺出版社
HUNAN LITERATURE AND ART PUBLISHING HOUSE

博集天卷
CS·BOOKY

Laffont/Susanna Lea Associates

献给路易、乔治、克蕾儿
献给宝玲

每一个故事都有三种版本：
你的、我的，
还有真实的版本。
大家都没有说谎。

——罗伯特·埃文斯

第一部分

陌生人的来信

一件物品如果被摔成了两半，还有没有可能被黏合？如果两个人都感觉到痛苦，那么他们在一起的时候，痛苦是会抵消还是会加倍？

1

艾琳－卢比

伦敦，二〇一六年十月

我叫艾琳－卢比·多诺万。

看见我的名字，大家应该就能猜到点什么了。我的父母都是披头士的粉丝：《艾琳－卢比》（*Eleanor Rigby*）正是保罗·麦卡特尼写过的一首歌曲。

当我试图提醒我的父亲，他的青春已然属于二十世纪的时候，他似乎还很惊讶。在二十世纪六十年代，摇滚乐爱好者俨然分为两大阵营：滚石粉和披头士粉。出于某个不可描述的原因，任何人都不可以同时对这两支乐队表达欣赏。

我父母间的第一次暧昧出现在他们十七岁的时候，地点是伦敦艾比路附近的一家酒吧。当时整个酒吧里的人都在唱《你需要的只是爱》（*All You Need Is Love*），看着电视里实况转播的披头士演唱会。全球有七亿电视观众与他们一同分享了这场演唱会所带来的悸动。这也是我父母的故事的开端。但是，几年之后，他们彼此就失去了音信。生活总是充满意外，他们直到快三十岁的时候才再次重逢。所以，我就在他们初见的十三年后出生了。不得不说，我的父母真是沉得住气的人。

我的父亲有着很好的幽默感，而且这种幽默感有着极广泛的应用范围。据说正是这一点吸引了我的母亲。当他去为我办理出生证明的时候，就情不自禁地幽默了一把：他为我选择了艾琳－卢比这个名字。

"在我们制造你的时候，就是这首歌在旁边单曲循环。"后来，他给出了这样的解释。

我对此事的细节一点都不感兴趣，也并不想去幻想这一场面。当然，我也可以向大家哭诉我有一个悲惨的童年：这当然是个谎话，还是个很大的谎话，而我本人并不擅长说谎。

像所有其他家庭一样，我们家的风格也是颇有点跳脱的。在我们家内部也分为两个帮派：赞同家庭决议的和假装赞同的。是的，所有的家人都是跳脱的，但却是欢快的，甚至有的时候还会过分欢快。无论你想严肃地探讨些什么事情，最后的结局都是会受到家人的讽刺。或者说，在我家，大家总是有轻松地对待所有事情的倾向，哪怕是那些可能会带来严重后果的事情。我的父母身上带着疯狂的基因，并把它遗传给了我、我的哥哥米歇尔（他比我早出生二十分钟）和我的妹妹玛吉。饭桌上、谈话中、聚会上，还有我们的童年里，这种疯狂的因子无处不在。

玛吉的名字来自披头士《顺其自然》（*Let it Be*）专辑 A 面的第七首歌。她有一颗饱经考验的强大心脏，一副极其强悍的性格，但在日常生活中她是一个极其自私的人。这两点之间并不矛盾，如果你真的遇到什么问题的话，她还是会陪伴在你身边。凌晨四点的时候，如果你不愿坐上两个大醉的朋友的车，就可以打电话给玛吉。她会穿着睡衣，开着爸爸那辆破旧的奥斯汀来到城市的另一头，载你那两个宿醉的朋友回家，顺便还能帮他们冲个凉。但是，早餐的时候，要是你敢从她的盘子里偷一片吐司，你的手臂肯定一辈子都会记得这种疼痛感；也不要幻想她会在冰箱里给你留下哪怕一滴牛奶。我的父母一直都把她当作家里的小公主，我也不懂他们为何要如此宝贝玛吉。妈妈对她有一种近乎病态的爱，认为自己的小女儿一定能成就一番大事业：玛吉一定能成为医生或律师，甚至是医生兼律师，她会拯救寡妇和孤儿于水火，彻底让饥饿在地球上消失……总之，她就是全家人的掌上明珠，所有人都要为她提供支持，以便让她成就自己伟大的命运。

我的双胞胎哥哥叫作米歇尔，名字来源于《橡胶灵魂》（*Rubber Soul*）A面的第七首歌……其实，那首歌叫作《蜜雪儿》（*Michelle*），显然是个女孩的名字。妈妈怀我们的时候去产检，可妇产科医生没能看见米歇尔的小鸡鸡：我们在妈妈肚子里的时候抱得太紧了，倒也怪不得医生。生产的时候，那可真是个惊喜。不过名字已经选定了，没法儿再改了。爸爸就省去了"蜜雪儿"词尾的 l 和 e，把它变成了一个男孩的名字。而米歇尔在三岁之前，都住在一个粉红色的房间里，墙上画着跟在兔子后面开心奔跑的爱丽丝。你们看，妇产科医生的一点小错误可能会导致不可预料的后果。

那些接受过良好教育的人可能会用一种略微尴尬的语气，告诉你米歇尔是一个很特别的人。偏见往往是那些自认为无所不知的人的特权。的确，米歇尔生活在一个没有暴力、没有欺骗、没有虚伪、没有不公，也没有恶意的世界里。对他的心理医生来说，米歇尔的世界是混乱的，但在米歇尔看来，这个世界却很整齐，每个人、每件事物都有属于自己的位置，它是如此的真诚、如此的自然，自然到让我有时都会怀疑是我们不正常，而并非米歇尔有问题。心理医生直到最后也没搞明白，米歇尔到底是有埃斯博格综合征，还是他只是与我们有些许不同。不得不说，米歇尔是一个非常单纯的人，他总是温柔地对待所有人，依照一种严谨的逻辑行事，为我们提供着无尽的笑料。四岁的时候，他终于开口说了第一句话：他跑过去问超市结账队伍里的一位坐轮椅的太太，问她是在哪里买到她的马车的。妈妈当时震惊了，惊叹于米歇尔终于说出了一个语法正确的完整句子，她的第一反应是紧紧地抱住米歇尔亲了一口，然后才意识到这是一件多么值得脸红的事情。然而这只不过是个开始……

自那个重逢的夜晚之后，我的父母就深深地爱上了对方。和所有的夫妻一样，他们的关系也经历过凛冽的寒冬，但每次争吵都是以和好而告终，他们学会了尊重对方、欣赏对方。之前有一次，在我被一个我曾深爱过的男人甩掉之后，我去问父母他们是如何做到相爱一生的，爸爸回答道："一段爱情故事，就是两个愿意付出的灵魂的集合。"

去年，妈妈去世了。当时她正和爸爸在一家餐厅吃饭，侍应生为她端来了朗姆酒蛋糕，这可是她最喜欢的甜点，她却突然一头栽在了那些尚蒂伊鲜奶油上。急救人员也没能让她醒过来。

爸爸一直没有跟我们强调过他的痛苦，因为他知道，虽然痛苦的方式不同，但每个人都很伤心。米歇尔还坚持每天早上给妈妈打电话，不过总是爸爸会在另一头说，妈妈没法儿过来接电话了。

妈妈的葬礼两天之后，爸爸让我们坐了家里饭桌的周围，正式禁止我们总是摆着一副丧礼的神色。妈妈是走了，可这并不能妨碍我们去享受她为我们所带来的一切，她工作那么努力，就是为了让我们可以有现在的好日子：我们的家庭，永远都要是一个团结、开心的整体。第二天，我们在冰箱门上看到了一张字条：*亲爱的孩子们，你们的父母总有一天会死，之后，你们也会经历同样的命运。所以祝你们今天愉快。爸*

爸。多有逻辑的话啊，米歇尔肯定会这么说。人生如此短暂，我们不能把时间浪费在伤心上。不过如果你的妈妈把头埋进了朗姆酒蛋糕里，恐怕你也还是得要伤心一阵子的。

每当别人问我是从事什么职业的时候，我的答案总是能让他们嫉妒到脸发白。我是《国家地理》杂志的记者。我的报酬不高，可至少能公费出游，用相机记录世界各地的风土人情。奇怪的是，在我游览过整个星球之后，才发现文明多元化的魅力其实就存在于我们的日常生活之中，我们只要随便推开一座建筑的门，观察一下别人的生活，就会明白这一点。

但是，当你真的是在飞机上度过绝大部分的时光，一年有三百天要睡在舒服或不舒服的宾馆里（一般都不太舒服，因为预算有限），还要在摇摇晃晃的长途大巴上改稿子，只要能洗个干净的热水澡就幸福到眩晕的时候，一旦回了家，你就只有一个愿望：瘫在一张软软的沙发上，把脚跷在面前的茶几上，顺便再看一看家人。

我的感情生活几乎一片空白，其中只点缀着几个微不可见的火星。永无休止的旅行只会让我过着永无休止的单身生活。我曾经和一名《华盛顿邮报》的记者保持过两年的恋爱关系，并且全身心地忠于这段关系。不过那只是一种幻想：我们不停地互发邮件，想营造对方离自己很近的错觉，但是从没能成功地待在一起三天。从头到尾，我们至多也就在一起生活过两个月罢了。每次我们见面的时候，心总是怦怦跳个不停，分开的时候也一样。最后，为了防止心律不齐，我们还是分开了。

与大多数朋友相比，我的生活远算不上平庸，不过有一天早晨，在收到一封信之后，它就突然特别不一般了。

那天，我从哥斯达黎加返程，爸爸专门来机场接我。大家都跟我说，三十五岁了，是该断奶的时候了。我通常是很独立的，可是一回到英国，一看到接机的人群中爸爸那张寻寻觅觅的脸，我就一瞬间回到了童年，完全无法抵御这种温柔情感的侵袭。

　　妈妈去世后，爸爸苍老了一些，发色浅了一些，肚子也鼓了一些。但他仍然还是那位出色的男士，优雅、精致且独特。他把我抱了起来，我的头埋进了他的颈窝里：我从来没有闻到过能让我如此有安全感的气味。爸爸，都是因为你，我才永远无法舍弃所谓的俄狄浦斯情结，永远不要离我们而去，或者说，越晚越好。这次的中美洲之行几乎让我筋疲力尽。回程的航班上，我被夹在两个呼呼大睡的旅客中间，飞机每次一颠簸他们的头就会重重地落在我的肩上，好像我的肩膀就是他们的安全气枕。回到家之后，看到镜子中那张因愤怒扭曲的脸，我努力地为他们寻找借口。米歇尔到爸爸家来吃晚餐，吃到一半的时候，玛吉也出现了。我的心里却是一半喜悦，一半忧愁：我当然很开心可以看到他们，但是天知道我是多想一个人回到那间我一个人住到二十岁，且至今也常常占据的房间。我自己其实在伦敦西边的老布朗普顿路附近租了一套单身公寓，不过那套公寓的象征意义远大于实际作用，因为我从来都不在那里睡觉。每次只要回家，我都宁愿住在克里登，待在父母的房子里。

　　回国的第二天，我去了趟自己的公寓。在一堆发票和广告传单里，我发现了一封手写的信。信封上的字迹极其美观，饱满圆润，就像我们之前在学校学到的那样。

　　我展开了信，信里的内容说的是我的妈妈有一个不为人知的过去。写信人告诉我，一旦我去翻阅她的遗物，就会发现很多未见天日的信息，让我知道妈妈曾经是个什么样的人。而且这个写信的"乌鸦"还并未言尽于此。如果他所说的都是真的，妈妈在三十五年前像是完成了一项大事业。不过他倒没有披露任何细节。

这封信可以说是包含了很多信息。三十五年前，那不就是我出生的年份吗？很难想象妈妈怀着双胞胎，还完成了一项大事业，尤其是如果你们了解过我妈妈是个什么样的人的话……写信的人还告诉我，如果我想要知道更多的话，需要去地球的另一端进行一场旅行。信的末尾，他要求我销毁这封信，不要跟任何人谈起这件事，不管是玛吉还是我的父亲。

这个人怎么会知道我家人的名字？这一点让我陷入了深深的惶恐。

玛吉才不会给我开这种无聊的玩笑，米歇尔根本没有编出这样的故事的能力。我把自己的通讯录从头看到尾，也没想到谁会给我开这种无聊的玩笑。

如果你是我，你会怎么办？或许会和我犯同样的错误。

2
萨莉－安

一九八○年十月，巴尔的摩

要想离开这座跃层公寓，就必须从那个很高的台阶上走下来。台阶很陡，只有二十级，中间有三个楼梯平台，平台的两端有着暗暗的光线。从上面走下来几乎要冒着生命危险，爬上去则是一个强度极大的体力活动。萨莉－安每天早晚都要走上两遍这个楼梯。

门口的伸缩门都已经锈住了，花了很长的时间才缓缓开启，萨莉－安等了很久，才看到门慢慢地缩进了两侧的墙里。

萨莉－安来到了街上，码头上的强光让她短暂性地失去了视觉。街道两边都是红砖砌的货物存储仓库。防波堤的尽头，无数吊车正在忙忙碌碌，把集装箱装入那些清晨时分靠岸的货船。这里并没有多少高尚人群，还远不是什么中产阶级街区。在那个时候，只有为数不多的、事业刚刚起步的艺术家——音乐家或者是画家，贫穷的年轻人和富家子弟混在一起，派对动物们夜夜笙歌，丝毫不考虑法律设宁的限制，常常把这里空置的房子当成聚会场所。最近的杂货店也要开摩托车走上十分钟。

萨莉－安有一辆凯旋博纳维尔。如果你想疯狂一把的话，只需要加上 6.5 升油，这辆摩托车就能带你每小时驶出一百公里。蓝白相间的油箱外壳已经瘪了：刚学会骑车的时候，萨莉－安还不能完全驯服这头野兽，所以在某次事故中摔得很惨。

几天前，萨莉－安的父母建议她离开这座城市，去外面看看世界。母亲用保养得宜的手指填写了一张支票，小心地将其从支票本上撕下，然后递给了自己的女儿。对她来说，这是摆脱萨莉－安的一种方式。

萨莉－安看了看支票上的数字，决定用这些钱来好好地狂欢一下。为了一个她根本就没有犯过的错误，家人就决定要将她流放到很远的地方，这让她非常愤怒，也决定总有一天一定会实施报复。她一定会成功，让父母后悔今日的决定。这当然是个野心勃勃的计划，不过萨莉－安有着不错的头脑、美丽的身躯，还有一个可以在关键时刻发挥作用的通讯录。在她的家里，成功与否取决于银行账户里有多少存款，还有就是有多少可以拿出来炫耀的东西。萨莉－安从来没有缺过钱，但她对金钱的渴望从未像这一刻这样强烈。她喜欢被人簇拥的感觉，喜欢与那些根本同她不属于同一阶层的人称兄道弟，更喜欢她的家人看到这一幕的反应。当然，萨莉－安也有她的缺点，但她的确是一位真诚的朋友。

天空已换上了一张蔚蓝色的脸孔，就像一个叛徒，想让人们忘记之前的一整夜一直在下雨。对摩托车而言，比较棘手的就是这种湿漉漉的街道。凯旋努力地在柏油路上前行，萨莉－安甚至都能感受到腿肚处发动机散发出的热量。驾驶摩托车能够让她感受到一种无与伦比的自由感。

街道上空无一人，萨莉－安看到不远处的十字路口处有一个电话亭。她看了看手套纽扣处若隐若现的手表，把摩托车换了更低的挡位，然后拉动了刹车手柄。她把车停在路旁，放下了脚撑。她需要确保自己的同伙没有迟到。

电话里接通音已经响了五声，梅应该已经接电话了。萨利－安紧张到喉头都不由自主地滚动了几下，好在最后她还是听到了电话那头听筒被拿起的声音：

"都还好吗？"

"好。"对方给了一个简练的回答。

"我在路上了。你准备好了吗？"

"不管怎样，希望我已经准备好了吧。现在放弃是不是有点太迟了。"

"我们为什么要放弃？"萨莉－安问道。

梅本可以把脑海里那些理由一条条地列出来。她们的计划太冒险了，真的有这样做的必要吗？为什么要组织这场复仇？报复就能抹去之前所发生的一切吗？如果她们的计划不顺利，被抓到了又该怎么办？一旦她们被当成罪犯抓起来，一切就都太迟了。而且，她会愿意冒这个险，也只是为了她的朋友，因为这对她本人并没有任何好处。不过梅还是选择了沉默。

"不要迟到。"萨莉－安又强调了一遍。

有一辆警车开过，萨莉－安立刻屏住了呼吸。但是她立刻就想到，自己不应该如此紧张，不然真到行动的时候该怎么办？毕竟到目前为止，她没做过什么触犯法律的事情，连摩托车的停放位置都是无可指摘的，用电话亭打个电话也不犯法。警车走远了，不过在经过电话亭的时候，车里的警察还是看了她一眼。要是到时候警察参与调查怎么办？萨莉－安一边这样想着，一边挂断了电话。

她又看了一眼腕上的手表，二十分钟之后，她就能到达斯坦菲尔德一家的住所门口，如果顺利的话，她很快就能离开，四十六分钟后就能回到这里。这四十六分钟能够改变一切，改变梅还有她本人的人生。她跨上了车，用脚后跟踩下了油门。

在城市的另一端，梅穿上了她的大衣。她又检查了一遍，确保那个被包在纸巾里的钻石形撬锁钩正好好地躺在大衣右边的口袋里，然后把手工费付给了制作它的锁匠。她推开了楼门，被裹进了凛冽的北风中。楼梯的铁质栏杆正在寒风中咔咔作响。梅竖起大衣的领子，走到车站，等待着公交车的来临。

车站对面就是商店的橱窗，梅看着玻璃反射下的自己的身影，用手指将头发往后拢了一下，又调整了发夹的位置，免得发髻散下来。她前面还排着两队人：其中一个男人的膝上放着一台小型收音机，播放的是查特·贝克的歌，男人的脖子还随着歌曲的旋律左摇右摆。他旁边的一个男人则翻阅着一份报纸，纸张哗哗作响，显然这位男士并不太喜欢这首《我可笑的情人节》(*My Funny Valentine*)，想用报纸的声音来报复自己的邻居。

"这是我听过的最好听的歌。"梅旁边的一位女士低声说道。

这个女人很漂亮，可在梅看来，她满脸都是哀戚的神色，让人不知道她在想些什么。六站之后，梅下了汽车，按照约定的时间走上面前的山丘。萨莉－安正在摩托车上等她。她递给梅一顶头盔，等梅在车后座上坐好。马达轰鸣起来，车开始向上攀爬。

3

艾琳 – 卢比

二〇一六年六月，伦敦郊区贝肯纳姆市

一切看起来都很自然，但平静的背后却藏着无数的猜测。玛吉站在客厅的门口处，靠着壁炉的外框，两个手指间夹着一根迟迟未点燃的香烟，似乎只要点燃了这根烟，信上的这些无稽之谈就会变为现实。

我直挺挺地坐在椅子上，就像是坐在教室第一排却害怕老师怒火的小学生，手里拿着那封信，整个人还处于一种震惊的状态。

"再读一遍。"玛吉命令道。

"请。请再读一遍。"我要求玛吉至少要加上个表示礼貌的字眼。

"到底是谁半夜跑到别人家里来？所以，不要用'请'字这种破事烦我了。"

玛吉怎么可能负担得了这套一居室的房租？我可是有正经工作的人，可是一套公寓的租金都会让我觉得不堪重负。爸爸妈妈肯定给了玛吉财政上的援助。而且，假如妈妈去世后玛吉还是可以住在这里的话，那就肯定是爸爸在暗中支持她，想到这里我真觉得很生气。总有一天，我会鼓足勇气，在全家聚餐的时候把这个问题提出来，我心中暗暗地想。是的，总有一天，我会把跟我这个可恶的妹妹之间的账算算清楚，让她知道不能这么没大没小地跟我说话，还有许多许多这么多年都让我无法释怀的事情。我越想越觉得愤愤不平，以至都忘了玛吉命令我重读那封信的事。

"卢比，你是不是哑巴了？"

我非常讨厌玛吉只称呼我名字的后半段，因为少了前一半之后，根本就看不出这是个女生的名字。更讨厌的是，玛吉完全清楚这一点。无可否认，我们之前有姐妹之情，可是此外还有很多非常复杂的感情，在我们还是小女孩的时候，就经常会互相撕扯头发，直到少年时代，我们的关系也没有丝毫改善，唯一的区别只是打得更凶了而已。面对我们的打斗，米歇尔经常会觉得痛不欲生，他会把头埋在自己的臂弯里，脸上的表情悲壮得就像一个殉道者。这个时候，我们就会停下这场连我们都已忘记起因的争斗，一起安慰米歇尔这只是场游戏，我和玛吉只是在跳圆圈舞。

玛吉希望自己可以拥有我的棕红头发和稳重外表——在旁人看来，任何事情都没有办法干扰到我。而我却梦想获得玛吉那一头蓬松的黑色头发——这样可以为我省去学校很多无聊的玩笑，她的美丽外貌，还有她的曼妙线条。对我们来说，一切都是争吵的理由，但是一旦有外人，或者是父母开始针对我们其中的一个人的话，另一个人立刻就会露出自己的爪子，随时准备去撕咬对方，以便保护自己的姐妹。

我叹了口气，重新展开了信纸：

亲爱的艾琳：

请原谅我擅自删减了你的名字，对我来说，这类复合的名字实在是太长了。当然，你的名字非常美，可这并不是这封信要阐述的重点。

你的母亲猝然离世，想必你会因此深感人世不公。在你的眼中，她应当要成为一名幸福的祖母，以高龄善终，临终的床前还要团团围绕着她为之奉献了一生的家人。是的，你的母亲是个了不起的人物，她极聪颖，既能完成最好的事业，也能做出最坏的事情，但是你们见识过的，恐怕只有她好的一面。

事实就是这样的，我们对于父母的了解终归有限。他们的过去只活在他们的言语中，他们可以有选择地告诉我们他们的过去，可以只让我们看到他们想让我们看到的东西，毕竟按照时间顺序来说，他们存在的时间要早于我们。我想说的是，他们也有过完完全全属于他们自己的生活，经历过叛逆的青年时代，生活里也有过欺骗和谎言。他们也曾击碎过生活给予的枷锁，才得以继续前行。但问题在于：他们是以怎样的方式将枷锁击碎的？

以你母亲为例：三十五年前，她曾经放弃过一笔数目可观的财富。但是这笔财富并不是一份正当的遗产。那么，她是在什么情况下获得了这笔财富呢？这笔财富到底是属于她，还是由她偷窃得到的？如果她不是小偷，那么她为什么最终选择放弃这笔财富？就算你对这些问题感兴趣，也只能由你自己来寻找答案。你愿意投身其间吗？假若你愿意，我建议你发挥自己的聪明才智。你肯定也能想到，你的母亲是一个心思缜密的人，她是绝对不会把那些重要的秘密存在一个容易找到的地方的。我知道，你看到这封信的第一反应一定是不相信我说的话，但是，一旦你发现可以支持我的说法的证据之后，你就可以出发来见我了。当然，要首先等到一个成熟的时机，因为我住在地球的另一端，现在，你应当先消化一下我说的话。你还有很长的路要走。

　　请原谅我采取了匿名的方式。这并非一种懦弱的表现，我是替你考虑才选取了此种做法。

　　我强烈建议你不要向任何人聊起这封信，不管是跟玛吉还是跟你的父亲。阅读之后还请你立即毁掉它，毕竟保留信件对你也不会有任何用处。请相信我的诚意：谨向你致以我最诚挚的祝愿，并请接受我迟来的慰问，望你能够节哀顺变。

　　"很聪明的行文方式，"我叹息道，"完全不知道写信的是男人还是女人。"

　　"不管是男人还是女人，都一定是个疯子。这封信里唯一有点道理的话，应该就是让我们毁掉它……"

　　"而且不应当跟任何人提起这件事，尤其是你！"

　　"关于这一点，幸好你没有听这家伙的话。"

　　"也不要跟爸爸说。"

　　"你最好还是听从这一建议吧，因为我认为用这种破事来打扰他并不是一件理智的行为。"

　　"不要再教我什么能做什么不能做了，我才是姐姐！"

　　"你只比我大一岁！这并不能赋予你更多的智慧！如果真是这样的话，你就不会急忙跑来征询我的意见了！"

　　"我没有跑！我前天就收到这封信了。"我强调道。

　　玛吉拉开一张椅子，坐在我的对面。我把信放了面前的餐桌上。玛吉用两根手指夹起信，仔细研究起纸张的质地来。

　　"别告诉我你相信信里的话？"她问道。

"我不知道……但是，如果这些都是谎话的话，怎么会有人浪费时间来做这种无聊的恶作剧呢？"

"因为到处都是无聊的人，只要能捉弄到你，他们什么都愿意做。"

"不会的，玛吉，不会有人这么捉弄我。你可能会觉得我的人生很无趣，可是我真的没有仇家。"

"一个被你伤过心的男人？"

"我倒是希望有这么个人，可是我的人生在这方面就是一望无际的荒漠。"

"会是你的记者吗？"

"他不会干出这么没有底线的事情。我们分手后关系一直不错。"

"那这封破信的作者怎么会知道我的名字？"

"他对我们的生活非常了解。至于他为什么没有提到米歇尔，我想这是因为……"

玛吉把玩起桌上的打火机。

"因为他知道你绝对不会去打扰米歇尔的。他很了解我们。我承认这让我们处于很不利的地位。"她叹了一口气。

"我们要做些什么？"

"什么都不用做，这是唯一避免我们落入这个圈套的办法。我们把这张破纸扔进垃圾桶里，生活还会继续。"

"你可以想象妈妈年轻的时候名下有过一笔财产吗？这太荒谬了，那个时候我们家连收支都很难平衡。如果她真的有钱，为什么我们当初要勒紧裤腰带？"

"别太夸张，我们又没过什么苦日子，也不缺什么。"玛吉愤怒地反驳道。

"是你，你从来也没缺过什么，有很多事情你都没有注意到。"

"是吗？！你倒是说说看都有什么事情？"

"每逢月底我们就要度过一段艰难的时间。难道你觉得妈妈出去上课，是因为她乐于助人吗？还是你认为爸爸浪费时间校对那些稿件，是单纯出于兴趣？"

"爸爸是编辑，妈妈是老师，我觉得这都是他们工作的一部分。"

"根本不是，一天工作十八小时，这怎么可能是工作的一部分？他们经常送我们去夏令营，你认为这是他们要利用这个时间去加勒比海度假？他们在工作。妈妈甚至在医院做过临时工，负责在接待处为病人提供信息！"

"妈妈做过这种工作？"玛吉显然已经惊讶万分。

"她连续做了三年，就在你十三、十四和十五岁的夏天。"

"你怎么会知道这些事情，而我却一无所知？"

"你看，年长一岁还是可以说明很多问题的。"

玛吉沉默了一瞬。

"那么，妈妈就不可能藏匿了一笔财富，这不符合逻辑。"

"财富并不一定是钱。"

"如果不是钱，写信的人为什么要暗示妈妈并非这笔财富的合法继承人呢？"

"他建议我们发挥自己的聪明才智，这也许是在间接地告诉我们，不要只是直观地理解他所说的话。"

"只是'也许'而已。摆脱掉这封没有来由的信吧，忘记你曾经收到过它。"

"当然。有鉴于我对你的了解，不出两天，你一定会去爸爸家里翻个底朝天。"

玛吉抓起桌上的打火机，点燃了一根烟。她深深地吸了一大口，又向上吐出了一个很大的烟圈。

"好吧，"她还是让步了，"明天，我在家里组织一场家庭晚餐。你搞定饭菜，我搞定爸爸。不过这只是为了让你安心，在我看来这纯粹是浪费时间。"

"明天你还是叫比萨吧，我们一起探探爸爸的口风。要小心一点，米歇尔也会来。"

4

雷

二〇一六年十月，伦敦郊区克里登市

想到能和儿女们共进晚餐，雷感受到了一种发自内心的喜悦，虽然在他看来，还是在自己家吃饭更好一些。近年来，他一直过着深居简出的生活。以他的年纪，想要换一种生活方式也的确太晚了一些。雷走到壁橱旁，把里头挂着的那件人字斜纹外套拿了下来。他要去接米歇尔，这可是个开着他那辆老奥斯汀驰骋的好机会。不久前，离家步行五分钟的地方开了家乐购超市，所以，连出门买东西都用不着开车了。另外，医生也建议雷每天至少要保证十五分钟的步行时间，这样才能减缓关节的老化。关节……他其实已经不太关心了，自鳏居以来，他也不知道自己的身体还有什么用处。他站在镜子前，往里吸了吸自己的肚子，用手将头发向后拢了一下。雷并不惧怕衰老，但他还是会怀念年轻时那一头乌黑蓬松的头发。政府每年都要浪费几十亿英镑，去打那些无聊的战争，在他看来，还不如把这些经费都用在科学研究上，看看怎么才能让人重新长出头发。唉，要是能重返三十岁就好了，那样他就能劝劝自己的太太，让她放弃教书，转而去进行相关的化学实验了。太太是最有天赋的，她一定能找到某种神奇的配方，让全家因此致富，这样，晚年的时候他们就可以游历世界，在不同地方的五星级酒店里享受人生了。

雷突然又改变了主意，觉得还是穿风衣要好一点。鳏居的生活真的非常可怕，甚至比一个人旅行还要让人无法忍受，自从太太去世之后，他就一直待在家里，很少出门。这可是玛吉第一次在她家里召集家庭聚会。难道她要告诉大家她马上就要结婚了？雷立刻开始思索自己是否还穿得上那件燕尾服。实在不行，恐怕还是要节食，控制一下体重。希望到玛吉的婚期之前，他还能有足够的时间来减掉三公斤，或者五公斤，不能再多了。对于老人家的体重，不能要求太高，再说雷的身形还是保持得挺不错的，也就是有少数几个地方添了点赘肉而已，不是什么大不了的事情。不过，玛吉可不是个有耐心的人，说不定会宣布下个周末就是自己的婚期。那样的话，他要送她些什么当作结婚礼物呢？自己的眼皮也有些下陷了，雷把食指压在了眼皮上，发现这样能让自己立刻变得年轻，而且他看起来就像一个小丑。嗯，也许他可以在眼皮上贴点胶布，大家都会被他逗乐的。雷站在镜子前做了几个鬼脸，自顾自地笑了起来。他拿起了挂在那里的鸭舌帽，心情突然变得美好起来。他把汽车钥匙放在手心里抛来抛去，用一种年轻人的步伐走出了家门。

奥斯汀扬起了尘土，车里有一种优雅的时光的味道，只有用于收藏的老车才能散发出这种气息。雷的邻居坚持说，他的这辆奥斯汀 A60 的制动很烂，甚至都不能好好地刹车。这是赤裸裸的妒忌！现在还有哪里能找到这种全红木质的中控台，就连中控台上的这个时钟都能算是古董了！当时他买这辆车的时候它就已经是二手车了，那是哪一年来着？米歇尔和艾琳－卢比还没出生呢。嗯，他们肯定还没出生，当时他就是开着这辆车去火车站接了自己的太太，他们也是因此才重逢的。这辆车已经陪伴了他整整一辈子啦，还真是不可思议。它行驶过多少里程了？二十二万四千六百五十三公里，等开到米歇尔家，就是二十二万四千六百五十四公里了。这样的车怎么会够不上收藏车辆的级别！邻居真是个傻瓜！

雷把目光转向了副驾驶，他抑制不住自己对妻子的思念。妻子的灵魂好像还在那里，他甚至还能看见她在那儿弯腰扣安全带。她很少能一次性扣上，每次都觉得长度不太合适，还老是怀疑是雷故意把安全带弄短了，好让她觉得自己最近又变胖了。是的，他的确弄过两三回这样的恶作剧，但是并不总是这样。啊，要是仔细回想一下的话，可能也不止两三次。对了，要是能坐在这辆汽车里下葬也不错，不过公墓的面积可能不太够，而且这也不太环保。

雷在米歇尔的公寓楼前停下来。他摁了两下喇叭，然后就出神地观察着雨帘中闪闪发光的人行道和路上的行人。看来也不应该老是抱怨英国的雨，很少有国家能像英国保持这么高的绿化比例的。

一对夫妻引起了他的注意。人生不可能总是如意。要是上帝真的存在的话，也该让那个男的变成鳏夫，而不是让雷失去自己的太太。为什么每次米歇尔出门都要用这么长的时间？因为每次他都得确保所有的东西都在它们该在的位置：看看天然气是不是已经关好了，虽然他已经有一个世纪都不用那个煤气灶了；看看是不是所有灯都关上了，除了卧室里那盏长明的灯；看看冰箱的门是不是关严了。冰箱门的连接轴已经老化了，他得趁哪天米歇尔上班的时候来给他换一个。不过他不会告诉米歇尔的，修好了再说吧。米歇尔出现啦，还穿着那件万年不变的风衣，即使是夏天他也穿着这个，雷也懒得劝他换件衣服。

雷侧身过去，帮米歇尔打开了门。米歇尔坐进了车内，亲了父亲的脸颊，系上了安全带，然后就把手放在了膝盖上。他直勾勾地看着前方的路，一直到车驶出两个路口，他才放松下来。

"我很高兴今天可以一起吃晚饭，不过去玛吉家还是件挺奇怪的事情。"

"好吧伙计，有什么可奇怪的？"雷问道。

"玛吉可是从来不做饭的，所以就显得很奇怪。"

"我觉得今晚会是个狂欢之夜，她叫了比萨。"

"嗯，那就没有那么奇怪了，但是还是有点奇怪。"米歇尔回答道，眼神却追随着一个刚刚穿过马路的女人。

"不错啊。"雷感叹道。

"她有点不合比例。"

"你在开玩笑吧，她已经很漂亮了！"

"2016年女性的平均身高是五英尺七英寸，但是她至少得有六英尺一英寸，所以她太高了。"[①]

"如果你非要这么说的话……不过在你这个年纪，我会很欣赏这种不合比例的。"

"我本可以更喜欢她的，要是她能更……"

"更矮一点！"

"嗯，对的，更矮一点。"

"每个锅都有自己的盖子，不是吗？"

"也许吧，但是我不明白其中的关联。"

"这是一个俗语，米歇尔，意思是说每个人都有不同的口味。"

———————

① 句中五英尺七英寸为1.70米左右，六英尺一英寸为1.85米左右。

"嗯，这样就有逻辑了，但是我还是没法儿理解你说的那个俗语，不过我赞同后边一句话。这和我在现实生活中观察到的情况是相同的。"

奥斯汀汇入了车流，驶进了主干道。天又下起了小雨，这可是真正英国式的毛毛细雨，柏油路面在雨的滋润下发出了油亮的光泽。

"我觉得你妹妹会告诉我们她要结婚了。"

"哪个妹妹？我有两个。"

"我认为是玛吉。"

"你为什么会这么认为？"

"作为父亲的直觉，相信我。我现在会这么跟你说，肯定有我的道理。等到她宣布的时候，我希望你能明白，这是一个好消息，你要显得高兴点。"

"嗯，为什么？"

"因为如果你不显得高兴的话，你的妹妹会伤心的。假如别人向你宣布了让他们觉得幸福的消息，就说明他们想要和你分享他们的幸福。"

"嗯，为什么？"

"因为这是一种向他们证明我们爱着他们的方式。"

"明白。结婚算是个好消息吗？"

"这是个很大的问题。大致上是的。"

"她未来的丈夫也会参与今天的晚餐吗？"

"也许吧，不过你也知道，你的妹妹可不是个可以让人随便猜测的人。"

"哪一个？我有两个。"

"我知道你有两个妹妹。要不要我提醒你一下，是我创造了她们？当然，是和你妈妈一起。"

"妈妈也会来吗？"

"不，妈妈不会来了。你知道为什么的，我已经跟你解释过无数次了。"

"嗯，我知道，因为她死了。"

"对啊，这就是原因，她死了。"

米歇尔盯着前风挡玻璃看了一会儿，突然又转过头看着自己的父亲。

"对你们两个来说，当时决定结婚的时候，觉得这是个好消息吗？"

"老伙计，这简直是个太好的消息了。要是能重来的话，我巴不得能早一点娶了你妈妈。对玛吉来说，这当然也是个好消息：我确定这是我们家的遗传天赋，我们每一个人的婚姻都会幸福的。"

"啊，我明天去大学的时候会查证一下，但是我不认为这种事情是基因遗传。"

"你呢，米歇尔，你幸福吗？"雷用一种很温柔的声音问道。

"嗯，我觉得我很幸福。玛吉马上就要结婚了，我还知道这会是一桩幸福的婚姻，因为我们家有这个遗传天赋，虽然我有点害怕和她未来的丈夫会面。"

"有什么可怕的？"

"哦，我希望我们可以好好相处。"

"你认识他的呀。弗瑞德，那个大个子男人，他人很好的，我们还去他的酒吧里吃过几次饭。嗯，我觉得玛吉的结婚对象应该是他，不过你知道的，你的妹妹不是个好预测的人。"

"妈妈没法儿听到她的女儿亲口说自己要结婚了，真的很遗憾。"

"哪一个？我有两个女儿。"雷笑着回答。

米歇尔想了一下，终于笑了起来。

5
梅

一九八〇年十月　巴尔的摩

摩托车沿着山丘侧面的小路向上爬升。萨莉－安每踩一次油门，摩托车的后轮就会扬起一片尘土。再拐几个弯，就能看到那座大宅子了。梅很快就分辨出了远处斯坦菲尔德家宅院的围栏，那些栏杆的造型也算得上优美，涂着黑色的清漆，尖尖的末端直指天空。离这所宅子越近，梅放在萨莉－安腰上的手就收得越紧，紧到让萨莉－安都笑了起来，她在风中喊道：

"我也害怕啊，但这不是让我们今天的冒险更带劲了吗？"

凯旋的马达又咆哮了起来，轰鸣声完全盖过了萨莉－安的话，梅只听到了两个词："害怕"和"带劲"。这正是梅目前的感受。她们现在这样就代表了两个人之间的关系中最好的状态吧，永远能够感受到对方所在的频道。

萨莉－安往后倒了一段距离，随后将身体向侧边倾斜，让车的后轮在地上旋转了180度，然后她又踩下了油门，让车辆直立前进。她对车子的操纵是如此纯熟，甚至最好的车手也会嫉妒。这是最后一条直路，斯坦菲尔德家的大宅已经清晰可见了。宅子俯瞰着整个山谷，宽阔的前厅给人一种压迫感。一般只有暴发户或新贵才会喜欢这种风格，但斯坦菲尔德家族可是巴尔的摩市很有历史的名门望族之一，他们的祖先还是建立本市的元勋。有些人说这个家族是通过榨取奴隶的血汗获得了第一桶金，但也有人说某些斯坦菲尔德算得上是黑奴解放的先驱，用鲜血推进了种族间的平等。在不同的地方，人们讲述着不同的故事版本。

萨莉－安把摩托车停在了用人专用的停车场上。她熄灭了引擎，取下头盔，看着从车后座上下来的梅。

"前面就是供货商通道。你去那里自我介绍一下，就说你和维迪尔小姐有约。"

"她要是碰巧在，怎么办？"

"那她就肯定是会分身术了，因为你看，那边那个走向黑色福特轿车的女人就是她。我给你说过了，她每天十一点的时候会休息一下，开着她那辆漂亮的车去城里按摩……好吧，也不全是这样，她也不单是去按摩。"

"你怎么知道的？"

"我最近几个星期一直都在跟踪她。既然我说是跟踪她，就说明我离她真的很近，你可以相信我说的话。"

"你真的做了这种事情……"

"梅，我们没时间讨论这个了。维迪尔小姐是个工作狂，每天早上的这场狂欢是她唯一可能不在岗的时间。但是，四十五分钟之后，等她在附近的咖啡馆咽下那个火腿莴苣番茄三明治，喝掉一罐可乐之后，她就会重振精神，立刻回到工作中来。去吧，你对我们的计划也已经烂熟于心了，我们至少重复过一百遍。"

梅还是站在那里，萨莉－安能感到她还是缺乏信心。她把梅拥入怀中，告诉梅她真的很美，一切都会没事的。她会在停车场等梅。

梅穿过了眼前的道路，从留给服务人员通行的边门走了进去。平时，这座大宅里需要的报纸、食品、饮料和鲜花都是从这里运进去的，当然，还有斯坦菲尔德夫人和他儿子在城里采购的战果。作为一名受过良好教育的年轻女子，梅先去跟管家打了招呼，告诉她自己与维迪尔小姐有约。就像萨莉－安预想的那样，梅那一口模仿来的英式口音有着天然的威严感，管家根本没有问其他的问题就让她进来了。他以为梅只是早到，而且对于这样一位女士，让她在门房里等待实在太失礼了。所以，再一次，就像萨莉－安预想的那样，他把梅领到了二楼的一间小会客厅里。

管家一脸内疚，请梅先在这里的沙发上坐一下。维迪尔小姐刚刚出门了，但时间不会太久，他还特意解释道。他甚至还问梅需不需要一杯饮料。梅礼貌地拒绝了，她不渴。管家随后就离开了，梅一个人留在了这间装潢豪华的会客室里，不远处就是斯坦菲尔德先生的秘书办公室。

会客室的中央摆着一张独脚小圆桌，两旁有两张天鹅绒的单人沙发椅，沙发和窗帘在色彩上互为回应。地板是暗色的橡木，上面还覆盖着欧比松地毯，墙壁也是镶木的，天花板上悬着一盏水晶吊灯。

向管家自我介绍，通过那个巨大的楼梯走到一楼，随后又穿越长长的走廊来到这间会客室……这些一共用了十分钟。梅一定要赶在维迪尔小姐回来之前完成所有的事情。之前，每次和萨莉－安重复她们的计划的时候，想到这时维迪尔小姐正在城中心的一间颇具情色意味的按摩室里享受服务，梅就会忍不住笑出来。但是现在情况不同了，梅是真的要进入这位秘书小姐的办公室，她是真的要溜门撬锁，而这毫无疑问是种违法的勾当。要是她被抓了个现行，人们一定会立即报警的，而警察肯定也会查出萨莉－安。嗯，这样梅肯定会被以盗窃罪起诉。不，别想了，现在不是想这些的时候。梅的口唇都紧张到干燥了，后悔刚刚没有接受管家为她倒的水，不过要是那样的话，又会浪费过多的时间。快点吧，站起身，打开房门，离开这间会客室。然后转动秘书办公室的门把手，走进去。

梅就是这样做的，在这一系列的举动中，她表现出了让她自己都惊讶不已的决心。她就像是一台已经被预先设定了程序的电脑，准确地完成着一项项具体的指令。

进到办公室之后，梅就轻轻关上了房门。这家的男主人有可能就在隔壁的办公室里，他肯定知道自己的助手已经离开了。

梅扫视了一下房间中的物品，这间办公室的装饰完全是现代风格，与大宅中其他房间的陈设迥然不同。办公桌是浅色的，对面的墙上挂着一幅米罗作品的复制件。好吧，也许这并不是复制件，而是原作。梅推开了椅子，半跪在办公桌的抽屉前，拿出了口袋中包在纸巾中的钩子。

她用同型号的办公桌练习过无数次，完全可以在不破坏锁具的情况下打开抽屉。抽屉用的是耶鲁牌的弹簧锁，萨莉－安的一位相识建议她使用带探针的钩子来对付这种锁，还卖给了她一个顶端长得像半颗钻石的钩子。这种钩子顶部是个钝角，底下则是个锐角，不仅能很容易地被塞进锁芯里，到时也容易拉出来。梅默念着之前学习过的诀窍：不要随便乱拉扯钩子，不然会留下铁屑，堵塞锁孔，也容易被别人发现锁被撬过。一定要正对锁孔，慢慢地将探头伸进去，向各个锁销均匀施力，这样才能既不破坏锁，又能打开抽屉。她感觉到钩子前端已经传来了第一下顿挫，就推动探头缓慢前进，打开了第二个锁销，接着又是第三个。梅大气都不敢出，小心翼翼地转动了锁簧，才终于打开了抽屉。

一会儿还得再重新把抽屉锁上，再把钩子取出来，肯定又免不了一番折腾。梅注意着不要碰到钩子，小心地向外拉着抽屉。

一副眼镜、一盒粉末状的东西、一张数字表、一管口红、一罐护手霜……那份该死的文件在哪儿？梅从抽屉里拿出了一沓材料，放在桌上仔细翻找。终于看到了宾客名单，梅感到自己心跳都加快了，抑制不住地想着要是往上面加上两个人名会有什么后果。

"梅，你冷静点，"她对自己说，"马上就好了。"

她看了一眼墙上的挂钟，还有十五分钟这里就不再安全了。不过要是维迪尔小姐提前回来呢？

"不要想这些，她开了这么长时间的车，肯定不愿意错过什么，要是她真的着急的话，完全可以在这里自己解决。"

梅看着办公桌中央那台经典款式的安德伍德打字机，她把纸放在支架上，打开了进纸辊套，转动了换行用的手柄。纸被缓缓地卷进了滚轴中，然后又向上伸了出来。

梅已经准备好了，她要在名单上加上两个假名字，一个是给萨莉－安用的，另一个是为她自己准备的。名字下面匹配的地址是一个信箱，她们上个星期才在中央邮局申请到的。等到事发之后，警察肯定会仔细研究这份名单，从中寻找可能的嫌疑人。到时候，这些假名和没有实际住址的信箱可以帮助她们掩盖痕迹。梅打上了第一个名字，尽量轻盈地敲击着字键，以便减小字锤落在纸上的声音，她也用上了一万个小心去转动机器的手柄，好让换行的声音不那么明显。但机器还是不可避免地在嗒嗒作响。

"维迪尔小姐？您已经回来了？"

声音从隔壁房间传来。梅一下子停住了，恐惧让她陷入瘫痪。她只得从椅子上滑下来，蜷缩进办公桌下面的空间里。脚步声渐渐靠近，门被打开了一条缝。斯坦菲尔德先生的手还搭在门的手柄上，把头探了进来。

"维迪尔小姐？"

办公室很整齐，就像平时一样，他的秘书是个喜欢保持整洁的人。斯坦菲尔德先生也没有特别注意桌上的打印机。他不知道，维迪尔小姐绝对不会在打印机上还有未完成的工作的情况下就离开的。他耸了耸肩，关上了办公室的门，觉得自己一定是幻听了。

梅足足用了好几分钟的时间，才停止了手部的颤抖。实际上，她整个身体都吓得发抖，这一辈子都没有这么害怕过。

挂钟的嘀嗒声让她恢复了理智。她最多也就有十分钟的时间了。在这段时间里，她需要打上第二个名字、地址，把宾客名单放回原处，锁上抽屉，取出钩子，并赶在秘书回来之前离开这所大宅。已经浪费了不少时间，萨莉－安可能已经忧心如焚，绝对不能再耽搁了。

"你倒是集中注意力啊！一秒钟都不能耽误了。"

一个字母、两个字母、三个字母……要是斯坦菲尔德先生这个傻瓜现在又听见了打字机的声音，他是绝对不可能看一眼就走开的。

好了，转动滚轴，把纸取出来。把名单放回原来的地方，将材料整理整齐，最好是在地毯上整理，这样不会发出声音。将所有的材料放回原来的地方，关上抽屉，屏住呼吸转动撬锁钩，静静聆听锁簧的声音……这些对一个紧张到连太阳穴都在跳动的人来说，可不是一件容易的事……还差一毫米。

"梅，你冷静点，要是钩子卡住了一切就都完了！"

但是钩子还是卡住了好几次。

最终，撬锁钩回到了梅满是汗液的手里。她把钩子放进口袋，拿出之前那张纸巾擦了擦手还有额头。要是管家看到她满头是汗地走出去，肯定会怀疑的。

她又回到了那间小会客室，整理了一下自己的大衣，随后走了出去。她穿过那条长长的走廊，期待自己不要碰到任何人。面前就是楼梯了，她不慌不忙地拾级而下。剩下的就是用平静的声音告诉管家，她不能再等了，还是下次再来拜会吧。

幸运女神向她微笑了，门房里空无一人。她把手放在门把手上，打开了边门。远处的停车场上，萨莉－安正坐在摩托车上注视着她。梅觉得两条腿都已经不是自己的了，可她还是坚持着走了过去。萨莉－安把头盔递给了她，点头示意她坐上来。车子启动了，发动机轰鸣起来。

在下一个转弯处，她们遇到了那辆开向大宅的黑色福特。萨莉－安看到了维迪尔小姐的脸，她一脸满足，嘴角还挂着暧昧的微笑。萨莉－安也笑了起来，不过她微笑的原因与秘书小姐并不相同。

6

艾琳－卢比

晚饭已经进行了一小时，可是玛吉还是没有宣布她和弗瑞德的婚讯，对，弗瑞德就是那个人很不错的大个子男人，他在樱草山那边有一家可以吃饭的酒吧。米歇尔很开心。这有以下两个原因：第一，爸爸似乎不能好好地坐在椅子上，他一直动来动去，几乎也没有碰过他的比萨，这让米歇尔觉得很好笑。爸爸之所以不吃饭，当然是因为他有心事，而米歇尔则对他的心事心知肚明。第二，还有一个更让他觉得好笑的事情，那就是自从车上的谈话开始，爸爸就一直说弗瑞德是个不错的人，可是米歇尔却并不赞同。弗瑞德总是用一种伪装出的友善来对待他，其实是出自弗瑞德内心的优越感。他酒吧的食物是还不错，但绝对没有米歇尔图书馆的书那么值得品味。米歇尔知道每一本书的题名，也知道它们属于哪一个门类。这也没什么好骄傲的，毕竟是他本人亲手把它们放上书架的。米歇尔热爱自己的工作。图书馆里总是安安静静，很少有别的工作能提供如此宁静的环境了。大部分读者也都很友善，能够帮助他们在最短的时间内找到所需的文献，这能给米歇尔极大的成就感。唯一让他生气的事情就是每天结束的时候，那些散落在阅览室桌上的书。要是这些读者都能把书放到附近书架上的话，他的工作量就会小很多了。嗯，这样很符合逻辑。

在图书馆这份工作之前，米歇尔就职于一间实验室。他大学的最后一年拿了份很漂亮的成绩单，所以很容易就找到了实验室的工作。他在化学上是有天分的，对他来说，元素周期表简直就是一门活动的语言。但是，他总是想尝试元素之间各种可能的组合，所以很快就以危害安全的名义被开除了，结束了本该前途无限光明的化学家生涯。爸爸大叫不公平，严厉斥责了实验室负责人的短视，可是也没能改变什么。随后，米歇尔就度过了一段深居简出的生活，直到市政图书馆的负责人薇拉·莫顿联系上了他。薇拉为他提供了现在的工作，米歇尔认为自己有义务不能让薇拉失望。现在，人们都倾向于在网上查找资料，这极大地降低了图书馆的人流量，有时一整天也不会来一个人。米歇尔就利用空余的时间来看书，主要是看化学论文，有时也读些人物传记，这也是他的兴趣之一。

我静静地看着爸爸，他从晚餐开始到现在就没有说过话。与之相反，玛吉的嘴就一直没有停过，但是她的话里根本没有任何重点，不知她到底是怎么把持话语权的。她的滔滔不绝让米歇尔担忧。她是不是太紧张了？怎么会说这么多话？她是不是要宣布什么自己不想听到的消息了？最后，当玛吉坐到爸爸对面，握住他的手的时候，米歇尔几乎认为玛吉是要拿出哄骗小孩子的手段来对付爸爸。一般来说，玛吉是个拒绝肢体接触的人。每次问候或告别之后，米歇尔都会拥抱她，但是玛吉却总是抱怨，说这让她喘不过来气。但米歇尔其实已经很注意了，并没有紧紧地拥抱她。最后，米歇尔终于得出了结论，玛吉的话应当是一种减少拥抱的策略，玛吉应该是不想拥抱自己的哥哥，这样一切就说得通了。

爸爸也被这个温柔的举动吓到了，他几乎屏住了呼吸，觉得玛吉终于要宣布那个大消息了。玛吉结婚已经不是什么惊喜了，他只想知道婚期具体定在什么时候。

"亲爱的，我们已经聊了很久了，你简直要急死我了。到底安排在什么时候？理想的情况是三个月之后。一个月减一公斤还是比较合理的。你知道的，在我这个年纪很难减肥的。"

"抱歉……不过爸爸你到底在说些什么？"

"我要减肥啊，这样我就能穿上那件燕尾服了！"

我看着自己的妹妹，我们两个人明显都陷入了一种迷茫的状态。米歇尔叹了一口气，开始解释了。

"为了婚礼啊。燕尾服是为了婚礼。"他解释道。

"你把我们叫来不就是为了这件事吗？"爸爸接过了话茬儿，"他在哪里呢？"

"谁？"

"那个人很不错的弗瑞德啊。"米歇尔简明扼要地回答道。

"我们先等一等，要是半小时之后你们还是没有好转，我们就得到医院去。"玛吉说道。

"好了，玛吉，我求你了，你要是再这个样子，我们就真得去挂急诊了。你干吗要吊我们的胃口？这种场合我总得穿得隆重些吧。那件燕尾服原来就有些大，我要是尽量吸气的话，说不定还能扣上扣子。好吧，它是棕色的，一般来说在这种场合我们不穿棕色的衣服。不过这是特殊场合嘛，特殊的场合我们采取特殊的方案……另外，我们是在英国，不是在拉斯维加斯，一般来说还是能抽出时间准备婚礼的，呃，一般来说是有的，就这样。"

我和玛吉又交换了几个眼神。我最先大笑了起来，笑声很快就传染了所有人。爸爸抵抗了一会儿，最终也加入了我们的阵营：我就知道他无法抵御这种疯狂的笑声。玛吉终于镇定了下来，她揉了揉眼睛，长出了一口气。

但在这个时候，弗瑞德突然出现了：世界立刻又划分成了两个阵营，弗瑞德完全无法明白我们为什么会笑得这么疯狂。

"既然你没有打算要结婚，为什么要召集这次晚餐？"爸爸最终开口问道。

"你害怕什么！"玛吉立刻冲她正在脱大衣的男朋友喊道。

"为了家人们可以团聚啊。"我回答道。

"这是一个很常见的理由，"米歇尔也加入了，"很符合逻辑。我是说，从统计学角度来看。"

"本来可以在家里吃晚餐的。"

"是啊，可要是那样我们可没有这种大笑的机会。"玛吉辩解道，"我能问个问题吗？在你和妈妈相见的时候，她是不是很有钱？"

"在我们十七岁的时候？"

"不是，更晚一点，你们重逢的时候。"

"十七岁的时候不是这样，三十岁的时候不是这样，从来就没有这样过。她当时连从火车站坐车回来的钱都没有，是我开车把她载回来的。"爸爸陷入了回忆，"当时她要是还能有更多的钱的话，甚至都不会给我打电话的。可是她的兜里只有几个硬币。好吧，孩子们，还有弗瑞德，我觉得我得向你们坦白些什么。不过弗瑞德，既然你还不是我们家的成员，我恳请你不要告诉别人。"

"坦白什么？"我追问道。

"你要是能停止说话，我就可以开口了。我们没有把所有的时间点都诚实地告诉你们，我们的故事也不是这样开始的。你们的妈妈并不是奇迹般地出现的，她也不是立刻与我坠入了爱河，认为我是她人生中遇到的唯一一个好男人，虽然我们之前偶尔会这么告诉你们。"

"是每一次都这么说……"米歇尔又插了句嘴。

"好吧，那就每一次吧。事实上，你们妈妈回国的时候，连栖身的地方都没有。我是这个城市里她唯一认识的人。她在一个电话亭里的电话簿上找到了我的名字。那个时候没有网络，人们都是这样来联系彼此的。多诺万并不是个很常见的姓氏，电话本上的另一个多诺万当时已经七十岁了，是个没有孩子的独居老头。你们可以想象我在听到她的声音时会有多么吃惊。当时是深秋，冷风都已经能钻进骨子里。我现在还能想起来她的开场白，就像在昨天一样：'雷，我知道你有一万种理由可以把电话挂断，可是我只有你了，我无处可去。'当一位女士跟你说'我只有你了'的时候，你还能怎么回答呢？那一刻我就知道命运又将我们联系到了一起，让我们可以一起追寻幸福。我跳上了那辆奥斯汀，对，别这么看着我，就是门外停着的那辆，它现在还好着呢！我去车站接到了她。上天真是待我不薄，你们看，今晚，我可以和我的三个子女一起分享比萨，还有我未来可能的女婿。"

我们都沉默地看着爸爸，没有给出任何反应。爸爸清了清嗓子：

"时间已经不早了，我该送米歇尔回去了。"

"你为什么有一万种理由可以挂断电话？"我问道。

"下一次吧，亲爱的，如果你想知道的话。回忆这些事情对我来说可不是个轻省的活，今晚我只想保留住之前的那场大笑，晚上回家我还要一个人跟家里那些黑色的蟑螂睡觉呢。"

"那就是说，在你们的故事的第一部分，也就是你们十七到二十岁的时候，是她甩了你？"

"他说了下一次！"爸爸还没有张口，玛吉就抢着说道。

"没错，"米歇尔也说道，"看起来事实比我们想象得要复杂很多。"

他一边说还一边竖起了食指。

米歇尔有竖食指的习惯，就像是要刹住涌向他脑部的纷乱思绪一样。大家都没有说话，几秒之后，米歇尔又继续说道：

"实际上，爸爸已经表达过了他的愿望，今晚他不想再跟我们说什么了。我觉得'下一次'是一个比较宽泛的概念……只是下一次，不一定是哪一次……"

"米歇尔，我们都能听明白的。"玛吉叹了一口气。

事情终于理顺了，米歇尔拉开了椅子，穿上他的风衣，拥抱了我，敷衍地握了握弗瑞德的手，然后又紧紧地拥抱了玛吉。在特殊的场合，可以采取特殊的方案……其实他是在利用这个机会向玛吉偷偷地表示祝贺。

"我有什么可祝贺的？"玛吉在他耳边问道。

"祝贺你没有和弗瑞德结婚。"米歇尔回答道。

● ∞

返程的汽车上，父子二人没有说一句话，直到车子停在米歇尔公寓楼的楼下。雷侧过身子给米歇尔开门，他定定地看着自己的儿子，语气里满是温柔：

"你不会跟她们说的，对不对？你明白的，应该由我来告诉她们。"

米歇尔看着爸爸的眼睛，回答道：

"爸爸，你可以安心休息，家里不会有黑色的蟑螂的……而且我觉得蟑螂好像也没有彩色的，明天我再去图书馆里确认一下。"

说完之后，他亲了亲爸爸的脸颊，走下了奥斯汀。

爸爸直到米歇尔走进公寓门才开车离开。

7

艾琳-卢比

二〇一六年十月，贝肯纳姆市

我离开了餐桌，决定给那对小情侣让出一点私密空间。弗瑞德和玛吉已经在厨房里待了至少十分钟了。我走过去跟他们打了个招呼。

弗瑞德手里还拿着抹布，正在擦拭玻璃杯。玛吉坐在操作台上，跷着脚，抽着一根香烟，对着厨房半开的窗户吞云吐雾。她提议给我叫一辆出租车。但是，有鉴于贝肯纳姆到我家的公里数，我想出租车可能会让我破产。我跟她道了谢，打算搭乘火车回家。

"我还以为你和爸爸一起回家了。"她显然心情不佳，"你不去他那儿住吗？"

"我觉得他今晚需要一个人静一静，我也得重新适应一下伦敦的生活。"

"你说得对，"弗瑞德一边甩着手套一边说，"贝肯纳姆、克里登……这些地方离伦敦都太远了。"

"好吧，我觉得恐怕是樱草山离我们郊区太远了，那儿的氛围也太装腔作势了。"玛吉反唇相讥，把剩下的烟头扔进了洗碗水里。

"你们自己慢慢说吧。"我叹了一口气，穿上了大衣。

"弗瑞德可以开车送你去车站。如果需要的话，他甚至可以送你回伦敦，反正他可以去樱草山的办公室过夜。"

我瞪了玛吉一眼。她这么讨厌，到底是怎么留住男人的？而我，我这么可爱温柔，却永远处在看不到尽头的单身状态？这真是一个谜。

"艾比，需要我载你一程吗？"弗瑞德折叠着手里的抹布。

玛吉把抹布从他手里夺过来，扔进了盥洗篮。

"给你一个温馨的建议，只有米歇尔才有权利简化她的名字，她不喜欢这样。我也需要透口气，还是我陪她出去吧。"

玛吉来到了门厅，抓起一件套头衫，抓着我的手臂把我扯到了街上。

路灯发出橙色的光芒，雨后的人行道显得更加光亮，路两边是些小型的维多利亚式建筑，很多都只有一层或两层，中间还夹杂着些廉租房，这些房子的立面是砖砌的，有一部分已经开始剥落，远处还有些未使用的空地。

一直走到十字路口处，街区才显得热闹了一些。玛吉跟杂货铺的叙利亚老板打了个招呼，这家店可是从来没有关过。过了他的店之后，就进入了一条商业街，这里的照明情况要好得多。自助洗衣店的旁边就是土耳其烤肉店的招牌，随后是家印度餐厅，里面只有两个客人。音像店没有开门，拉上了门前的铁栅栏，上面贴满了各种小广告，不过大部分都已经被撕掉了。再往前走，就是一座公园，沿着公园的栅栏，夜色又恢复了深重。很快，空气中就混合了铁轨的金属味道，还有一股铁轨中石子的潮味。离车站越来越近了，我又叹了一口气。

"怎么了？"玛吉问道。

"为什么还和他在一起？你们总是在用嘴打架。有什么意思呢？"

"有的时候，我都在想你到底是怎么发明这种说法的……要是连斗嘴都不行的话，我为什么要忍受一个男人！"

"真要是这样，我宁愿一个人。"

"你现在就是一个人啊。"

"好吧，但是你这么一针见血地说出来，真的像是一个恶毒的女人。"

"谢谢夸奖。今晚和爸爸的谈话没有取得任何成果。"

"不过在厨房可是发生了不少事情，我们都很开心。不知道关于他的婚姻，爸爸还向我们隐瞒了什么。他是不是想要孙子孙女了？"

玛吉立刻停了下来，用食指点着我的胸口，突然唱起了歌：

"阿姆，斯塔姆，格拉姆，

哔哔哔，克雷格拉姆，

卟卟卟，拉达姆，

阿姆，斯塔姆，格拉姆……哔！"①

她唱完了这首儿歌，然后宣布：

"对不起了，我的老伙计，是你想要小孩了吧。我一点也不想做妈妈。"

"是不想和弗瑞德生还是不想和任何人生？"

"今晚至少我们得到了一个问题的答案，妈妈来找爸爸的时候，她可是身无分文的。"②

---

① 原歌由一串拟声词组成，没有含义。原文为"Am，stram，gram，Pic et pic et colégram，Bour et bour et ratatam，Am，stram，gram...pic！"

② 玛吉在转移话题。

"也许吧，不过又有了更多疑团。"我说。

"嗯，但我觉得还是不要太把这个当回事了。年轻的时候妈妈把爸爸甩了，十年之后又灰溜溜地回来了，就是这样。"

"真相肯定比你说得更复杂。"

"你还是别到处出差了，换个职业吧，去进行情感调查工作。"

"你的玩笑一点都不好笑。我在跟你聊我们的爸爸妈妈，聊这封奇怪的信，聊父母人生的灰色地带，还有那些他们向我们隐瞒的事情。难道你不关心吗？你不想了解自己的父母吗？你只关心你自己！"

"好吧，但是你这么一针见血地说出来，真的像是一个恶毒的女人。"

"另外，和你所认为的相反，妈妈当年曾一贫如洗的事实恰恰证实了信中的指控。"

"为什么？因为所有穷光蛋之前都肯定放弃过一笔财富？"

"你可从来没有穷过，父母总是优先照顾你！"

"卢比，你又开始了，你总是不停地这样指控我：玛吉，那个永远睡在摇篮里的小女儿，全家都照顾着她！另外，我们中间到底是谁在伦敦有一套公寓，又是谁住在一小时车程的郊区？又是谁天天满世界乱跑，又是谁在这里照顾爸爸和米歇尔？"

"我不想和你吵架，玛吉。我只是想让你帮我把事实搞清楚。这封信会寄给我，肯定是有原因的。就算信的内容不是真的，寄信人也肯定有他的动机。是谁把信寄给了我们？他为什么要这么做？"

"是谁把信寄给了你！"

"不，寄信人肯定足够了解我，他知道我一定会告诉你的。他在信中故意这么说，就是为了引起我们的注意。"

"好吧,我承认你说得有道理,他的确选择了一个最好的方式,吸引我们展开调查。嗯,你刚刚的话里似乎有求救的意味,那我就帮你一把吧。过几天,你可以请爸爸去切尔西附近的餐厅吃午饭。他肯定会抱怨的,但他不会放弃这个可以开那辆奥斯汀的机会。选一个停车场附近的餐厅,他可不会把车交给代泊车的服务生。什么也别说,只要想想这个画面我就想笑。我有他房子的钥匙,他出门之后我就去翻翻看。"

我不太乐意这样设计自己的父亲,不过我也想不出更好的办法,就接受了玛吉的提议。

火车站空无一人。这个点只有我们两个人还在等车。显示屏告诉我们下一班由东南铁路公司运营的、开往奥平顿方向的火车马上就要进站。之后我要在布罗姆利换乘,去往维多利亚火车站。最后还要倒一班公交,下车后步行十分钟就能回到我的公寓。

"你知道我现在在幻想什么吗?"玛吉突然开口,"和我的姐姐一起跳上这班车,同她一起去伦敦住一晚。我会钻进你的被窝里,我们可以聊上一整晚。"

"我也想这样,可前提条件是你得单身……"

火车出现在了月台的尽头,刹车的一瞬间车轮发出了刺耳的声响。车门打开了,没有任何人下车。车辆离站的汽笛已经响起。

"去吧卢比,你要误车了。"玛吉催促道。

我们交换了一个会心的眼神,随后我就跳上了火车。

● ◯◯

弗瑞德正在床上等玛吉。电视上播着经典的电视剧《弗尔蒂旅馆》。约翰·克里斯的幽默让他们忘记了交谈,看着那个可笑的勋爵的举止大笑起来。

"我知道你不想跟我结婚，不过你愿意跟我搬去樱草山吗？"弗瑞德问道。

"拜托不要装腔作势了，你是没看见，我爸爸提到结婚的时候你的脸色有多么难看。"

"你不是很快就跟他解释清楚了吗？"

"爸爸和米歇尔都在这儿，如果搬到伦敦去，我就很难照顾他们了。"

"你的哥哥是个成年人，你的爸爸更是已经活了一辈子了，你什么时候才能全身心地享受自己的生活？"

玛吉抓过遥控器，关掉了电视机。她脱掉了 T 恤，跨坐在弗瑞德的身上，仔细端详着他。

"干吗这样看着我？"

"我们在一起已经两年了。有的时候我会觉得自己对你一点都不了解，我不认识你的家人，你也从来不会提到他们，更不会想把我介绍给他们。你呢，你了解我的一切，你也见过我的家人。我不知道你是在哪里长大的，在哪所学校读的书，如果你读过书的话……"

"你对我不了解，是因为你从来不会问我类似的问题。"

"不是这样的，每次我问到你的过去，你都心不在焉。"

"你会明白的，"弗瑞德亲吻着玛吉的胸部，"为什么我看到你之后总是忘了跟你谈论我的过去，因为我脑子里都是别的事情。不过如果你非要知道的话，我三十九年前出生在伦敦……"

他的吻已经移向了玛吉的小腹。

"好了，别再说了……"玛吉的话开始变得含混不清。

8

基斯

一九八〇年十月，巴尔的摩

银色的月光投映在窗上，在光的折射下，甚至看得见空气中的浮尘。梅已经睡熟了，透过她盖在身上的被单，可以看出她曼妙的曲线。萨莉－安坐在床尾，出神地望着她，数着她悠长的呼吸。在这一刻，睡着的梅就是她世界的全部。她的世界止步于面前这个跃层公寓，外面的一切对她而言都不存在。一小时以前，在她的梦境里，出现了以前的一些影像。那是些熟悉的脸，脸上却没有表情，似乎在评判着她的所作所为。梦中，萨莉－安端坐在一把安放于台子中央的椅子上，被各种审视的目光所环绕。萨莉－安的少年时期就是这么度过的：所有的一切都是她自己学来的，大人们没有教导过她任何东西。

一件物品如果被摔成了两半，还有没有可能被黏合？如果两个人都感觉到痛苦，那么他们在一起的时候，痛苦是会抵消还是会加倍？她默默地想着。

"几点了？"梅含混不清地问道。

"早晨四点了，可能还要更晚一些。"

"你在想什么？"

"想我们。"

"那这些想法是好的还是坏的？"

"快睡吧。"

"你这么看着我，我怎么可能睡得着？"

萨莉－安穿上了靴子，拿起搭在椅背上的夹克衫。

"我不喜欢你晚上骑摩托车。"

"你别担心，我会小心的。"

"我可不相信。别出去了，我去准备点茶。"梅坚持道。

她站起身来，用被单包裹着自己的身体，走到了房间的另一端。那边有一个天然气灶，几个盘子，若干不成套的杯子，还有两个瓷杯，同一个浅口盘一起放在一个高脚桌上，这就是她们的厨房了。梅把烧水壶放在水槽里，拿掉了盖子，打开了水龙头。接着，她从一个破旧药柜改造成的壁橱中找到了放在高处的茶罐，踮着脚从里面拿出了两个立顿茶包，又从一个陶罐里夹出了两块方糖，点燃了火柴，调节着天然气灶的火焰强度。

"千万别说要帮我！"

"我不会的，我就站在旁边看，看是不是有一天，你用一只手就能完成所有这些工作。"萨莉－安说道，嘴角还带着一抹苦笑。

梅耸了耸肩，被单从她身上滑落下来。

"你最好还是把它放回床上，我可不想睡在满是灰尘的被单上面。"

梅泡好茶，把一个杯子递给了萨莉－安，又端起自己的那杯，回到床边盘腿坐下。

"请柬已经寄来了。"萨莉－安打破了沉默。

"什么时候？"

"昨天下午。我去了趟邮局，把它们取回来了。"

"你是觉得没有必要通知我吗？"

"昨天的派对氛围很好，我不想扫兴。"

"我不喜欢那些和我们一起出去玩的男人，他们总是针锋相对地谈论所谓的政治问题，实在是无聊透顶。他们嚷着要改变世界，其实大部分时候都在吸大麻。我不想让你失望，可是我真没有觉得昨晚氛围很好。你能把请柬给我看一下吗？"

萨莉－安从口袋里掏出了两个信封，把它们丢在了床上。梅打开了属于自己的那封。她用手指感受着请柬，欣赏着上面烫金的文字，最后把目光停留在了日期上。晚宴定于两个星期之后举行。女宾们会戴上所有的首饰，给自己设计一个最不可思议的造型，男宾也会化装。当然，有一些年长的男士肯定接受不了这样的游戏，他们还是会穿着燕尾服来赴宴，最多只是带个面具遮住面容。

"我这辈子从来没有这么期待过一个化装舞会。"梅在冷笑。

"你总是让我吃惊。我还以为一看到这些请柬，你就会开始担心呢。"

"不，我现在已经不害怕了。自从第二次去过那座大宅之后，我就再也没有害怕过。我们从那儿离开以后，我就意识到为了让我们能够光明正大地回去，需要付出怎样的代价。我当时就暗暗起誓绝对不会再害怕他们。"

"梅……"

"你要么就出去走走，要么就来我旁边睡觉，但你一定要下定决心。"

萨莉－安拿起被单，把它盖在梅的身上。她很快脱掉了自己的衣服，躺在了梅的身边，脸上还带着笑容。

"你又怎么了？"梅问。

"没什么，我喜欢你这个爱记仇的性子。"

"我要告诉你件事，这只是我自己的事，但我想你应该知道：我绝对不会活着被他们抓住的。"

"你在说什么？"

"你听得很明白。生命是如此短暂，不应该让它被无意义的悲伤填满。"

"梅，看着我的眼睛。我觉得你搞错了。你要是只想着复仇，那就是把他们看得太重要了。我们只是要取回原本就不应属于他们的东西。"

萨莉－安知道自己口中的"他们"是谁。那是一个原本属于她的阶层，一个天生条件优渥，生活中应有尽有的阶层。在其他人还在奋斗的时候，他们予取予求；在其他人还在希冀的时候，他们却已然享受着所有的好处。那些大家族的成员都高傲无比，很难看得起下层的人，却反而会因此赢得更大的嫉妒和艳羡。欲擒故纵和直接索取，到底哪一个才是更聪明的办法？萨莉－安厌恶这种生活方式，她不想像他们一样生活，所以才更换了街区，改换了外表，甚至还将原来的一头秀发换成了男孩子的发式。在那个时代，整个国家的空气中都弥漫着自由的味道，萨莉－安不再去亲吻同阶层的男孩子，而是选择去拥吻一些更伟大的事业。她的国家自称是自由的国度，却长期坚持施行奴隶制度，后来又有了种族隔离。在1964年《公民权利法案》废除种族隔离制度十六年之后，人们的思想观念却没有太多的改变。之后，妇女们也紧随黑人的步伐，开始为自己的权利而奋斗，这显然又是一场漫长的征途。萨莉－

安和梅都是报社的资料员,她们已经到了女性所能从事职位的顶点。但是,如果她们只是资料员的话,为什么那些自大的男人每次都是看一看她们写就的文章,就在最后签上了自己的名字?在她们两个人中间,梅是更有天赋的。她对热点问题天生有着敏锐的嗅觉:她明白什么能够触动特权阶级,也知道如何才能揭露政府在推进改革时的低效率。两个月以前,她一直在关注那些政坛外的压力集团,看后者是如何给参议员们泼冷水,延缓他们通过法令的速度的:这些集团抵制反腐败的法令,也不愿立法打击工业污染,因为工厂主的眼中只有利润;他们关心军火贸易多过低收入家庭儿童的教育问题,因为前者显然更有利可图;他们还抗拒司法改革,虽然现行体制中的司法公平已经仅仅停留在口号上了。工作之外的时间里,梅已经做了很多调查,还专门去了一个水污染严重的城市。在那里,有一个矿产企业一直在污染水库的上游水源,将大量含铅和硝酸盐的废料倒入河流。企业的领导人对此心知肚明,董事会也很清楚,市长也了解这一情况,甚至连州长都有所耳闻,但是他们全部都是这家公司的股东,可以从营收中牟利。对于上述事实,梅已经搜集了大量的证据,了解了前因后果,还就污染对公共健康的影响做了评估。她发现其中存在大量监管不力的行为,还涉及地方乃至国家各级官员的腐败问题。但主编在看完她的文章之后,只是告诉她以后只要完成报社交代的资料搜集工作就可以了。他把梅的调查成果扔进了废纸篓,还不忘让她给自己倒一杯加糖的咖啡。

梅忍住了眼泪,拒绝向上司低头。但是,和俗语所说的不同,她没能进行一场轰轰烈烈的复仇。一天夜里,萨莉-安在安慰梅的时候,直白地告诉她,她的复仇没有任何意义。所以,春末的一个傍晚,在一家便宜的意大利餐馆中,她们有了一个会改变自己人生轨迹的计划。

"我们要创立一家没有任何审查机制的报纸，只报道幕后的真相。"萨莉－安对着在座的朋友说道。

其余的朋友都没太注意这句话，但微醺的梅却立刻有了反应，她端着酒杯爬上了桌子，要求所有人都静下来。

"这家报纸所有的编辑都得是女性。"她端着酒杯补充道，"男人只能做其他的活，比如秘书、审校，最多也只能是资料员。"

"这样的话，我们又和我们憎恶的性别歧视有什么区别呢？"萨莉－安表示了反对，"我们应当忽略人们的性别、肤色和宗教，只按照能力来分配职位。"

"你说得有道理，我们甚至还能选举小萨米·戴维斯进入董事会。"

就是在这家餐厅，在一群同样醉醺醺的朋友的见证下，她们开始勾勒这项宏大的计划。第一步，就是在餐巾纸上设计一个编辑室。朋友中最年长的是朗达，据说她之前还与黑豹组织的成员过从甚密，现在在宝洁公司做助理会计师。她结合自己的专业给出了建议，认为可以先建立一个经营账户。她列出了一家公司所需的职位清单、工资明细表，评估了房租、日常消耗和新闻调查所需的预算。朗达还承诺会尽快搞清楚纸张、印刷、发行等必要的成本，还有分销时应该给终端商留出多少利润空间。有鉴于她的贡献，之后财务总监的职位就非她莫属了。

"我很怀疑你们能不能获得足够的启动资金，就算你们能找到足够的钱，也不会有人愿意印刷你们的报纸的，"基斯说道，"更不会有人愿意销售它。一个由女人编辑的、专门揭露丑闻的报纸，我只能说你们太敢想了。"

基斯是一个大个子男人，强壮得像一头熊，有着方正的下颌、厚厚的嘴唇和亮亮的蓝眼睛。萨莉－安喜欢他的外表，近几个星期都在同他暧昧。只要能和萨莉－安上床，基斯甚至愿意为她把天上的月亮摘下来。在基斯强悍的外表下，其实还隐藏着一个温柔的情人，他双手柔软，这也是萨莉－安迷恋他的地方。但是，无论他们当初是有多么合拍，萨莉－安都不是个愿意依靠男人的女人，六个星期之后，他们的关系就结束了。梅对基斯有感觉，萨莉－安已经注意到了这一点。情感纠纷可能会威胁到她们之间的友情，基斯有时也会想，萨莉－安和自己分手，是不是为了把自己让给梅。"我把她交给你了。"有天早晨，萨莉－安在跟基斯告别的时候，突然说了这么一句。梅不愿顶替她的位置，但萨莉－安却一直在鼓励她。"好好地享受这种快乐，尤其是当快乐来找你的时候。相信我，那些面对快乐犹豫不决的人都是不快乐的，他们那种惺惺作态的样子也很让人讨厌。"说完这些她就去床上睡下了。梅只能感慨萨莉－安虽然拿出了一副叛逆的外表，可是骨子里的傲慢却没有丝毫改变。

从那之后，每当自己的目光遇上基斯的眼神，梅就会陷入混乱：她会情不自禁地想起那些萨莉－安给自己讲述过的、她和这个男人之间的欢愉时光。但是，在这个晚上，面对基斯，梅却发表了一番尖刻的言论。

"我们会找到钱的，等到你的屁股坐在椅子上，读着我们的报纸的时候，就不会在这里自作聪明了。"

梅的话让所有人都笑了起来。大家之前还从来没有这么讽刺过基斯，其中最吃惊的就属萨莉－安。但是，更让人大跌眼镜的是，基斯站起身来，围着桌子走了一圈，然后把头埋在了梅的颈窝里，向她表示了歉意。

"我一定会是你们的第一批订阅人。"

基斯是个木匠，他薪水不高，也就只够勉强过活。他把手伸进了牛仔裤的口袋里，掏出了一张十美元的钞票——一九八〇年时这可算得上是很大一笔钱——放在了梅的面前。"算我入股。"他补充道。随后，他就在同伴们惊愕的眼神中走出了餐馆。梅没有管别人的反应，而是抓起了那张钞票，追着基斯跑了出去。街道上，她大声喊着他的名字。

"你觉得这么一笔钱就能入股吗？这甚至都不够买头几期报纸的。"

"那就当作订阅报纸的预付款吧。"

基斯没有回头。梅目送他的身影消失在街角，然后又回到了餐厅。她向所有人展现了自己的决心。现在，她还需要进一步向自己展示决心。萨莉－安也有同样的目标，虽然她们的动机不尽相同，但二人的未来已经就此紧密联系在了一起。她们要筹集资金，创办一家任何达官贵人都不希望其面世的报纸。那个时候，她们根本想不到，命运让她们有了这样的计划，就是为她们提供了一个犯罪的机会。

梅试着把对这个夜晚的回忆从脑海中赶出去。她裹紧身上的床单，转过身去。萨莉－安用手臂搂住她，闭上了眼睛。

9

艾琳 – 卢比

二○一六年十月，克里登市

玛吉转动了钥匙，却发现门没有上锁。任何一个刚入行的小偷都能比她更快地打开这扇门。她都记不清自己已经多少次跟爸爸说过，出门前无论如何也要用钥匙反锁两圈。但是爸爸总是敷衍说，他在这里住了一辈子，家里根本没有什么值得偷的东西。

玛吉把大衣挂在了衣帽钩上，走进了门厅。厨房就不必找了，妈妈就算要藏什么东西，也不会藏在这个爸爸最常出没的地方的。她的脑子里有一个懒惰的小人告诉她：翻找厨房可是个大工程，还是趁早放弃为好，反正什么也找不到。干吗要把时间浪费在没有意义的事情上呢？她发挥了一下联想力，觉得东西有可能在卧室，有可能在浴室，甚至也有可能在衣帽橱。她最先着手的地方就是衣帽橱，那里说不定会有档板或暗格。玛吉一边找还一边想着，等她离开的时候，一定要把锁恢复成原样，不然爸爸就知道自己偷偷地来过了。不管了，就算爸爸发现，也顶多就是笑嘻嘻地拍着她的肩膀，说着："玛吉，你看，到处都有入室盗窃案。"

但就在这时，真的有一只手拍上了她的肩膀，玛吉吓得大叫起来，转过头，却看见爸爸正在吃惊地望着她。

　　"你在这儿干什么？为什么不按门铃？"爸爸惊讶地问道。

　　"我……"玛吉一时不知该怎么回答。

　　"你？"

　　"我还以为你和艾比吃午饭去了。"

　　"我也以为我要去吃午饭，甚至我也应该去吃午饭。但是奥斯汀刚才任性了一把，我没法儿打着火。回头我得打开前机盖看看，是不是哪里出毛病了。"

　　"她总该通知我一声的。"

　　"你是说我的奥斯汀该通知你一声？"

　　"是艾比！"

　　"你是希望艾比告知你我的奥斯汀出故障的消息？"爸爸大笑起来，"别再找碴儿跟你姐姐吵架了，我不喜欢看见你们斗嘴。我已经等了三十年了，一直希望你们能成熟一点。你别误会，我每次也会说她……"

　　"说她什么？"

　　"呃，"爸爸叹了口气，"你是不是得先告诉我你在这里干什么？"

　　"我……我在找东西。"

　　"到厨房来吧，我们来这边说话，我要给自己弄个三明治。你看，今天本来挺倒霉的，不过最后的结局还不错，至少我还是可以和我的一个女儿共进午餐。不过你最好还是别告诉你姐姐，她肯定会借此编造出一堆故事，认为我是故意跟她撒谎，为的就是跟你在家里吃饭。要是那样的话……"爸爸向天花板伸出了手臂，就好像天要塌下来一样，"我们就会经历这个星期最惨的悲剧。"

他打开了冰箱门，拿出了一些做三明治的东西，让玛吉先把餐具摆好。

"亲爱的，你到底怎么了？你要是缺钱的话，就尽管告诉我。你最近手头很紧吗？"

"什么事都没有，我只是需要找……需要找一份出生证明。"

话一出口，玛吉就不明白自己是怎么想起这么个烂借口的。

"啊！啊！"爸爸惊叹道，脸上写满了欣喜。

"爸爸，你'啊'什么？"玛吉困惑地问。

"你想，你现在来找出生证明，就说明肯定是件着急的事情。你肯定算过了，我大约会在下午两点半的时候离开本应和艾比共进午餐的餐厅，还算了我要在伦敦总是拥堵的道路上花上多长时间。近几十年来，我们的政治家们已经花了几十亿英镑，可还是没能解决交通拥堵的问题……现在可已经是二十一世纪了！我强烈要求他们下台，这些没用的废物！"

"爸爸，你没有感觉到自己现在很啰唆吗？"

"没有啊，我没在啰唆，我只是在阐述自己的观点。好吧，不要转移话题。所以，你推断我在下午四点前不会回到家，而在那之后来就会太迟了，所以你就自己过来了。"

玛吉完全听不懂爸爸的话，暂时选择了沉默。

"啊！啊！"爸爸又重复了两遍。

玛吉用手肘支撑着餐桌，把脸埋进了手心里。

"偶尔，在跟你讨论什么事情的时候，我都觉得自己是在看蒙提·派森团队创作的情景喜剧。"玛吉说道。

"亲爱的，如果你是在讽刺我的话，你的比喻可完全没有效果，我倒觉得这是个夸奖。你觉得我会不明白你找那个东西是做什么用的吗？市政厅就是下午四点关门，不是吗？"爸爸得意地眨了眨眼睛。

"也许吧，不过我为什么要去市政厅？"

"好吧，那可能就是你在装饰自己的公寓，觉得生活非常美好，所以决定把出生证明挂在客厅中央，来致敬自己的人生吧。很符合逻辑啊！好吧，不开玩笑了，我去给你找出来，我不该在你的哥哥和姐姐面前提你结婚的事，我道歉，但现在只有我们两个人，你总可以告诉我吧。你不管有什么决定都会先在私下里告诉我的，不是吗？"

"但是我一点都不想结婚啊，我的脑子里甚至从来都没有过这个想法，爸爸，我发誓。你千万不要再这么想了。"

爸爸用一种疑惑的目光看着玛吉，把做好的三明治摆在了她的面前。

"吃吧，现在你的脸看起来就像一张揉皱的纸。"

玛吉没有再解释什么，只是默默地啃着面包。爸爸的目光一直没有离开她的脸，最后他实在忍不住了。

"那你为什么要着急找出生证明？"

"银行要求我补充一份材料。"玛吉胡乱编了个理由。

"你申请贷款了？看来我应该没有搞错，面对自己的女儿我的直觉可是很准的。既然你需要钱，为什么不来跟我要呢？银行贷款的利率这么高，会榨干你最后一滴血的，但是存款利率低到吓人，等你最后把存款取出来的时候钱就已经不值钱了。"

"所以你曾经在银行存过很多钱？"玛吉问，希望能够借此获知妈妈那笔所谓的财富的蛛丝马迹。

但是爸爸马上就说起了他的退休金账户，一下子就熄灭了玛吉的热情。爸爸说他存了几千英镑，但是根本没有得到什么利息，说到最后他还叹了一口气。

"你为什么要贷款呢？你欠债了？"

"爸爸，别再说这个了，我只是想调整一下银行卡的透支额度，没有别的想法。你知道的，银行系统超级复杂的，为了一点点破事就可能让你提供一堆的材料。另外，你知道妈妈的材料放在哪里吗？"

"知道啊，不过家里所有的材料都是我整理的。你妈妈最讨厌这些破纸了。过来吧，我去给你找出生证明。"

"别麻烦了，你告诉我它在哪儿就行了。"

突然响起的门铃声打断了他们的谈话。爸爸还在自言自语不知道谁会这时候上门，他应该不会有客人，邮差也一般是上午投递信件。他打开了门，看到我站在门外。

"你怎么到家里来了？"他有些尴尬。

"你不是看到了吗？我去了趟杂志社，借了辆车，然后就过来了。路上怎么这么堵啊？"

"我知道，我刚刚还在跟你妹妹聊这件事。"

"玛吉在吗？"

"在，但是千万不要认为是我编造了汽车故障的谎言！相信我，"爸爸有点无所适从，"她是自己来的，还以为我会不在家呢，好找……"

"找什么？"我焦急地问。

"要是你没有打断我，我就已经告诉你了。找些文件，她要跟银行借点钱。你妹妹在钱上总是有些大手大脚。"

玛吉出现在门厅里，眼神简直能杀人。

"在跟我说话之前，你最好先看看自己的手机，你的语音信箱里至少有我的十条留言。"

玛吉又回到了厨房，把脸埋进了她的包里。她把自己的苹果手机调成了静音，然后她就看到我给她打了无数个电话，本想告诉她爸爸还在家。

"我之前还在跟奥斯汀生气呢，现在看来倒是应该感谢它了。就缺米歇尔了。我去看看冰箱里还有什么，要是早知道你们都会来的话我该提前去采购的。"爸爸说，看到我没有误会，他整个人都放松了下来。

我坐到餐桌旁，想要盘问玛吉，而后者则用一个眼神让我明白爸爸并没有怀疑什么。爸爸暂时离开了厨房，玛吉立刻就抓起了手机，看着屏幕开始嘲讽我。

"看看，卢比，我还真没猜错，你至少有三条短信都写了'任务中止'。你可不是简简单单地在看电视，你把所有的电视节目都吃下去了。"

爸爸又出现了，手里拿着一份文件。

"这不是你的出生证明，不过这是我们家的谱系表，还找过一个信奉摩门教的公证人公证过呢！你的银行应该会接受这份材料的。"

"看，有点奇怪。"

爸爸关掉了电烧水壶的开关，从他的大胡子里传出一句含混不清的脏话。

"妈妈和你是在我们出生之后才结婚的？"

"可能吧。"爸爸喃喃地说。

"什么？'可能吧'！这可是白纸黑字地写着呢！你都不记得你自己结婚的日期吗？"

"你们出生之前还是之后，这很重要吗？据我所知，我对你们妈妈的爱一直持续到她生命的最后一秒。还有，我现在依然还爱着她。"

"但是你们之前总是说你们重逢之后，就立即决定结婚了！"

"我们的故事的确比之前我们哄孩子睡觉的时候说的要复杂一点。"

"怎么个复杂法？"

"看看，又开始审问我了，艾比，我给你说过了，你不该当记者的，你有当警察的天赋。"爸爸回答道。

他拔掉了烧水壶的电线，把它缠在了底座上。

"它也不行了，先是车，然后又是这个该死的烧水壶，今天可真不是我的幸运日。"

爸爸从柜子里拿出了一口平底锅，在其中注满了水，把它放在了煤气炉上。

"你们知道用锅的话，知道多长时间才能把水烧开吗？"

我和玛吉摇了摇头。

"我也不知道，不过我们马上就知道啦！"爸爸盯着墙上的时钟。

"怎么个复杂法？"我重复了一遍，这让爸爸又叹了口气。

"她刚回来的那个星期情况比较复杂。她得重新适应在郊区的生活，那个时候这边可不是个好地方。"

"你可以省去'那个时候'。"玛吉纠正道。

"我不知道你们贝肯纳姆市是不是还不如这里，亲爱的。开始的时候，你们的妈妈就每天待在这间公寓了，她没有工作，我每天也要在规定的时间去上班，没法儿请假，她就觉得很孤单。但这可是个不服输的人，所以她就注册了远程课程，最后还拿到了文凭。后来她有了实习生的职位，再后来她就成了老师。对了，那个时候她还怀孕了，你们的出生是我们当时最幸福的事情，但是你们不知道抚养小孩子需要多大的一笔开销，我希望你们之后能了解这一点。总之，当时我们实在没有钱买婚纱，也没有钱买钻戒，更别提办婚礼了。所以，我们就多等了一段时间，后来才去市政厅办了手续。你满意这个回答吗？"

"你们的爱情火焰复燃之后，过了多长时间妈妈就怀孕了？"

"我喜欢你的比喻。你妈妈不喜欢我提之前我们第一次调情的事情。已经过去很多年了，她认真地生活过，把自己改造成了另外一个人，她不太喜欢少女时的自己。另外，想到我曾经喜欢过这个少女，她有的时候还会嫉妒呢。她不明白一个男人怎么会喜欢上完全不同的两个女人。那是因为我没有权利改变她，只能尊重她的选择！的确，她说得没错，我可没怎么变，还是那个男人。你们的妈妈只关心现在，她很少考虑未来，也从不回首过去。对她来说，我们的两段爱情故事就像是《圣经》里的《旧约》和《新约》。关于弥赛亚是怎么降临的，这两个部分所说的版本可不太一样。"

"看来，她生命中的弥赛亚肯定就是你啊！"玛吉放声大笑。

"一分十二秒。"爸爸平静地说，眼睛盯着锅里沸腾的水。

他关掉了天然气，开始冲茶。

"那你可真是太快了，只用一分十二秒就让妈妈怀孕了，这绝对是个世界纪录。"我说。

爸爸往茶里加了些糖，然后看着我们。

"我爱你们，永远也别怀疑。我爱你们超过世间的一切，当然其中也包括你们的哥哥。不过有的时候你们还真让我下不来台。我们很快就有了你们，也就是重逢的几个月之后。艾比，你想知道你和你哥哥出生的时候有多重吗？好吧，你当时可是比他还要重啊！"

"还有你，玛吉，你比他们俩加起来还要重。现在故事讲完了。我想去公墓走一走，你们要和我一起吗？"

　　自从妈妈下葬之后，玛吉就从来没有看过她的墓。她无法忍受看着妈妈的名字被刻在一块墓碑上。

　　"好吧，看来你们不想去，"爸爸继续说道，"别责备我，我更想一个人去。"

　　爸爸总是能懂我们在想些什么。

　　他喝完了杯子里的茶，把杯子放在了水槽里，过来吻了吻我的额头，然后就离开了。

　　我们听到他在门口喊道：

　　"玛吉，出门的时候别忘了用钥匙锁上门。"

　　就这样，爸爸笑着出了门。

10
艾琳－卢比

二〇一六年十月，克里登市

我们等了一会儿，确信爸爸短时间之内不会回来了，才开始进行我们的寻宝工作。我们首先放弃了浴室，觉得把东西藏在那里的可能性实在是太小了。玛吉检查了衣帽橱，觉得那里不太可能有夹层或暗格。然后，我在卧室进行翻找的时候，玛吉又重新回到厨房，研究起了那份家庭谱系表。

"太好了，千万不要过来帮我。"我冲她喊道。

"据我所知，你之前也没来帮我啊，"玛吉回答道，"你还没弄完吗？"

我气恼地走了过来。

"什么都没有，我甚至还敲了敲墙，看是不是有什么地方是中空的，不过没有任何发现。"

"你什么都没发现，那是因为本来就什么都没有。那封信里都是些不靠谱的话。"

"试着从妈妈的角度来思考。如果你要隐藏一笔钱的话，你会把它放在哪里？"

"为什么要把钱藏起来，拿出来造福家人不是更好吗？"

"万一不是钱呢？会不会是什么她处理不了的东西？想想看，说不定妈妈年轻时候参与过贩毒呢。二十世纪七八十年代的时候吸毒可是相当时髦呢。"

"艾比，我已经跟你说过无数遍了，你受电视的毒害太深了。另外还应该纠正你的一个说法，现在也有很多人在吸毒。对了，你要是打算在伦敦长住的话，我可能也会搬过来。"

"在我们三个人中间，她和米歇尔的关系是最亲近的。"

"你这么说，除了让我嫉妒，应该也没有别的目的吧。你真是可悲！"

"不是可悲不可悲的问题，这是一个事实。我在想，要是妈妈有一个不愿与爸爸分享的秘密的话，她可能会告诉米歇尔。"

"别用你这些荒谬的想法再去打扰米歇尔了！"

"我没必要听从你的命令，事实上，我现在就要去找他！听着，这是我的双胞胎哥哥，又不是你的！"

"你们明明是对假双胞胎！"

我离开了厨房，玛吉撞上门，在楼梯处追上了我。

人行道上盖着一层红棕色的叶子。这是秋天的气息，不过今年十月的风要格外冷一些。我喜欢听枝叶在我脚下碎裂的声音，还有细雨带来的秋天的气息。我坐在方向盘前扣好了安全带，车是跟同事借来的。等到玛吉关上门，我就立即发动了车子。

开车的过程中我俩都未发一言。哦，唯一的一句话是我说的。我告诉玛吉，要是她真的不相信那封信，觉得其中的一切都是瞎扯淡的话，就根本不会坐上这辆车子。但是玛吉辩称，她只是想保护她的哥哥，因为她的姐姐是个狂躁症患者。

我把车停在了停车场上，以一种坚定的步伐走向了图书馆接待处。清漆樱桃木质地的接待台后空无一人，的确，用人来接待读者已经是上个时代的事情了。事实上，整个市政图书馆只有两个全职雇员：馆长——薇拉·莫顿和管理员——米歇尔·多诺万，另外还有一位清洁员，她每两个星期就会清理一下书架上的尘土。

薇拉·莫顿在大厅里就认出了玛吉，脸上立时满是笑容，走过来与我们打招呼。这是个远比其外表更复杂的人。我想，要是薇拉不费那么大的工夫让自己隐形的话，她本可以是个漂亮女生的。圆圆的眼镜遮住了她漂亮的天青色眼珠，镜片上还有很多手指印，橡皮筋绑住了她的一头秀发，而她的衣着则甚至比骆驼还要朴素。她的高领毛衣至少大出了两个尺码，还有那件灯芯绒的裙子、那双麂皮鞋，再加上她的袜子，这些让她整个人都笼罩在了一种米黄色的颜色之下。

"一切都好吗？"她笑着问。

"不能再好了。"我回答道。

"太好了，现在我就放心了，原本还怕你们会带来什么不好的消息。毕竟有你们来访的确不是件寻常的事情。"

现在怎么还会有人这么说话？我在心里暗暗地想。玛吉正在负责解释，只是我们恰好在附近散步，就决定过来看看米歇尔，我却注意到每次在提起米歇尔的名字的时候，薇拉的脸上就会泛起一抹淡淡的红晕。我立刻想到，说不定薇拉那件过大的毛衣下面，还藏着对米歇尔不同寻常的情感。试想一下，就算是把两条鱼放进一口鱼缸里，让它们每天共处八小时，然后只有每个星期三才组织小学生来参观，恐怕这两条鱼也会产生感情，觉得彼此都代表着同类的最好状态。这么推论一下，我就觉得薇拉对米歇尔产生感情是件再自然不过的事情了。但问题是米歇尔是否也喜欢薇拉。

图书馆空无一人，馆长小姐就主动提出要陪我们去阅览室，米歇尔正在那里上班。他坐在桌子前，出神地看着一本书。虽然屋里并没有别人，薇拉还是在用耳语的音量同米歇尔说话。看来，图书馆就和教堂一样。不管你是不是虔诚，都绝对不能大声说话。

米歇尔抬起了头，脸上满是惊讶。他合上书，把它放在了书架上正确的位置，才过来找我们。

"我们刚刚在附近，就决定过来打个招呼，顺便给你个拥抱。"玛吉说。

"啊，这可真是挺奇怪，我不是故意要惹你不快，不过你从来都不拥抱我的。"

"米歇尔，这是一种说话的方式，"玛吉无奈道，"你要和我们一起去喝一杯吗？当然，如果你可以离开一会儿的话。"

薇拉替米歇尔给出了回答。

"当然可以，今天的人流量不大。你们不必担心，米歇尔（说到这里她的脸又红了）。我来关门就可以了。"

"啊。但是我还有几本书没有放回原处。"

"没关系，我想它们会在桌子上度过愉快的一晚的。"薇拉安慰道（脸上的红色更深了）。

米歇尔伸出手臂，握了握薇拉的手，还摇晃了几下，就像对待那种老式自行车的打气筒似的。

"那就太感谢了，"米歇尔说，"我明天会推迟下班的。"

"不必了。米歇尔，祝你们有一个愉快的夜晚。"（现在她的脸就像红番茄一样）

既然在图书馆里，小声说话是一条不能被打破的金科玉律，我就附在玛吉的耳朵上，跟她说了句悄悄话。玛吉无语地抬头向天，拉着米歇尔走向车子。

我们随便选了一家茶馆。那是一座建于二十世纪七十年代的黄砖建筑物，茶馆位于一层，坐落在一个贴满了广告的玻璃窗洞下面。这座楼恐怕也是这个街区的遗产了，属于没有被现代化改造过的工业时代的遗留物。服务生也懒得搭理我们，玛吉就走到吧台旁点了三杯格雷伯爵，还有三个司康饼，点完之后还主动让出了空，好让我到近前付账。我们坐到了一张有弗米加塑料贴面的桌子旁边，那儿有三把塑料椅子。

"爸爸出什么事情了吗？"米歇尔有点紧张。

我很快就给出了否定的答案。米歇尔喝了一口茶，又盯着玛吉。

"你要嫁给弗瑞德了？"

"我们只是过来看看你，你为什么一定要觉得是发生了什么坏事情呢？"玛吉回答道。

米歇尔思考了一下，觉得玛吉的回答很有趣。他的脸上附上了一丝礼貌性的微笑，好像是在对玛吉表示赞许。

"这次我终于可以在伦敦住上一段时间了，我想看看你，所以就邀上玛吉一起来了。"我补充说。

"妈妈有没有向你坦白过什么秘密？"玛吉直截了当地提出了问题。

"这个问题很奇怪。我已经很久没有见过妈妈了，我想你也没有。"

"我是说以前。"

"如果她真的告诉过我一个秘密，那就说明我不能把它转告给你。

这很符合逻辑，难道不是吗？"

"我不是要问你是什么秘密，我只是想知道有没有发生这样的事情。"

"没有。"

"你看吧。"玛吉突然对我发了脾气。

"一个秘密，是没有发生过的，但是她告诉过我很多秘密。"米歇尔继续说道，"我可以再要一个司康饼吗？"

玛吉把自己的碟子推到了他的面前。

"为什么跟你说而不跟我们说。"她问道。

"因为她知道我什么都不会说的。"

"连你的妹妹也不说？"

"特别是对我的妹妹。只要一吵架，你们每次都口不择言，甚至还会胡编乱造。当然，你们的确有很多的优点，但是你们不知道如何在愤怒的时候保持沉默。这很符合逻辑。"

我把手放在米歇尔的小臂上，用尽量温柔的眼神看着他。

"你知道的，我们对妈妈的思念不比你少。"

"我知道，并没有什么计量单位可以用来衡量思念的多少。所以我可以推论，这只是一种说话的方式。"

"不，米歇尔，这是事实。"我继续说道，"她不仅是你的母亲，也是我们的母亲。"

"嗯，当然，这很符合逻辑。"

"如果你知道些我们不知道的事情，你就应该告诉我们，不然这对我们不太公平。你明白吗？"玛吉开始恳求。

米歇尔用眼神询问我的意见，然后又拿起了我的司康饼。他把饼泡到茶里，咬了两口。

"她跟你说了什么？"我继续坚持。

"什么都没说。"

"秘密呢？"

"她不是通过口头的方式向我讲述的。"

"那是什么方式？"

"我不认为我有权利告诉你们。"

"米歇尔，我想妈妈之前绝没有想到，自己会这么早、以这么突然的方式离开人世。我非常确信，她希望在自己离开之后，子女们可以共同保有这些秘密。"

"有可能，但至少我得同她确认一下。"

"你明知道不可能的！你要相信自己的判断，听从你内心的声音。"

米歇尔一口气喝光了杯中的茶，把杯子放回杯托上。他的手有些微的颤抖，头部也有轻微的晃动，眼神失去了聚焦。我用手摩挲着他的脖子，用一句话将他从眼下的精神危机中解救了出来。

"你不必现在就告诉我们。我相信妈妈也希望你可以有思考的时间。你知道的，就是因为你能冷静地思考，妈妈才会把秘密托付给你。你还想再来一个司康饼吗？"

我已经下定决心，绝对不会主动站起来，玛吉只好又去了柜台一趟，给米歇尔买了一个司康饼。她把碟子放在米歇尔的面前，然后坐了下来。

"不要再说这个了，"玛吉的语气很温和，"跟我们讲讲你的工作吧。"

"每天都一样。"

"那就讲讲其中比较特殊的一天吧。"

"你和你们的馆长聊得来吗？"我问道。

米歇尔抬起了头。

"我想，这也是某种说话的方式吧。"

"不，这就是一个单纯的问题。"

"嗯，我们聊得来，因为我们都不是聋子。这真是太重要了，因为在阅览室里只能压低声音说话。"

"我注意到了。"

"那你就应该知道我们聊得来啊。"

"米歇尔，我说的聊得来不是字面的意思！玛吉，不要再这样看着我了，我不需要你监督，我可以单独和我的哥哥说话的！"

"你们要吵架吗？"

"不，今天不会吵的。"玛吉立刻出言安慰。

"让我惊讶的是，"米歇尔拿起桌上的纸巾擦拭嘴角，"就是大部分的时间里，你们的谈话是没有任何实质内容的。但是，只要你们不吵架，与我见过的大多数人相比，你们都算得上是很聊得来。所以我可以得出结论，你们的听力都没有问题。我希望自己已经回答了你的问题，艾比。"

"就算是吧。要是有一天你需要女孩子们给你些建议，你知道我会一直都在的。"

"不，大部分时间你都不在的，艾比。不过和妈妈不同的是，你走了之后还会再回来，这就让人放心多了。"

"我想这次我会在家待比较长的时间。"

"嗯，直到下一次你们杂志派你去某个不知名的国家拍摄长颈鹿。

艾比，为什么你对那些不相干的人的热情要大于你对家人的兴趣？"

如果对面坐的不是我的哥哥，而是别的什么人，我肯定会告诉他我内心真实的想法。我想去发现这个世界的美，让自己的生活充满着未知的希望：二十岁的时候，当我想到自己的人生可能会从此按部就班的时候，我感到了一种巨大的绝望，我不想要妈妈那样的人生，也不愿像玛吉一样混日子。家人的爱淹没了我，但在那片伦敦的郊区里，我甚至觉得自己无法自由呼吸。

"我想探寻人类的多样性。"我回答道，"我可以看到各种各样的生活状态。你明白吗？"

"不，这不是太符合逻辑。我也和别人不同，你为什么不能从我们身上看到你所寻求的多样性呢？"

"要是你们觉得我在这里碍眼的话，可以告诉我。"玛吉忍不住插了句嘴。

米歇尔的目光在我俩之间来回游弋。他把手放在了桌面上，好像随时要向我们坦白一个秘密。

"我想我和薇拉是真的很聊得来。"他的脸都红透了。

第二部分

飞往巴尔的摩

直到现在，我的记忆还没有消失，很多往事反而变得愈加鲜活。我们在摩托车上的时光，我们美妙的日日夜夜，我们的报纸，还有那间陪伴我度过青年时光的公寓。在这一生中，我唯一在乎的人就是你。

11

《独立报》

一九八〇年六到九月，巴尔的摩

已经是春末了，自从那次聚会时的宣言之后，梅和萨莉－安就全身心地投入到了报纸的创办工作中。她们为之奉献了整个夏天，好几个月里只在某个星期日去过一次沙滩。

不过，首先得给报纸取个名字。梅有了第一个创意。电视上重播《铁面无私》（又译《不可触犯》）的时候，她看到了罗伯特·斯塔克饰演的艾利奥特·内斯，突然就有了一个主意。这部电视剧已经有些年头了，不过美国广播公司的电视台还是会在午夜剧场定期重播。

萨莉－安以为她是在开玩笑。梅起的名字里有一种可笑的自命不凡，里面还有那些"绅士"喜欢的文字游戏。一家由女性创办的报纸不应该叫《不可触犯》。

在一个特别炎热的七月的午后，萨莉－安欣赏着基斯干活时显露出的强健肌肉：他是来帮忙的。之前，萨莉－安在一片被遗弃的码头仓库里，发现了一间状态不太理想的跃层公寓，用她的话来说，只要稍微涂刷一下，这间公寓就能焕发新生。

基斯实地考察了一下，却给出了相反的答案，他还惊讶于她们二人只能给出如此之低的预算。萨莉－安的家庭最不缺的恐怕就是钱了。

　　他不知道的是，萨莉－安表面上看起来很随性，实际上却是一个非常正直的人。其实，在还没有进入青春期之时，她就知道自己与同阶层的人有着本质的不同。她与基斯和梅一起度过了童年时代。那个时候，她就公然对一个老师宣称，自己的出生是一个巨大的错误，她和父亲完全不像，同母亲更有着本质的区别。而在老师的眼里，萨莉－安就是一个任性妄为的小孩，居然胆敢当众批评自己的父母，而后者又是公众眼中的成功榜样。在萨莉－安父母的眼中，唯一的成功就是复制他们的人生，或者说，是通过如此多的欺骗和妥协来取得成功。

　　这个时候，基斯说服了两个女孩。她们没有借助任何人的帮助，所以这份由她们创立的报纸可以叫《独立报》。

　　"这真是个很棒的计划，但是我们没有钱，这可难办了！"基斯感慨道，"窗户都被海风侵蚀了，地板已经烂透了，甚至手都能从这里伸过去。让锅炉恢复工作是一项巨大的工程，而且这座房子可能已经有几个世纪没有通过电了。"

　　"我知道，世界上只有两种人，"萨莉－安反驳道，"一种人只看得见问题，另一种人知道解决问题的方案。"

　　每次在必要的情况下，萨莉－安就会把她的正直扔到垃圾堆里，而激励男人显然就是必要的情况之一。基斯就这样落入了她的陷阱，梅本来还要救他，不过已经晚了。萨莉－安什么都没有做，基斯就已然拿出了百倍的热情，立誓要修复这间公寓。

　　基斯的童年并不快乐，但他在童年学会了如何就地取材，使得物为我用。动工后的第一个星期日，他成功地找出了连接主断路器的电缆，奋战到夜里，终于连上了电路。为此他冒了很大的危险，顺着变压器的边缘一直爬到了公寓窗户旁的一根电线杆的顶端。整个白天他都是在工作中度过的，不过公寓终于又有电了。

接下来的几天，每次收工之后，基斯就会立刻来到公寓，并在这里度过了所有的周末。在这一个星期的时间里，这个公寓在他眼中已经变成了一个巨大的工地，是他人生中所面临的重要挑战。他开始翻新地板，以便之后可以在这里摆放办公桌；他在自己的作坊里捡拾剩余的木料，用来修复公寓的窗框。他的努力没有白费：要是他不是个好木匠的话，老板可能已经因为他的三心二意把他开除了。一个星期之后，他又回归了理智，知道这是一项大工程，不可能由他独立完成。女孩们在城里召集了几次大的聚餐，成功拉拢了基斯的几个同伴，让他们也加入公寓的翻新工作中：有实习水管工、泥水匠、粉刷匠还有锁匠，他们承包了公寓的锅炉、管道、铸铁暖气片，重刷了剥落的墙壁，还清除了所有金属部件的铁锈。梅和萨莉－安也没有袖手旁观。她们要不就在为基斯团队分发饮料食物，要不就在打磨管道，拧紧螺丝或者是涂刷墙面。

工作气氛真的可以说是热火朝天，可是在他们三个人中间，存在着一种微妙的暧昧关系。其中一个女生是暧昧的专家，另一个女生是真诚的爱慕，以及一个面对眼下状况一头雾水的男士。

梅觉得基斯很讨人喜欢。她观察着基斯的一举一动，看他是不是需要帮助，总是在合适的时机出现在他的身边。有时他们也会交谈几句：基斯在地板上钉钉子，梅在旁边打磨管道，她觉得基斯的话就像他的外表一样有趣。但是基斯的眼神总飘向萨莉－安那边，而后者却总是有意地与他保持距离。梅甚至都怀疑，基斯之所以愿意为她们提供帮助，是因为他想要重新征服萨莉－安。有鉴于此，梅从来没有表达过自己的心意。

月中的时候，游戏态势又发生了变化。基斯似乎对萨莉－安已经心灰意冷，他邀请梅去冷春街附近的印度餐厅共进晚餐。梅很惊讶基斯会喜欢这种如此具有异国风情的食物。晚餐结束之后，他还坚持要再回一趟公寓，以便给大门再上一遍清漆。

"今晚一夜就能干透了，这样明天我就能接着干别的活了。"他对梅说。

梅对他的无私帮助表达了真诚的感谢，基斯抓起了桌上的车钥匙，追问梅是以谁的名义表达感谢的，是"她"，还是"她们"。他们坐上了基斯的卡车，准备回公寓。

"你想听点音乐吗？"基斯问道。

梅俯下身去转收音机的按钮，还趁着这个机会以一种不易被察觉的方式向上提了提裙子。每当车辆通过路灯下方的时候，她那两条零星点缀着些雀斑的大腿就会反射出奶白色的光芒。基斯一直不时地向它们投注以目光，最后干脆把手放了上去，梅立刻感到一股热流穿过了她的身体。

他们来到了公寓的楼下。基斯请梅先上楼，他则跟在梅的身后。每走一步，他都感觉到自己的欲望在上涨。

梅推开了公寓的门，叫着萨莉－安的名字，希望她能像往常一样，去别的街区参加派对了，身边环绕着觊觎她的男人和嫉恨她的女人。

基斯不想再满足于调情了，他走向了梅。梅一直退到了窗台那里，嘴唇上还带着一抹微笑。基斯走到近旁，用手抚着她的头发，给了她一个深吻。这个吻梅已经等待了几个星期之久，比她想象得要更温柔。基斯的颈窝有木料和松脂的味道，梅轻咬着拂过她面庞的手指，感觉到了一阵战栗。基斯解开了自己的衬衫，拦腰抱住梅，亲吻着她的胸脯，而与此同时，梅也在解着他牛仔裤的扣子。他完全属于她了，他的力道也向她证明了这一点。

但是梅搞错了。在外面的大街上，萨莉－安正跨坐在摩托车上，看着窗户上她赤裸的后背，欣赏着她每一下的颤抖，她的胸脯在窗户上投下了阴影，会随着基斯的每一下进攻而抖动。萨莉－安知道是什么样的欢愉占领了自己的朋友。她也曾是基斯的伴侣，曾经品尝过他略带咸味的肌肤。

"宝贝，和他一起上天堂吧，他并不是你偷来的。我把他送给你了，但是等我需要的时候，还会跟你借的。"

她没有戴头盔，头发顺着夜晚的寒风四处飘扬，摩托车带着她启程，去别的人那里寻找庇护和温暖。

● ∞

八月中旬的时候，主体工作已经完成了。萨莉－安赢得了"赌注"，而公寓则焕然一新，至少"像样了"。这是基斯的原话：当时两个女孩将他围在中间，疯狂地亲吻他，感谢他为她们做的一切，他就对公寓给出了这种评价。

她们利用这次改造的机会，在角落里留出了一间卧房。

剩下的钱已经不多了，能省一点都是好的。基斯和他的伙伴们尽量使用一些抛弃的边角料作为原材料，但她们还是为整修工作花去了大部分财产。

月底的时候，她们去了拍卖会，低价买回了一些没人要的旧物。梅淘到了六台保险公司废弃的老式打字机，因为他们已经换上了 IBM 公司新出的球形电动打字机。萨莉－安发挥了自己的魅力，从一个旧货商那里几乎是免费地拿到了一些家具：其中包括一台速印机、几台录音机、一张原来用在暗房里的带台灯的桌子、六把椅子还有一个天鹅绒沙发。几乎免费，这是因为九月初的时候，她们的口袋里几乎已经没有任何钱了。

● ∞

又是一个星期日，梅很早起床，出发去教堂参加弥撒。她已经突破了一切束缚，除了她的信仰。但是，每次走进教堂的时候，她都会觉得自己是个罪人。她并不是要来这里寻找上帝，也不是祈求神明的救赎，她只需要一小时的时间，让自己可以屏蔽外部的世界，感悟自身的存在。她从不祈祷，因为在她看来，自己的祈祷就是对他人的冒犯。她观察着教堂的神职人员，猜测着那些来参加弥撒的家庭的人生，看着那些一边背诵祈祷文一边打哈欠的孩子，还试图把那些相爱的夫妻同那些貌合神离的夫妇区分开来。梅沉醉于目前的自由状态，但是自由总是伴随着恐惧，孤单就是最让人恐惧的情绪之一。

前一天晚上，萨莉－安去参加了一个慈善晚会，很晚才回到公寓，晚会实在是无聊透顶。她之所以会去，是为了说服一个年轻的企业家投资《独立报》。后者并不是一个很有吸引力的人，所以他们的谈话并没有从工作的领域转移到更私密的范畴。谈话中，他很有礼貌地倾听着。但是，一个非全国性的报纸要怎样赢利呢？电视已经抢占了广告市场的绝大部分份额，就连投放全国的大报都很难有盈余。现在纸媒衰微的趋势越来越明显，他甚至在想是不是不久之后，就能看到它的末日了。虽然萨莉－安舌灿莲花，但是她的话语并没有起到任何效果，对方看不到利润的来源，当然也不会因此投入自己的金钱。萨莉－安只得又提到了另一种形式的盈利：这个国家需要独立于资本力量之外的报纸。最后，对方出于礼节，给了她一个空头承诺：一年之后，如果《独立报》能够证明自己的影响力，他可以考虑加入第二轮投资。萨莉－安于午夜时分愤怒归来，回到公寓后却看到梅和基斯一起躺在床上。她的怒火一直没有平息，几乎想上床睡在他们旁边，但最后还是选择了沙发。

梅很早就出了门，这把萨莉－安吵醒了。基斯还在熟睡。透过卧室的门，她能看到基斯均匀的呼吸，他整个人几乎都陷进了床垫里。就算是在这种平和的状态下，他的身躯也充满了力量。基斯的皮肤就像一件艺术品，胸脯上的毛发像是在引诱人们同他一起踏入肉欲的天堂。萨莉－安捡起了他扔在地上的衬衫，闻着棉布中男性特有的味道。梅至少要两小时后才会回来，而这对萨莉－安而言已经足够了。她脱下自己的T恤，褪下内衣，躺在了基斯的身边。

天性有着神奇的力量：男人在早晨的时候总是有着某种他自己都无法控制的欲望。面对温软的嘴唇，还有在他腹部游走的手指，基斯没能坚持太久。

快乐过后，萨莉－安拿着内衣站起了身。基斯和她一起钻到了淋浴喷头的下面。穿好衣服之后，他们已经达成了某种默契：之前什么事情都没有发生。

●　◯◯

八天之后，奇迹发生了：朗达，就是那个幻想成为财务总监的助理会计师——在二十世纪八十年代初期的跨国企业里，这件事情的难度不亚于穿拖鞋攀登奥林匹斯山——已经完成了一份详细的财务预算表。其中的数字已经精确到了每一个曲别针的费用，预计到了每单广告的收入，还算出了报纸运行前两年所需要的资金量。并且，她还给这份预算表设计了一份精美的塑料封皮。她的丈夫是巴尔的摩商业银行的分行经理，愿意同女孩们碰面商谈借贷事宜。

● ∞

克拉克先生个子不高，但有着闪亮的眼神和亲切的微笑。事实上，他的外表与美丽一词毫无关系，不过他平易近人的风度让其平添了一份魅力。他和朗达结婚已经有十五年的时间了。显然，他愿意面见两个女孩，是受到了来自家庭内部的威胁：不然，恐怕有很长一段时间他的太太都会在床上用背朝着他了。

"请允许我提一个问题，"克拉克先生摘下了他那副已经滑到鼻尖的眼镜，"如果我们成为贵报的投资方的话，你们会不会刊发一些有损银行利益的文章？"

梅已经做好了回答的准备，但是她的合伙人在她的脚踝上踢了一脚。

"在回答您的问题之前，请您允许我问您另外一个问题，"萨莉－安问道，"您的银行有意向为我们提供贷款，您是不是至少可以向我们保证，贵行是没有任何违规或违法行为的？"

"这是自然，"克拉克先生给出了回答，"既然我们已经决定坦诚相待，那我就可以告诉二位，我很佩服你们的勇气，有一位不便在此提及姓名的人士已经同我介绍过你们的计划，几乎是每天晚上。我认为她并没有夸大其词。"

他打开抽屉，拿出一张表格，把它放在了办公桌上。

"好吧，"他说，"我们会尽快处理二位的贷款请求。等你们完成相应表格之后，可以再来见我。我会把表格交给信贷委员会。不过这只是个过场，我会负责到底的。我们应该可以提供一笔两万五千美元的贷款，借期为两年。作为回报，等贷款到期之后，如果贵报能够如预期一样赢利的话，我希望你们可以将我们银行作为合作银行。"

　　克拉克先生把她们送到办公室门口，同她们握手告别。萨莉－安和梅兴奋极了，她们每人都在克拉克先生的脸上亲了一下，以表示感激之情。

　　走出银行之后，她们再也无法抑制心中的欣喜。

　　"我们真的成功了，报纸就要面世了！"萨莉－安激动地宣布，她甚至都不敢相信这一事实。

　　"是的，我们真的做到了。两万五千美元，你看，这真是一笔巨款。我们可以雇两个男秘书、一个男报务员，甚至还有一个男前台，当然，还需要一个女排版员、一个女编辑、一个女摄影记者、一个负责政治版面的女记者、一个负责文化事务的女记者、一到两个女通讯员……"

　　"我还以为我们不会搞性别歧视的……"

　　"我知道，但是听听这些话有多带劲：'我的小弗兰克，赶快去把我需要的材料找来。'"梅模仿着总编挂断电话的动作，"'约翰，你要是能给我端杯咖啡就太好了。'"梅指挥着自己的男助手，"'罗伯特，我喜欢你这条裤子，这让你后面的线条很好看。'"

　　"好吧，我得承认，这听上去很不错。"

　　肯定会有人说，如果克拉克先生不是朗达的丈夫的话，他肯定不会批准这笔贷款的。其实这并不是事实，巴尔的摩商业银行的分行经理完全知道自己在做什么。萨莉－安的父母绝对不会让这笔贷款有去无回的，因为他们本身就是银行的大股东。

　　但是，可能还有人会说，克拉克先生不应该给出这么没有回旋余地的承诺，让两个女孩开心得太早了。

　　几天之后，银行的某个管理人员致电汉娜·斯坦菲尔德，告诉她马上有一份申请材料需要上报信贷委员会。

12

乔治－哈里森

二〇一六年十月，魁北克东方镇区

我叫乔治－哈里森·柯林斯。面对那些拿我名字取笑的人，我总是得告诉他们在我的学生时代，大家已经拿这个名字开了太多的玩笑，我非常清楚自己和哪个名人重名。不过奇怪的是，我们在家从来都不听披头士的音乐，我妈妈其实更喜欢滚石的作品。但是无所谓了，这并不是我生命中唯一一个无解的谜题。

我出生在梅戈格。三十五年以来，我一直都生活在坎通东。那里的风景很美，冬天却残酷而漫长，不过只要春日来临，整个城镇就会立即复活，随之而来的就是炎热的夏季：树木会在热情的太阳的照射下变得越发郁郁葱葱，湖泊也会发出美丽的光泽。

卡里·纪伯伦曾说过，记忆就像一片秋叶，它在风中私语，最终从世界中消失。妈妈给我留下了属于我的最美好的回忆，但她自己的记忆消失在了秋季的寒风中。

当我二十岁的时候，她一直在劝我离开家乡。"这个地方对你来说太小了，去看看外面的世界吧。"她对我给出了这样的命令，但我没有服从。我无法生活在别处，我只能生活在这里。加拿大的密林就是我的领土，里面生长着无数的槭树，而我就是个细木工匠。

在妈妈的意识还清醒、气性还硬朗的时候，她经常会把我当作她的老朋友，每天都目送我坐上小货车的驾驶位。

我的大部分时间都是在工作室里度过的。对喜欢改造的人来说，让木头变换形状和颜色是一件神奇的事情。当我还在阅读匹诺曹的故事时，我就下定决心要成为一名木匠。杰佩托的行为让我思考：如果他可以用他的双手为自己创造出一个儿子，为什么我就不能为自己造出一个父亲呢？虽然我从来都没有见过我的父亲。当然，在童年的尾巴上，我已经不再相信这些童话故事了。我开始制造一些人们日常生活中用得到的器物：比如家庭可以围坐的、用来晚餐并可以借此留下回忆的餐桌，夫妇可以相拥而卧的床榻，小孩子可以用来做梦的睡床，或者是一些可以帮助人们整理书籍的书橱。我对自己的职业深感自豪，认为这才是最适合我的生活。

那是一个十月的清晨，我忙于打磨一个五斗橱的隔板，这个活可真是花了我不少功夫。用来取木料的那棵树还不够干燥，第一次用就裂了。我只好一遍遍地尝试——当时已经是第二十次了——整个人都沉浸在对那段不听话的木头的恼怒中。邮差的到来解救了我，我很开心地接待了他。通常，邮差只会给我带来一些发票，还有那些能毁掉你的生活的行政机构寄来的材料。但是那一天，他递给我一封手写的信。字迹很美，无法辨认书写人是男性还是女性。我拆开信，坐下开始阅读。

亲爱的乔治：

请原谅我擅自删减了你的名字，对我来说，这类复合的名字实在是太长了。当然，你的名字非常美，可这并不是这封信要阐述的重点。

我想，虽然你的母亲还活着，但坐视她的生命一天天地凋零，必然是一件艰难的事情。

人生就是这样。我们对父母的了解仅限于他们告诉我们的事情，或者说，我们只了解父母希望我们了解的东西，毕竟按照时间顺序来说，他们存在的时间要早于我们。我想说的是，他们也有过完完全全属于他们自己的生活，经历过叛逆的青年时代，生活里也有过欺骗和谎言。他们也曾击碎过生活给予的枷锁，才得以继续前行。但问题在于：他们是以怎样的方式将枷锁击碎的？

以你的母亲为例：你从来没有见过自己的父亲，而她有没有告诉过你关于生父的事情？

他是谁？她是在什么情况下遇到他的？他为什么要抛弃你们？如果你对这些问题感兴趣的话，也只能由你自己来寻找答案。你愿意投身其间吗？假若你愿意，我建议你发挥自己的聪明才智。你肯定也能想到，你的母亲是一个心思缜密的人，她是绝对不会把那些重要的秘密存在一个容易找到的地方的。我知道，你看到这封信的第一反应一定是不相信我说的话，但是，一旦你发现可以支持我的说法的证据之后，你就可以出发来见我了。

当然，首先要等到一个成熟的时机。现在，你应当先消化一下我说的话。你还有很长的路要走。

请原谅我采取了匿名的方式。这并非一种懦弱的表现，我是替你考虑才选取了此种做法。

我强烈建议你不要向任何人聊起这封信。阅读之后还请你立即毁掉它，毕竟保留信件对你也不会有任何用处。

　　请相信我的诚意：谨向你致以我最诚挚的祝愿，并请接受我迟来的慰问。

　　我把信在手心里团成了一个球，扔到了工作室的某一个角落。是谁给我写了这封信？出于什么目的？有谁会知道我母亲的健康状况？无数疑问涌了出来，可是我并不知道答案。我再也无法集中注意力了，而在干木匠活的时候，当你手持锯子、刨子和凿子的时候，注意力不集中可能会导致严重的后果。我放下手中的工具，穿上外衣，跳进了我的小卡车里。

　　两小时的车程之后，我抵达了养老院的大门口，妈妈已经在这里住了两年。这是座外形古雅的大房子，面朝着一个大公园，公园中央还有座小丘陵。房子的外立面上附着一株常春藤，每当风吹过，常春藤的叶子就会沙沙作响，就像是它们也感到了寒冷一样。

　　工作人员很热情。这里的老人都忍受着同样的痛苦，但每个人的表达方式都略有不同。高蒂尔先生是妈妈的邻床，五年以来，他每天都反复重读同一本小说的第二百〇一页。每天，他都会为其中的同一段描写大笑出声，每一次他都会重新翻看那页书，还会加上万年不变的两句评论："太了不起了，这简直太好笑了！"而拉彼克太太则一直沉浸在一个她从来没能赢过的单人纸牌游戏中，她把纸牌放在自己的面前，一直端详着它们。有的时候，她会用颤抖的手指拿起一张牌，放在鼻子下细细地闻着，说着些谁也听不懂的话，微笑着，然后拒绝把这张纸牌放回原位。在这座楼里，一共有六十七位房客。

　　这是一些穿着人类衣服的鬼魂，生命已经离开了他们，但他们本人对此一无所觉。

我妈妈是个个性强硬的人，她是一个不知疲倦的爱人。爱情就是她的毒品，而她显然已经吸入过量。我已经记不清有多少次，在我放学回家的时候，会在屋里看到一个不同的男人：他们一般都神色尴尬，然后友好地拍拍我的肩膀，问我最近怎么样。

当时我的反应就和所有爱自己妈妈的小男孩一样：我选择忽视他们。他们通常当晚就会离去，最多也不过待到第二天早上，但是母亲永远不会离开我。

我也不知道自己那天是怎么了。这封匿名信唤醒了我内心深埋已久的怒火，这股火气已经熄灭了如此之久，我甚至都快要忘记它的存在了。我不知道是不是人都会经历这么一瞬：那一瞬间，我们会忘掉所有的理智，就像生活不再会继续，就像阿尔茨海默症可以被治愈，就像高蒂尔先生会最终将书翻到第二百〇二页，告诉我们这一页很悲伤，就像拉彼克太太最终会开始她的纸牌游戏，就像妈妈可以回答我的所有问题。

看到我进来，妈妈的脸上绽放了一个大大的微笑，这也是她唯一能为我做的事情。我知道自己要提起一个禁忌的话题：十岁生日的时候，我拒绝了妈妈的礼物，发了很大一通火，希望她能告诉我我的爸爸是谁，他是不是像一个小偷一样在我出生前就离开了，他到底为什么不要我；但妈妈发了一通更大的火，发誓我要是再敢问这种问题，就很长一段时间不跟我说话。

冷战持续了一个星期，我们一句话也没有说。最终，直到星期日的早晨，在我们从杂货店出来的时候，妈妈才把我搂紧在怀里，深深地吻着我。

"我原谅你了。"她叹息着说。

只有妈妈才会如此骄傲，向施舍一样给予我她的原谅，虽然其实她才是理亏的那一方。她的沉默中保存着一个秘密，秘密的苦痛却一向由我承担。一直到十八岁，我做过很多次努力，但她始终没有给出答案。她有时发火，不发火的时候就会流着泪离开房间，口中说着她为我做出了这么多牺牲，我却始终不能将她视为唯一的亲人。

十八岁时，我终于放弃了。事实就摆在眼前，这也是某种答案吧。要是爸爸想来看我的话，他早就该摁响家中的门铃了。

我也不知道自己那天是怎么了，但是，我直视着妈妈的眼睛，突然就发难了。

"他为什么会走？我放学回家看到的那些男人里，其中有没有他？"

我很快就后悔了，我怎么可以用这种语气跟妈妈说话。我经常同她争吵，但是我从来都非常尊敬自己的母亲。要是她的意识还清醒，我一定会遭到严厉的批评的。无论如何，我当时都绝对没有这样的胆量。

"马上要下雪了，"妈妈看着护士整理着拉彼克太太的纸牌，把她推回了房间，"出门散步的时间也被缩短了，所以，马上要下雪了。你圣诞节去哪里过？"

"妈妈，现在才十月。离圣诞节还有两个月呢，我会和你一起过的。"

"不，"她立即表示了抗议，"我最讨厌火鸡，还是庆祝新年吧。你带我去我最喜欢的餐厅，我不记得名字了，但是你知道的，就在河边。"

她说的河其实是一个湖泊，餐厅则是个快餐店，那里只供应牛角面包和牛肉三明治。但我还是点头同意了。就算我很生气，也犯不着违背妈妈的意愿。她注意到了我手上的绷带。两天前，我割破了大拇指，不过没什么严重的。

"你受伤了？"

"没什么事。"我回答道。

"你今天不用干活吗？"

妈妈的精神总是在游离。有的时候，她可以像模像样地跟你对话，但前提条件是你只能聊些日常的事情。不过，下一秒钟她可能就会意识模糊，开始说些完全无关的事情。

"梅拉妮没和你一起来吗？"

梅拉妮和我分手已经有两年了。一开始的时候，我这种深居简出的生活让她觉得很有趣，但最终她还是厌倦了。我们共同生活了五年，其间有无数次的分分合合，最终的结果是她收拾起了所有个人物品，在厨房的桌子上留了一张字条，然后就离开了。字条很短，只有一句话："你是森林深处的熊。"女人们就是有这种本事，用很少的词说很多的意思；男人们却总是废话连篇，根本抓不住重点。

"你得给我把伞。"妈妈的眼神已经飘向了天空。

不远处的长椅上，高蒂尔先生又发出一阵大笑。

"这个人让我烦透了。有次我偷了他的书，但是什么好玩的也没看见。对了，我最后还是还给他了。护士跟我保证说，他年末之前就会死。终于可以摆脱了！"

"我不相信护士会给你做出这样的保证。"

"因为我已经告诉过你了！你只要问问梅拉妮就知道了。她在哪儿呢？"

夜幕降临了。我觉得自己很好笑，为什么要为这么一件没有结果的事来打扰自己的母亲。我还要再开两小时的车才能回家，周末之前还得把这个五斗橱的订单发出去。我搂着妈妈，带她回了室内，到了餐厅附近。在走廊里，我遇到了一个护士，她看向我的眼神中满是同情。一个这么漂亮的女孩子，怎么会选择到这种等死的地方来工作？衬衫下，她的胸脯高高挺起，我开始情不自禁地设想：每天下班之后，在爱人的床上，她要怎么向他描述自己的一天？我还幻想自己就是那个睡在她旁边的男人。她的拥抱会是什么味道的？

"梅拉妮说不定就在看着你呢！你在浪费时间，"妈妈对我耳语，"这可是个性冷淡。别问我是怎么知道的，我就是知道，就是这样。"

妈妈已经开始说胡话了，但是她就是有这样的怪癖，认为自己才是对的，就像那句该死的口头禅："就是这样！"这可是她最喜欢说的话。

她沿着餐桌的边缘，高傲地拿起盘子，用手势示意我可以走了。我弯下腰去亲吻她的脸颊。她脸颊上的雀斑都不见了，取而代之的是老年斑。

那是一个十月的傍晚，这一天开始得奇怪，结束得也同样令人震惊。妈妈搂住了我，力气惊人得大。她把嘴唇凑上了我的耳朵：

"他没有走。他从来都不知道。"

我感到自己的心跳都加速了，跳得比上次我差点被电锯锯到手指还要快。我本以为是妈妈又发病了，可是她马上就让我明白她是正常的。

"他不知道什么？"

"你的存在。"

我看着她的眼睛，屏住呼吸，等着她继续说下去。

"走吧，马上要下雪了。"

高蒂尔先生又笑了起来，妈妈的目光又飘到了天上，最终也没有落回来。她用惊喜的眼神看着天花板，就像在看夏夜中的繁星一样。

我终于下定了决心，我也不知道该怎样做，可是我一定要找到爸爸。

13

艾琳-卢比

二〇一六年十月，巴尔的摩

虽然玛吉已经决定不再管信里的事，但我下定了决心，一定要搞清事实的真相。我躺在床上，轻声读着这封信，有时还同信的作者展开讨论，就像他也在房间里一样。

你的母亲是个了不起的人物，她极聪颖，既能完成最好的事业，也能做出最坏的事情，但是你们见识过的，恐怕只有她好的一面。你说的"最坏的事情"是什么意思？

我在记事本中记下了：最坏的事情发生在我出生之前。

我咬着铅笔，突然有种异样的感觉涌上了心头。当然，在妈妈成为我的妈妈之前，我对她的生活一无所知。我从父母那里听过他们暧昧的故事，关于他们分开的原因，双方的版本还有些出入。我知道在若干年之后，妈妈回来敲响了爸爸的房门，但是对她在这若干年中做了什么事，我却一无所知。我把信放在床上，陷入了沉思。我三十四岁就失去了母亲，这已经很早了。我突然想去了解妈妈究竟是怎样一个人。我怎么会这样，从来没有了解过少女时代的妈妈是怎样生活的，我怎么从来没有问过她相关的问题？在一样的年纪上，我们有没有思考过同样的问题？除去那些人与人之间平庸的共性以外，我们还有没有相似的地方？人们常常说，我的眼睛像妈妈，我说话的方式像妈妈，我的脾性像妈妈，可是我其实并没有那么像她。在没有收到这封信之前，我一直都认为我们很亲密。无论我在世界的哪一个角落，我都会想办法给她打电话。上个圣诞，我还送给她一台笔记本电脑，自此每个星期我们都会在视频软件上见面。妈妈想要了解我的生活、我的旅行，她的询问里总是有掩饰不住的关心，有的时候还会让我不耐烦。我的回答通常有些漫不经心，大部分情况下就是敷衍，而且还秉承了英国人一贯的传统：我们甚至浪费宝贵的时间去讨论天气。

我又想起了米歇尔，在那个毫无情趣的茶馆里，他吃着司康饼，问我为什么对那些不相干的人的热情要大于我对家人的兴趣。这句话像是一记拳头，直接击中了我的内心。

天哪，艾比，你怎么会忽视自己的母亲的存在呢？是出于害羞，出于恐惧，出于无能，还是出于大意？你之前是不是从来都没有想过，时光会倏然停止？是因为你觉得心里的话可以留待以后再说？但是，你从来没想过，再也没有以后了。

我感到泪水已经模糊了眼眶，我到底怎么了，我可不是一个情绪化的人。好吧，至少没有这么情绪化。

妈妈，我只了解过你好的一面，但是为什么要由一个匿名的外人来撩拨起我的好奇心，告诉我你也有坏的部分，并激起我了解你的欲望？这就是你一直隐藏秘密的原因？因为你知道自己的女儿是一个自私的人？我原来经常在同伴面前吹牛，说你是我最好的朋友；我告诉她们我可以告诉你一切事情，她们都嫉妒得要命。但是你呢？你什么都没有告诉我你的一切。为什么？因为我从来没有敲响过你的心门？因为我自私地把所有属于我们的时刻都留给了自己？多少个早晨，都是你看着我走进校门；多少个傍晚，都是你接我回家。我总是在家里看着你忙碌的身影：你照顾着我们每一个人，其实我当时本来也可以关心一下你的。我总是自豪地沉浸在手中的书里，却从来没有翻开过属于妈妈的篇章，现在，这一段已经消失不见了。

门打开了。我抬起头，看见了站在门口的爸爸。

"你在这里？我还以为你在伦敦的公寓呢？"

"没有，我想……我也不知道自己想干什么……"

爸爸坐在了我的床头。

"想放松一下？发生了什么事情？"

"什么都没有，一切都很好，我向你保证。"

"你的眼睛都红了……是某个男人吗？他让你不高兴了？"

"某个什么？"我不好意思地问道。

"你知道的，我也是这样的，我过了很久的单身生活。我一直都把那段经历当作人生中最灰暗的一段时光。我害怕孤单。"

"那你现在怎么办呢？"

"我是鳏夫，但不是单身。这可是两回事。我还有我的孩子。"

"我不在的时候，玛吉和米歇尔会经常来看你吗？"

"你经常不在这儿。我每个星期四都会和你的哥哥吃饭，玛吉每个星期都会来个两三次，但是每次都不会待太久，她总是那么忙。嗯，我还想说，哪怕是你不在的时候，对我来说你也一直在我身边。我只要想想你们的妈妈，或者是想想你们其中的一个人，孤单就像小偷一样溜走啦。"

"我不相信。"

"你说得对，我说谎了。好了，现在你是不是该告诉我你遇到什么事情了？"

"回英国之前，妈妈都在做些什么？"

"呃，亲爱的，我还以为你愿意留在这里，是因为你真的很想自己的父亲呢。"爸爸一脸苦笑，"亲爱的，我也不太清楚。她不喜欢谈起那几年的经历。你应该也听过那句谚语吧，就是那句和所有谚语都一样傻的谚语：苹果落地的地方永远不会离树太远。嗯，这句话如果被用到现实中就不会显得那么可笑了。就跟你一样，你妈妈也在传媒行业工作过一段时间。"

我瞪大了眼睛。妈妈是化学老师，我看不出她能和传媒业有什么关系，我向爸爸提出了质疑。

"在你妈妈还是学生的时候，她的化学就很好。但是之后，她就抛弃了这门学科……嗯，同时被抛弃的还有我，去当了一名记者。不要问我为什么，也不要问我事情到底是怎么发生的，因为我也不知道。等到她回来的时候，她很快怀上了你和你哥哥，我们就意识到仅凭我一个人的薪水是无法应付开支的。她用了好几个星期的时间，想要找一份适合的工作，但是随着她的腹部隆起得越来越高，很多公司都向她关上了大门。最好的结果也无非就是给她一份秘书的工作，报酬也少得可怜。这让她非常生气。一位女性，还是一位怀孕的女性，是不能奢望获得一份好职位的。不过，生气显然对胎儿不太好。最后，她终于平复了情绪，重拾了少年时的热爱——但是我也是她少年时爱的事物之一，"爸爸得意地眨了眨眼睛，"她一边怀着孕，一边修习远程课程，这你已经知道了，我也不知道是怎样的奇迹，她竟然通过了全部考试。你们出生之后，她先是做了助教，然后是实习教师，最后有了正式教师资格。你妈妈很喜欢孩子，喜欢被这些小家伙环绕的感觉。要是我一辈子都只有十岁就好了，那样她就会一直宠着我的。"

爸爸讲完了，他用手抚摩着我的头发，这是一个习惯性动作，说明他想让我们的谈话严肃一点。

"艾比，我已经跟你说过一百遍了，想到妈妈的时候不要难过。想想你们一起度过的好时光，想想她对你的爱，想想你们之间的亲密关系，我可是很嫉妒呢！她虽然已经离世，可是并没有带走这些宝贵的东西……"

爸爸话音还没有落，我就扑到他怀里哭了起来。当然，我可不是个情绪化的人。

"好了，看来我已经很成功地安慰了你。不过还是再给我一个表现的机会吧。我知道对抗忧愁的最佳方法。来吧，"爸爸牵住了我的手，"奥斯汀已经修好了，咱们一块儿去城里吃点冰激凌吧！最近克里登也开了一家本杰瑞冰激凌店，不过这可不是个好消息！反正你的妹妹也不要结婚，我们也不必拘束了！"

●　◯◯

"是哪一家报纸？"我舔着满是巧克力的勺子，向爸爸发问。

"我不想回答。"爸爸的眼睛还盯着面前的冰激凌。

"为什么？"

"因为我不希望你总是想着这些事情。"

"如果你觉得这样就能让我摆脱这些想法，那你就是太不了解自己的女儿了。"

"艾比，我得告诉你，如果你把我要说的这些话告诉你的哥哥或妹妹的话，会导致大家产生不必要的烦恼的。"

"你每次叫我'艾比'的时候，都是些严肃的事情。"

"《独立报》。"

我看着爸爸，目光中满是疑惑，想他是不是在跟我开玩笑，想看看我能失态到什么程度。

"《独立报》。那家雇用了业内所有的顶尖撰稿人的报纸？什么版块的？文化、经济，等等，不，应该是科学版块！"我不无讽刺地说。

"社会。"

"我们说的真的是妈妈吗？"

"她很关心政治，是个很不错的社论撰稿人。别用那种眼神看着我，我说的都是事实！"

"对我来说这可真是个侮辱，我只能写点游记，最多也就是给出些旅行建议。"

"好了，你千万别这么说！所有的领域都是同样重要的。你的读者可以跟着你的笔尖邀游世界，去一些他们终其一生也无法抵达的角落。你是梦的散播者，你的描述可以促进人们的文化交流，在这个年代这可是件了不起的事情。你的工作非常重要，要是你怀疑自己的话，可以看看《每日邮报》上那些垃圾文章。拜托，千万不要低估自己的价值。"

"你是不是在说我很让你骄傲？"

"你对此有过怀疑吗？"

"你从来都不会询问我的工作。"

"我从来都不聊这个，是因为……因为你那份该死的工作总是让你离我很远。你还想再来个冰激凌吗？"

"一口下去就是上千的卡路里，不过作为减压食物，好像效果还不错。但是我觉得还是不太说得通。"我用手指擦着杯子的侧面，不浪费任何一点巧克力。

"什么说不通？你要不要来点新鲜的？这儿的香蕉口味冰激凌实在是太棒了！"

爸爸很快又买了两杯巨大的冰激凌，白色的冰激凌里裹着很多的香蕉，外面还淋着无数的焦糖。

"你有短信？"爸爸看到我一直在点着手机的触屏。

"没有，我在找妈妈的文章，但是一篇都没找到。这可奇怪了，大部分报纸都把之前的存货数字化了，《独立报》应该也有电子版本啊。"

爸爸清了清嗓子。

"你不可能找到的。"

"为什么？妈妈没有用自己的名字？"

"不是，是因为根本不是这家《独立报》。我说的这家的历史要更久远一点……"

"还有另外一家《独立报》？"

"是份周报，没有存在太长的时间。你妈妈是创始人之一，和一群同样有理想的朋友一起。"

"妈妈创立了自己的报纸？"我突然生气了，"但是你们从来没跟我们说过，甚至都没告诉过我，我也是个记者啊！"

"的确没有，"爸爸回答道，"我们没想到这一点。那又怎么了？没什么大不了的。"

"没什么大不了的？好吧，反正在咱们家，所有的事都是没什么大不了的，就算是我摔断了腿，也是没什么大不了的！我该去跳楼的，恐怕在落地的过程中，还会听到你们在对我喊：'艾比，没什么大不了的！'"

"那时候你才十岁，难道我要看着你的眼睛，告诉你你要被截肢了吗？"

"好吧，无论什么事情，你总是能找到戏谑以对的方式。为什么要瞒着我呢？"

"因为我怕你会一直想着这件事情。我知道你一直想给你妈妈惊喜。如果我们告诉你她创立过自己的报纸，你要怎么做才能给她惊喜呢？去当战地记者？或者你也要开一家自己的报纸？"

"呃，这也不是什么坏事……"

"当然是！就是这个报纸让你妈妈崩溃，无论是财政上还是精神上！你知道摧毁一个人的梦想是多严重的一件事情吗？现在，谈话结束了，你要是还想聊下去的话，我还得再吃第三个冰激凌，那样你就得送我去急诊了。"

"你终于学会用夸张的修辞手法了，我很欣赏。"

"我没有在夸张，我有点血糖高。"

"血糖高？什么时候开始的？"

爸爸估计掰着手指头算了一下。

"二十天了！"

我恼火地把头埋进手指间。

"好吧，我们家还真是个秘密之家啊！"

"好了，艾比，不要太夸张了。你希望我把体检报告贴在厨房里吗？你现在明白为什么只要我一靠近饼干盒，你妈妈就要跟我吵架了吧？"

我没收了爸爸的冰激凌，让他开车把我送到火车站，借口是我必须回伦敦工作。我不喜欢撒谎，尤其是面对爸爸。

上了火车之后，我立刻给杂志社的资料搜集员打了个电话，我需要她帮我一个忙。

14
艾琳－卢比

二〇一六年十月，伦敦

我回到了自己的单身公寓。我蜷缩在沙发上，看着电视上播出的《荒唐阿姨》，撕开了第三包薯片。

这部片绝对是个经典片，直到现在它对公众还有教育意义。

比如说，如果一个女人在星期五晚上还在为一个人喝掉了一瓶酒而自责，她就可以看看这个电视，想想这瓶酒还是在那个她还会组织朋友聚会的年代，由朋友们带给她的。

再比如说，如果一个女人站在浴室的镜子前，看着镜子中的自己，悲哀地想着自己这么长时间的单身状态的确不太正常，随后又看着镜中的自己改变了看法，她也可以从这部剧中汲取营养。

对于这个女人，还有很多其他的女人，柏丝和雅典娜都是真正的英雄。因为她们的处境往往比我们大多数人更惨，但她们永远有勇气面对第二天。

萨弗蓉跟自己的母亲吵架，这也让我想起了我和妈妈之间的那些口角。她的外婆走进房间，想要平息这场纠纷。但我从来没有见过外公外婆，将来也不可能见到他们，因为妈妈是在一家孤儿院长大的。突然，又有一片疑云涌上了我的心头。我跑去打开了手包，从里面取出了那封信。

我们对于父母的了解终归有限。他们的过去只活在他们的言语中……

妈妈什么都没有告诉我。

我的目光停留在了邮票上。我还真是个不合格的侦探：我怎么没有早点注意到？邮票上面虽然也是伊丽莎白二世的头像，但是颜色却和英国邮票不太一样。我又靠近了一些，很容易地就在国王陛下的头像下面发现了"加拿大"三个字，字体很小，但是，我之前怎么会没有看到呢？邮戳是蒙特利尔的。这个家伙为什么要从北美往这里寄信呢？

我的疑问还不止于此。

第二天，当我看着衣服在洗衣机里上上下下，并无聊地翻着一本杂志的时候，我接到了那位资料搜集员朋友的电话。她说并未发现英国曾有过一份名为《独立报》的周报。我立刻请她把搜索范围扩大到北美。

一小时之后，楼下的门厅里，我打开了自己的信箱。在那一大堆广告单之间，我一眼就看到了一个漂亮的字迹。旁边一位取信的邻居惊讶于我的脸色为何会在一瞬间变得苍白。

我颤抖着走回公寓，一进门就立刻撕开了信封。

里面只有一张便利贴，上面写着：

十月二十二日，十九点，水手咖啡厅，巴尔的摩。

当天是十九日。我的脑子肯定是乱掉了，因为我先把洗漱包和换洗衣服匆忙收进了行李包，才想起第一步应该是去网上找一张特价机票。交易失败了，我的信用卡余额不足。我尽量平复自己怦怦乱跳的心脏，打通了玛吉的电话。

"在我告诉爸爸自己想要提高信用卡额度的时候，说的并不全是谎话。"

我对玛吉的所有缺点都了然于心，但是她不是个吝啬的人，所以她说的应该是真话。

我把四小时前又收到了一封信的消息告诉了她。她严厉地训斥了我，说我是一个无可救药的疯子。万一对方就是个精神病，他说不定会把我先奸后杀的，最后还会把我的尸体扔进海里。嗯，肯定是这样，所以他才会约我晚上在一家名叫"水手咖啡厅"的店里见面。玛吉在编故事的时候永远都不缺乏想象力，但是她的故事通常结局都不太好。我告诉她，要是变态杀手想寻找猎物，也犯不着到大洋彼岸来找，在家门口找可能要容易一些。要是米歇尔听到了我的论述，肯定会夸奖我很有逻辑。

"当然不是！"玛吉愤怒了，"在那儿有谁会注意到你失踪了！"

"我们又不是约在密西西比河的某个废弃河道旁边！这可是巴尔的摩！"

玛吉那边安静了一瞬。她太了解我了，应该知道我已经下了多大的决心。

"你有没有想过给报社打电话，让他们预支一笔钱给你？旅行不是你工作的一部分吗？我没有搞错吧？"

看来搞错的人是我，我甚至都没想到这个解决方法。我立刻挂断电话，打给我的主编。在等待他接电话的过程中，我快速编造了一个采访主题。杂志已经有几个世纪没有发表过有关巴尔的摩的文章了，在这期间，整个城市都经历了改造，现在是美国东海岸最大的港口之一，还有著名的约翰霍普金斯大学。我一边看着苹果电脑的屏幕一边跟主编瞎扯，心中充满了对维基百科的感激之情。嗯，还有雷金纳德·刘易斯博物馆，这可是陈列非裔美国人历史的圣殿。

"嗯，"听起来我的主编并没有被说服，"但是，巴尔的摩听起来还是没什么吸引力。"

"不！它很有吸引力，外界对它的了解也不多。你看，都没什么人会谈论这座城市。"

"好吧。不过我想知道，你为什么突然想去那里采风呢？"

"为了弥补这座城市之前遭遇的不公。"

就在这个时候，在电脑屏幕的最下端，我看到一行救命的文字，一张真正的王牌。我的老板极其崇拜爱伦·坡。我感谢这位著名的诗人表示自己愿意在巴尔的摩终老，这将是我文章的主线，题目我都想好了，就叫《巴尔的摩与埃德加·爱伦·坡的最后时光》。

主编终于笑了起来，我一时羞愧得无地自容。

"你还是多关注一下城市的经济复兴，还有它对留学生的吸引力。要是可能的话，多留意一下民众的医院。离总统大选只有几个星期了，我可不太相信民调，在我看来，特朗普不见得能赢。给你一个星期的时间，财务那边明天就给你打钱。不过还是给我拍张爱伦·坡的墓碑的照片，说不定之后用得上。"

一般来说，要是我能说服主编，让他同意我前往自己选定的目的地采访，我都会高兴得跳起来。但是，这一次并没有。出发前往未知之地当然是我的职业的精髓，但是我有预感，这次我会有许多与之前截然不同的发现。所以，这是唯一的一次，我感到自己不够勇敢。

离开英国之前，我必须向家人告别。我知道，玛吉一定会把我当作疯子，不惜一切代价让我放弃这个计划。我也能猜到爸爸一定会伤心的，我之前可是向他保证过会在英国多待一段时间。但最让我担心的人还是米歇尔，我先拨通了他的电话，告诉他虽然现在已经很晚了，不过我还是想过去看看他。

"你要来我家？"

我没有说话，米歇尔立刻就明白了我的潜台词。

"什么时候出发？"

"明天，航班下午起飞。"

"你要离开很久吗？"

"不会的，我向你保证，就一个星期，最多十天。"

"你饿吗？我想去商店找点东西吃。"

"好主意，我们好久没有一起行动了。"

我挂断电话之后，米歇尔立刻向身后的薇拉宣布了我即将到来的消息。但是他之后很久才向我坦白了这一点。

"要是我邀请妹妹来分享这顿你为我准备的晚餐，你会责怪我吗？"

"当然不会，恰恰相反，是我还没有准备好，不知道应不应该告诉她……"

米歇尔虽然没有明说，但薇拉已经从他的眼神中得到了所有信息。她拿起大衣，看了一眼刚刚摆好的餐具，把高脚杯放回壁橱——之前米歇尔甚至从来没有用过它们——就离开了。

●　◎

　　一到米歇尔家，我就看到他站在门口，还系着一条围裙。我很惊讶，但是米歇尔一言不发地把我带到了餐厅。我可没想到，米歇尔会花费这么大的力气来迎接我。他走进厨房，取出一口炖锅，把它放在隔热垫上。我打开盖子，闻着其中飘出的香气。

　　"你什么时候学会做饭了？"

　　"要是我没搞错的话，这还是你第一次在出发前来看我。嗯，我想说的是，这一次的确非常紧急。挂断电话之后，我思考了很久，应该是发生了什么事情，你觉得不方便在电话里告诉我，所以才过来的。这很符合逻辑。"

　　"一个很符合逻辑的推论也可能是错误的。你妹妹的思想是很复杂的。"

　　"嗯，这也有可能，然而……"

　　"然而，"我接过话茬儿，"一切都很好，我只是想见见你。"

　　米歇尔看着天花板上的顶灯，深深地吸了一口气。

　　"那就是说，你不希望爸爸和玛吉得知我们今天的谈话，这很符合逻辑。"

　　"今晚我希望你能忘记逻辑不逻辑的问题，因为一切都已经乱套了！但是我并不想打乱你的生活。我要告诉你一个秘密：你没有猜错，这次我出差并不全是为了公事，告诉报社只不过是想找个办法报销差旅费，我知道，这样很不厚道。但是，我还是照旧会发表一篇文章的，嗯，我一定会努力的。"

"你说的话没有一点逻辑。你说出差不全是为了公事，出差的目的地是哪里？"

"巴尔的摩。"

"塞西里厄斯·卡尔弗特，巴尔的摩男爵，美国马里兰州的第一任行政长官。你知道爱尔兰西南方有一个城市也叫这个名字吗？你可以去那里的，距离还短一点。"

"我不知道，不过你怎么会知道这种事情的？"

"因为我读书。"

"那我应该问你是怎么记住这些稀奇古怪的东西的。"

"在书上读到，自然就记住了。"

"大部分人都会忘记的，但是你和绝大多数人都不同。"

"这样好吗？"

"当然好，每次你都问我这种问题。"

米歇尔从炖锅中夹出一块鸡翅，放到我的盘子里，又为自己选了一块鸡腿。他定定地看着我。

"我要去找妈妈。"

"这样很好，不过恐怕是在浪费时间，我不认为她会在巴尔的摩。没人知道去世的人会在哪里。当然不是在天上，那儿可站不住人。也许是在某个平行世界里。你听过平行世界理论吗？"

在米歇尔开始解释平行世界之前，我及时把手放在了他的小臂上，希望他能先听我说。

"这只是一种说话的方式。我去寻找妈妈的过往。"

"为什么？妈妈丢失了自己的过去吗？"

"是的，她把它弄丢了。我们不知道妈妈曾经是个怎样的女孩。"

"但或许这正是她本人的愿望。你想破坏妈妈的心愿，我不认为这是件很好的事情。"

"我对她的思念不比你少，但我是一个女人，我需要了解自己的母亲，这样我才能真正长大，才能明白我自己是谁。"

"你是我的双胞胎妹妹。这和巴尔的摩有什么关系？"

"有人在那儿和我定了个约会。"

"某个认识妈妈的人？"

"我想应该是。"

"你认识这个人吗？"

"不，我不知道他是谁。"

我告诉了米歇尔有关信的事情，但没有告诉他其中的具体内容，我不想让他担心。他的精神世界还是比较脆弱的。然后我又编造了一些美好的事情。让事物披上美好的外衣，这可是我在整个硕士阶段所学习的内容。

"所以，"米歇尔竖起了食指，"如果我理解准确的话，就是你要前往一座遥远的城市，见一个素不相识的人。按照你的说法，他可以告诉你一些关于妈妈的事情，这样你就可以对自己有更深入的了解……我一直在想，你应该很高兴可以见到你自己吧。"

米歇尔的幽默总是这么冷。他沉默了一瞬，又带着一脸凝重站了起来。

"妈妈在巴尔的摩工作过。"他边说边把碟子收回了厨房。

我离开餐桌，和他一起去了厨房。米歇尔开始洗碗。

"你怎么会知道？"

"她告诉我，她在那里度过了人生中最美好的时光。"

"那跟我们的时光算什么？"

"我也是这么问她的，但是她很快就解释说那是我们出生之前的事情。"

"求你了，米歇尔，告诉我妈妈到底都跟你说了什么。"

"她深爱着那边的一个人，"米歇尔递给我一块抹布，"她没有这么说，但是每次提起这座城市的时候，她都显得不太开心。不过她之前可是说过，她在那儿度过了人生中最美好的时光，这显然不符合逻辑。我就推论，她一定是在怀念这个地方。在我之前读过的书里，如果女孩表现出了类似的情感，那一定是一段爱情故事。嗯，这很符合逻辑。"

"她从来没有提过什么人的名字吗？"

"没有，如果你刚刚有认真听我说话的话，你就不必再提这个多余的问题了。"

米歇尔放好餐具，摘下了围裙。

"我要睡觉了，不然我明天会很困，没法儿好好工作。不要告诉爸爸。我告诉你这个秘密，是因为你刚刚告诉了我一个秘密。我们要公平交易。刚才那段话只是我的推论，当然，在我看来，里面并没有什么逻辑漏洞。不过还是不要告诉爸爸，这会让他伤心的。男人们要是知道自己的女人之前曾经爱过什么人，总是会黯然神伤的，尤其要是女人一直隐瞒的话。我之前看过的书里都是这么说的，我想应该不是作家们编造出来的。"

米歇尔困得已经开始点头了，我就放弃了继续盘问他的念头。他打着哈欠，跟我说他真的希望我可以立即离开。我没有坚持。米歇尔去取来了我的大衣，他的手脚似乎比往常慢了一些，不过脸上的表情也放松了一点。他把大衣放在我的肩上，看着我，我知道他是在问我愿不愿意接受他的拥抱。我伸出手搂住了他，温柔地抱住了我的哥哥。

我向他承诺一到巴尔的摩就会给他打电话，并且告诉他一切关于妈妈的事情。这显然是个谎言，因为我也不知道会发现什么有关妈妈的事情。我的所有希望都建立在这个匿名的约见上，显然不太可靠。

第二天早晨，我又拨通了爸爸的电话，请他帮我一个忙：告诉玛吉我要出差了。

"你不会是在伦敦待得有些闷吧？"

我无言以对，只得给出了一个肯定的回答。说到这里，我都能想象出爸爸脸上的苦笑。他还想知道我这次要去哪里，是不是会离开很久。这都是些出差前的常见问题，我对如何应付它们很有经验。我在电话里给了爸爸一个吻，告诉他这次时间紧迫，我没法儿过去见他了，飞机马上就要起飞，我还要去报社取飞机票。这是另一个谎话。很长时间以来，飞机票就和信件一样，早就变成电子的了。但是我实在没有勇气当面去见爸爸，到时我还得编一个理由，告诉他自己这次为什么走得这么急。

在去希斯罗机场的路上，我又给玛吉打了个电话，告诉她要是敢责备我一句，我就立刻挂断电话，但是我也给出了保证：我会和她分享我的一切发现。

就像往常一样，路上的交通十分拥堵。在还有几公里就到机场的时候，我几乎以为自己会错过这趟航班。幸好还有一点时间。

我下了出租车，跑过航站楼的大厅，爬上去往登机口的扶梯，求站在我前面的旅客让出一条通道。等我跑到安检口的时候，机场大屏幕上我的航班号旁边已经闪烁起了几个红字："登机结束。"

我在大衣口袋里翻找着，把口袋里的钥匙和苹果手机都放在了安检仪上，却意外地发现了一个陈旧的皮质小包，只有化妆包大小。我从来没见过它，也不知道它是怎么跑到我的口袋里的。我刚才跑得这么快，别的乘客不可能有机会把它塞进我的口袋。不过我已经没有思考的时间了。我脱掉鞋，插到所有人的前面通过了安检门。我取出了自己的东西，气喘吁吁地跑向登机口，叫喊着让准备关闭登机口的乘务员再等一下。我把登记牌递给她，笑了一下表示歉意，像一只兔子一样跑过廊桥。我把包塞到了剩余空间本就不多的行李舱中，瘫坐在椅子上。

飞机开始驶离廊桥，我系好安全带，把那个神秘的小包放在了膝盖上。里面有一封信，信纸已然泛黄，还有米歇尔留下的一张字条。

艾比：

　　这个包是妈妈的，里边原来有一条项链。我把它取了出来，放进了这封信。这封信原来是放在一口木头匣子里的，那也是妈妈的东西。你肯定能想到，木头匣子太大了，没办法放进你的大衣口袋里。爸爸妈妈曾经想要重刷家里的房子，妈妈怕爸爸看到，就把这个东西交给了我。匣子里还有很多其他信件，这是第一封。我从来没有看过，我向妈妈保证过。但是你没有给出过任何承诺，所以你尽可以看。等你回来的时候，如果你没有什么新发现的话，我会把其他的信一起给你。小心点，我会想你的，我也不知道自己为什么会这样：你在我面前的时候我永远都说不出口，不过我是真的思念你。

　　　　　　　　　　　　　　　　　　　　　　　你的哥哥

我把米歇尔的字条小心地收了起来，仔细研究了那封信的信封。上面的邮戳来自蒙特利尔。

15

梅

一九八〇年九月，巴尔的摩

整个晚上，梅都在筛选求职者的资料和申请信。为了尽最大可能向公众掩饰她们想创办报纸的目的，之前那些征聘记者、编辑助理、资料搜集员或排版员的广告都发在了不同的报纸杂志上面。

午夜已过，但萨莉－安还没有回来，这引起了梅的不快，尤其是凌晨三点的时候，透过公寓的窗户，梅看到基斯的卡车把萨莉－安送了回来。也就是说，在她工作的时候，萨莉－安和基斯一直都在一起纵情享乐。

萨莉－安走进卧室，睡在梅的身边。梅假装自己已经睡着了，萨莉－安问她究竟怎么了，可她只是一言不发地翻了个身。

直到早晨，双方都保持缄默。梅继续拆阅求职信件，故意忽视萨莉－安的存在，虽然后者甚至为她准备造反。

"拜托，梅，我才是上流社会的小姐，而你不过是个小资女孩。我爱你胜过世上的一切，可是我也爱男人啊。就因为这样，你就觉得我罪大恶极？基斯就是个肌肉男，但是真到那种时候，他又可以变得柔情似水，我们俩都迷恋他又有什么不可以的？我们就不能彼此分享这个男人吗？我们女人就不能放纵一把吗，难道你还担心基斯会尴尬？在我们这个年代，还有谁是坚守一夫一妻制的？"

"我！"

"真的吗？"

梅垂下眼睛，内心陷入矛盾。

"千万别告诉我你已经爱上他了，我不会相信的，"萨莉－安继续说道，"还不如说他让你很开心……"

"萨莉，你别再说了，我不想听这些有违道德的话。我不是圣人，我也在适应我们这个年代的风俗，但是这并不代表我赞同这种做法！而且，在我们两个人中间，我才是真正的进步主义者！因为我仍然相信爱情。"

"但是你至少要跟我说清楚，你说的爱情不是跟基斯吧？他是个很好的情人，会照顾女伴的感受，之前我把他让给你了，因为这种好情人可是可遇不可求的。这也应该是他吸引你的唯一原因吧。现在，我们能不能结束这种没有意义的争执，好好地吃顿午饭？走吧，我请你去水手咖啡厅。这可是码头那边新开的一家餐厅，有很棒的生蚝，每天早晨从缅因州新鲜运来的。"

"你们昨晚就是去那儿吃的晚饭吗？"

萨莉－安却皱起了眉，还撇了撇嘴。

"天哪，我忘了，今晚我和我的弟弟有约。你要是还爱我，就赶紧来救我吧，陪我一起去赴宴。再也没有人能像他那样惹我厌烦了。"

"那你为什么还要答应和他吃饭？"

"他说要见我。"

"那你就用摩托载我去城里吧,你们一碰头我就离开。"

● ∞

时间是下午一点刚过,两个女孩已经乘着摩托车出发了。梅化了个淡妆,萨莉－安自然不忘就此调侃几句。但在经过市中心的时候,她并没有停车,而是一直飙到了巴尔的摩郊外的高尔夫球俱乐部。

代客泊车的侍应生的眼神一直停留在这对人车组合上,目光的焦点忽而是这辆凯旋摩托,忽而是那两个女孩。梅注意到,门童在同萨莉－安打招呼时,态度中有一丝极明显的恭敬。餐厅经理亲自过来陪她们入席。梅被这个地方的奢华震撼了。墙上的画框都涂着金粉,通往餐厅的走廊两侧,到处都悬挂着一些上流社会人士的肖像。

斯坦菲尔德一家在这家餐厅有长期预订的桌子。爱德华正在一边阅读报纸,一边等待自己的姐姐。

"你从来都没准时到过。"他说。

"早上好。"萨莉－安回答道。

爱德华抬起目光,看到了站在萨莉－安身后的梅。

"你不向我介绍一下你的朋友吗?"

"她可以做自我介绍的。她也长着嘴巴,而且也会用自己的舌头。"

爱德华拉开椅子,站起身来吻了梅的手。梅有些手足无措,只好保持着一个僵硬的微笑。这个男人之前对待自己的姐姐毫无礼貌,现在却又表现出了极大的绅士风度。不过老实说,他的殷勤的确让梅感动。

"还是你们自便吧。"梅很尴尬。

"您还是不要离开了,"爱德华抱怨道,"留下来吧。或许今天因为您的出席,我和姐姐之间就不会爆发争执了。"说到最后,他还不忘给梅一个大大的微笑。

"你们的关系有这么糟糕吗？"梅落座在爱德华为她拉开的椅子上。

"就像狗和猫间的关系一样。"萨莉－安说。

"你们还真是两个被宠坏的孩子。想想你们有多么幸运吧，我就很想有个弟弟。"

"但绝对不会是这种弟弟，相信我！"

"你可以继续乱说话，只要你不怕自己的朋友尴尬。"爱德华换上了温柔的语气，"你们怎么会在一起的？我还从未听萨莉－安提过您呢。"

"你什么时候对我的事情感兴趣过？"萨莉－安问道，"千万别告诉我，你们在家里还常常讨论我的近况呢。"

"我亲爱的姐姐，你误会了，我想你心里清楚得很，是你不愿回家看望父母吧。"

"别再说了，我一个字都不会相信的。"

梅用手掩住嘴，清了清嗓子。

"我们是合伙人。"

她还没能继续说下去，就立刻被萨莉－安在桌子下面踢了一脚。

"合伙人？"爱德华重复了一遍她的话。

"这只是一种修辞方法，其实我们是报社的同事。"萨莉－安说道。

"你还在《太阳报》工作？"爱德华很惊讶。

"那你以为我在哪里？"

"我还以为你不工作呢。别人告诉我你在夏天刚开始的时候就辞职了。"

"那一定是有些误会。"梅加入了谈话，"您姐姐在报社里的表现是有目共睹的。她也许很快就会成为正式的记者。"

"原来是这样！我真不应该轻信那些恶意中伤的留言。实在是太好了！您呢？您也是《太阳报》的工作人员吗？"

最后，整餐饭都变成了爱德华与梅之间的问答游戏。萨莉－安没有再发言。梅的回答至少能让她的弟弟转移炮火，也免得由她自己来向爱德华发火。她心中清楚得很，弟弟之所以每三个月会跟自己吃一次饭，唯一的目的就是向家人转述自己的近况。爱德华就是一个可耻的间谍，他的服务对象就是他们的母亲。母亲是一个非常骄傲的人，她绝对不会自己出面来盘问女儿的，在她看来，女儿过的就是一种放荡的人生。

关于这一点，还有一个侧面的佐证：汉娜有常来高尔夫球俱乐部的习惯，但是每一次萨莉－安在这里吃饭的时候，她都从来没有出现过。

有一位侍者过来给他们的杯中加了咖啡，就在这时，爱德华开始询问梅是否喜爱戏剧。之前，纽约有一个剧团演出了哈罗德·品特的剧作，取得了极大的成功。现在他们到巴尔的摩来了。《背叛》是一部真正的杰作，绝对没有理由错过的杰作，爱德华一再重申。有一位朋友送了他两张内场的票子，所以他需要找一位女伴同去。

"你最近不和那个金发美女约会了吗？"萨莉－安一脸无辜，"她叫什么来着？你知道我说的是谁，就是齐默家的女儿。"

"詹妮弗和我决定要分开一段时间，我们需要冷静一下，"爱德华严肃地回答道，"我们的进展太快了。"

"太遗憾了，我们的妈妈肯定不会高兴的，多好的一门亲事啊。"

"萨莉－安，够了，你开始胡言乱语了。"

爱德华要了账单，在上面签了字，让侍者记到家里的账户上，然后就站了起来。

"明晚九点，大剧院的大堂。我在检票口附近等您。相信您一定会来的。"爱德华又在梅的手上印下了一个吻。

他又亲了亲自己姐姐的脸颊，就离开了俱乐部。

他的身影刚一消失，萨莉－安就又举手招来了服务生，叫了两杯酒。

"千万别去！"她一边说，一边转着手中的白兰地。

"在你看来，我得奋斗多少年，才能凭自己的力量买到一张哈罗德·品特的演出票？"

"不知道。"

"别太当回事，只是一晚上而已。"

"别小看他，他会引诱你的。这是他最擅长的活动。我认识很多比你更有警觉性的女人，最后都倒在了他的温柔攻势中。"

"这并不是一场你死我活的斗争。"梅喝下了杯中的酒。

● ○○

第二天，当梅为了当晚的出行而精心梳洗的时候，萨莉－安手上夹着一根香烟走进了浴室。她坐在浴缸的边上，细细地打量着梅。

"你干吗这么不高兴！好了，我答应你，演出一结束我就回来。"

"我很怀疑，实际上，我已经警告过你了。千万不要把我们的计划透漏给爱德华。"

"我昨天就明白了，感谢你踢了我一脚。你们姐弟之间究竟发生过什么事情？你从来都不会提到他。我甚至都忘了你还有个弟弟了，为什么……"

"因为我家的所有人都是伪君子。斯坦菲尔德家的所有人都是！所有的一切都是表象和谎言。我母亲就是这个家庭的暴君，我的父亲很软弱。"

"萨莉，你说得太夸张了，你的爸爸可是个战争英雄。"

"我跟你提过这一点吗？"

"你是没跟我说过，但别的人有。"

"谁？"

"我不记得了……好吧，"梅叹了一口气，"在我们的关系变得越来越亲密的时候，我的确四下打探过关于你的消息。别生气，只是职业习惯罢了，我对你很感兴趣。不过不管怎样，从来没人说过你父母的坏话，尤其是你爸爸，他的成功是所有人羡慕的对象。"

"他不像表面上那样，他的成功也不是他自己挣来的，那都是我母亲的功劳。不过这个成功背后的代价也是别人想象不到的。"

"你想说什么？"

"我们的关系还没有亲密到可以让我向你和盘托出的地步。"萨莉-安直截了当地回绝了。

梅从浴缸里坐了起来，握住萨莉-安的手，把它放在了自己的胸部。

"这样呢？我们还不够亲密吗？"

萨莉-安却很快摆脱了她的纠缠。

"同一天晚上和姐弟俩都发生肉体关系，你的品位还真是不怎么样。"

萨莉-安走出浴室，披上外衣，离开了公寓。

● ◯◯

萨莉－安没有预料错。

这是一个令人沉醉的美好夜晚。剧作演出没有让人失望，舞台呈现极其震撼，演员表现也可圈可点。剧情也没有局限在对一场婚外情的片面表述上，而是吸引观众去思索剧情留白的部分。梅完全沉浸在了舞台表演中，从中找到了许多可以同她这几个月的放纵生活产生共鸣的地方。但是在她的这段三角恋中，如果男主角是基斯，被欺骗的女人，到底是她还是萨莉－安呢？

一想到这里，她就产生了一种强烈的愿望：想要回到正轨，想要同一个言谈风趣的男人度过一个专属于他们的夜晚，而且爱德华是有魅力的。他不会动不动就发誓，也没有平时围绕在她身边的那些男人身上的粗俗感。他也没有像其他的男伴一样，从她的身上摸出一个烟卷来，而是主动给她递了一根烟。另外，她还注意到了一个小小的细节：他的打火机很漂亮。她喜欢他打火的动作，她喜欢他询问自己中意的晚餐地点时的样子，他至少很尊重自己。奇怪的是，她最终选择的却是水手咖啡厅，因为虽然她已经沦陷了，但萨莉－安对她来说仍然是最重要的人。

水手咖啡厅的地板和桌椅都是原木质的，服务生则穿着鳞片装饰的围裙，一切都和爱德华常去的餐厅截然不同。但为了能让女伴高兴，他还是努力适应着环境。他的举止实在太优雅了，就连生蚝他也坚持要先用叉子取下肉再吃。

梅拿起了一个饱满的生蚝，把它放在了爱德华的唇边。

"吸一口，"她微笑着说，"很好吃的，混着海水的味道真的不同。"

"好吧，"爱德华让步了，"必须得承认，这样会好吃很多。"

"现在可以喝一口白葡萄酒了，这些味道混在一起会很美味的。"

"你们是怎么发现这个地方的？"爱德华问道。

"我就住在离这儿不远的地方。"

"那就是说，你们常来这里用晚餐了？我很羡慕你们。"

"像您这样的男士怎么会羡慕我？"

"羡慕您的生活方式。"爱德华用目光打量着餐厅大堂，"一切都是这么自由，这么简单，这么快乐。"

"难道您都是在一些条件很差的地方用晚餐吗？"梅问道。

"您肯定在暗自笑话我，不过事实也差不多。我常去的餐厅都是很阴沉的，人也都很浮夸。"

"像您一样吗？"

爱德华细细端详着梅的面庞。

"是的，像我一样，"他冷静地回答道，"我可以请您帮我一个忙吗？"

"请说吧，我要听一下才能做决定。"

"您愿意帮我进行一场自我改造吗？"

这次换梅来打量他了，她的脸上先是感动，然后是犹疑，最后却大笑了起来。

"您在拿我寻开心吧？"

"您觉得很可笑吗？"

"萨莉-安警告过我，但您可是比她描绘得还要可怕。"

"我的姐姐总喜欢轻易下结论。我要向您坦白一件事情，但您得向我保证，不会告诉我姐姐。"

"我会守口如瓶的，只要您自己不觉得尴尬就好。"

"我们之所以关系不好，这全都是我的错，我对姐姐既崇拜又嫉妒。她比我勇敢得多，她知道怎样才能挣脱囚笼。"

"萨莉－安全身上下都是优点。"

"但我全身上下都是缺点。"

"您之前的那几句话里，至少有四次都用到了'我'这个人称代词。"

"您现在明白我到底有多需要您的帮助了吧？"

"为了拯救一个如此不幸的男人，我应当做些什么呢？"

"我不是不幸，而是我不懂幸福是什么。"

哪怕是手段最高超的花花公子也编不出这样的谎话。梅在失神前还有过片刻的清醒，暗暗提醒自己不要掉进陷阱。她邀请爱德华一起到堤坝上走一走，结果到了防波堤的尽头，他们就已经拥吻在了一起。

不，萨莉－安没有说谎："……我家的所有人都是伪君子。斯坦菲尔德家的所有人都是！所有的一切都是表象和谎言……"

16

罗伯特·斯坦菲尔德

一九四四年三月，肯特郡霍金奇军用机场

天上有群星闪烁。夜空下的微光仅够让飞行员自主驾驶，月光也不太明亮，这倒可以确保莱桑德飞机在穿越敌军封锁线的时候不被瞭望哨发现。罗伯特·斯坦菲尔德坐在飞机的后座上，检查着降落伞上的缆绳。螺旋桨旋转着，飞机开始以一个固定的节奏在天空盘旋。机械师收起了起落架，飞机缓缓地升入空中。

这个皇家空军基地距多佛尔市将近 13 公里，在敦刻尔克大撤退中扮演了重要角色，人员也经历了几次大规模的轮换。但是后来，空军第八中队就将它留给了维斯汤普内特市来养护，只有飞机在从英国飞到法国执行远距离作战任务的时候，才会来这里加个油。

斯坦菲尔德是一名特工，两个月前从美国冒险坐船来到英国。大西洋上到处都是德国人的潜艇，它们就像一些钢铁鲨鱼，随时准备杀死那些送上门来的猎物。

抵达美丽的阿尔比恩之后，他就立刻接受了相关的法语培训。之前的两个月，他一直待在自己的房间里，学习与任务相关的知识，他需要记忆执行任务地区的地图，记住相关村落的名称，那些接头的口令，他可以信任的人的名单，还有通敌嫌疑人的名单。之后又过了两个月，其间有上级军官对他学习的成果进行了考核。

天刚蒙蒙亮，就有人来到了他的营房。罗伯特带上了他的行囊，假的身份文件、一把步枪，还有蒙托邦地区的地图。

这次远行已经达到了莱桑德的最远里程。三小时的飞行之后，他们将飞出九百公里的直线距离，当然，这是在天气条件稳定的情况下。

罗伯特的使命并不是要进行战斗，而是要为即将到来的战斗做准备。联军正在秘密准备接下来的登陆战役。登陆之后，就要面临在欧洲大陆上行军的问题，而行军的成败与否，全都取决于军队是否能获得足够的武器和给养。几个月以来，英国人一直都在给这个地区空投物资，好让"自由法国运动"的那些抵抗分子能获得充足的给养。

罗伯特就是联络专员。他的具体任务就是要联系上一个抵抗运动的首领，从他那里得知物资的存储地点，并将之绘制在地图上。在他深入敌后的一个月之后，莱桑德飞机会来接他返回英国。

这本不是他的命运，一切的转机发生在 1943 年的冬天，发生在一场于华盛顿举办的晚宴上。他的父母，同其他上流社会的大亨一起，被邀请前来，目的是请他们为如火如荼的战事捐款。在这种名流聚会中，斯坦菲尔德一家一向举止得体。外人不知道的是，他们的财富已经所剩无几，罗伯特的父亲几乎把一切都输在了赌桌上。但全家人还是保持着高消费的作风，现在已然是债台高筑了。二十二岁的时候，罗伯特就已经搞清楚了家族的财政状况，也看清了父亲的真实面目，开始同他疏远。这个年轻人开始建立一个梦想，他要凭借自己的努力，让家族重拾昔日的荣光与强大。

在场的宾客里，有一个人颇有些与众不同：他表情谨慎，面容消瘦，已经有些谢顶。他的身影有些细弱。这是爱德华·伍德，他是哈利法克斯爵士，现任的英国驻美大使。不过，因为丘吉尔和罗斯福更喜欢直接沟通，他的作用就显得没有那么重要了。从晚宴开始到现在，他的目光就没有离开过罗伯特，就连上台发言的时候他也始终盯着这个年轻人。所有的一切都很高档，无论是宴会厅、餐具、女人的服装还是食物，然而，伍德的注意力却全在年轻的斯坦菲尔德先生身上。只有一个原因能解释这种异乎寻常的关注：一年以前，他在战争中失去了与罗伯特同岁的儿子。

"我不想同您讨论捐款的事情。我想把自己捐给您。"罗伯特对他耳语道。

"您只要参军就可以了。要是我没弄错的话，与您同岁的那些年轻人都是这么做的。"

"如果他们有和我一样有权有势的父母，就不可能参军了。我因为某些不明的健康原因被淘汰了。这其中一定有我父亲的功劳。"

"就算他参与了，您也不应当责备他。我相信他只是出于恐惧，不愿意在战争中失去自己的儿子。父母怎么忍心让自己的孩子上前线呢？"

"但这样就会让孩子陷入懦弱和卑微之中，不是更残忍吗？"

"您有这个年纪该有的勇气，我对此深表欣赏。但您清楚什么才是真正的战争吗？我用了所有的力气来阻止战争的爆发，我抱了极大的希望，甚至还去会见了希特勒。"

"面对面的会见？"

"是的，如果希特勒也能算是个人的话。当时我差点搞出了一起外交事故，他站在官邸门口的台阶上迎接我，而我却以为那是个门童，想要把我的外套给他。"哈利法克斯爵士开起了玩笑。

伍德是个复杂而矛盾的人。在他看来，种族主义和民族主义并没有人们说的那么不道德。他曾是大英帝国派驻印度的总督，任期中他曾下令解散议会并逮捕了圣雄甘地。他是个虔诚的教徒，极端的保守主义者，张伯伦的忠诚追随者，但在国家危难的关头他做出决定，拒绝向德国人妥协，放弃首相职位，因为丘吉尔更适合领导战时的国家。

"您要是愿意继续本次谈话的话，随时可以到办公室来找我。也许我可以帮您做些什么。"他对年轻的斯坦菲尔德说。

几天之后，罗伯特去了华盛顿。大使接待了他，向他引荐了一位在情报部门工作的朋友。

圣诞前夕，罗伯特踏上了一艘货船，驶离了巴尔的摩港口。

● ∞

飞过利穆赞上空的时候，飞机遭遇了短时暴雨。飞行员很难控制住方向。飞机的外壳无法抵御云层中的闪电，但一旦降低飞行高度，就会面临其他危险。罗伯特并没有自己想象中那么勇敢，他的手死死地抓住了降落伞的缰绳，指节都发白了，飞机的每次颠簸都会让他的胃里翻涌一阵。飞机机翼的前缘一直在颤抖，好像会随时脱落。飞行员没有办法，只得降低飞行高度，祈祷着能逃过一劫。莱桑德的飞行高度降到了一千英尺。雨更急了。燃油表的指针已经降到了最低点。突然，引擎颤抖了几下，就停止了工作。现在离地高度是一千英尺，要是想靠滑翔迫降的话，必要在几秒钟之内择定降落地点。飞行员看到了下方树林里有一条小径，就调整了飞行方向，将操纵杆平行前推，以避免飞机失速。最后，飞机的轮子终于碰到了泥泞的地面，随后又陷了进去。螺旋桨还在转，每次擦到地面的时候都会发出很大的声响，机尾也因此突然翘了起来。斯坦菲尔德整个人都被向前甩去，卡在了座椅中，飞机也向前翻了个跟头。翻转的过程中，前机舱发生了爆炸，飞行员当场死亡。斯塔菲尔德面部被割伤了，身上也因为降落伞的缰绳添了一些伤痕，但奇迹般地活了下来。不过，飞机油箱里为数不多的燃油却泄漏了出来，漏在了他的身上。

在瓢泼的大雨中，他成功地从机舱中脱身了，挣扎着爬进了旁边的密林，随后就失去了意识。

第二天，几个农民发现了莱桑德的残骸。他们埋葬了飞行员的遗骸，烧掉了飞机的残留，随后开始在附近搜索可能幸存的乘客。

他们在一棵树下发现了罗伯特·斯坦菲尔德，并将陷入深度昏迷的他带到了一座农庄里。一位乡间的医生为他包扎了伤口。第二天夜里，人们把罗伯特送到了一个安全的地方：树林深处有一座供猎人过夜的小屋，抵抗运动的成员把它当成了临时的武器库。在这座小屋的地下室里，斯坦菲尔德认识了戈登斯坦父女，他们已经在这里躲藏了六个月了。父亲叫山姆，女儿叫汉娜。汉娜只有十六岁，她有着红棕色的头发、白皙的皮肤、闪烁的蓝眼睛，还有令人屏息的美貌。

17

乔治－哈里森

二〇一六年十月，魁北克坎通东

五斗橱已经被打包好了。我把它放在小货车上，还特意在柜子的底部捆了些防护的东西，以免运输过程中遭遇什么损伤。梅戈格是梅戈格门弗雷湖畔的一座小城，这里风景优美，所有的居民都互相熟识。生活也很闲适，节奏完全顺应自然的季节。夏天会带来一大批游客，让镇上的小商贩们赚到足够生活的钱。那个时候，这座湖就会变成一汪天赐的碧水，甚至会漫过美国的国境线去。旅游最旺季的时候，哪怕是夜晚禁航的时候也会有人在这儿游湖呢！

皮埃尔·特朗布莱是我最忠诚的顾客。他是一家古董店的店主，主营产品就是乡村家具。实际上，有很多可以做旧木头的工艺，只要用锯子加上些刻痕，配上吹管，再加上点酸和漆的辅助，让一件家具一天之内长上一百岁也不是难事。

每次有客人问他这件家具是不是古董的时候，皮埃尔都会回答"世纪初"，却从不指明是哪个世纪。

他看了看我的五斗橱，拍了拍我的肩膀，说出了那句万年不变的

"乔治－哈里森，你是我见过的最好的木匠"，倒是没加上"造假的"几个字，我对此深表感激。有一次，在丹尼斯嬷嬷的餐厅里，我听到她在炫耀自己的墙角柜，说这是真正的老物件，这可真让我有些愧疚。她是从皮埃尔那里买的，我就是这个墙角柜的制作人。

皮埃尔是个会享受生活的人，他总是信誓旦旦地向你保证，自己的这些小把戏会让所有人得益，其中也包括那些受骗的客人。"我出售的是梦想，梦想是无价的。"每次只要我拒绝他的订单，他都会这样说服我。在我还是小孩子的时候，每天上学放学都要经过他的店门口。我觉得他似乎对我的妈妈有点意思，因为他从来没有错过过任何一个可以夸赞她的衣着或发式的机会，每次他的太太都要在他身边怒视着我们。自我成为木匠之后，他也是第一个相信我的人，是他领我入了行，对此我深表感激。

"你的脸色怎么这么差？"他问我。

"是你的五斗橱的错。我可是熬了好几个通宵。"

"骗人！你是不是和某个金发女孩吵架了？"

"我倒是想呢！自从梅拉妮离开之后，我就再没遇到过别人。"

"别难过，看来这不是最适合你的人。人生就是这样。你的缘分还没到。今年的年景不是太好。你要是需要的话，我可以再跟你订一张桌子，还有几把椅子。希望入冬之前能卖出去吧。等一下，你能不能给我做两个雪橇？要式样特别老的那种。我找到了一些二十世纪的图样。圣诞节的时候一定好卖！"

他急忙转入书房，取来了一本书，我看了看上面的图样。这是些十九世纪的雪橇，想要复原可没有皮埃尔说得那么容易。我带走了书，向他保证一定会仔细研究。

"你知道，我直觉很准的。好了，别再拉着脸了，告诉我到底发生了什么。"

我都要走出他的店门了，听到这里就停下了脚步。我没法儿跟他说谎。

"亲爱的皮埃尔，我收到了一封信。"

"看你的样子，这一定不是一封好玩的信。走吧，吃点东西去，我们可以顺便聊一聊。"

我们来到了丹尼斯嬷嬷那儿，我拿出了信，让皮埃尔也看一看。

"是谁这么无聊？"

"我不知道，你也看到了，信上又没署名。"

"不过它好像让你心事重重的。"

"我的人生里有太多的秘密了，我想知道我的爸爸是谁。"

"这么多年都过去了，他要是想看你，不是应该早就来了吗？"

"事情可能没有这么简单。我去看过妈妈了。"

"我都不知道是不是该问你她有没有好一点。"

"她还是在两个世界之间来回徘徊。不过她倒是吐露了一点东西，我一直在想这到底是什么意思。"

我把妈妈的话转述给了皮埃尔。

"她说这些话的时候，神志是清醒的吗？"

"我想应该是的。"

皮埃尔看着我，深深地吸了一口气。

"要是我老婆知道我跟你说了这些，她一定会抽我手板的。不过我还是想要告诉你，毕竟这些事已经压在我的心头很久了。在你妈妈刚到梅戈格的时候，情况不太乐观，尤其是因为你的存在。对她来说，想要在这儿立住脚可不是件容易的事情。她又不是本地人，而且在那个年代，一个单身妈妈可不像今天这么普遍。她年轻时特别漂亮，镇上的人都觉得她身上一定有着不少风流韵事。但她也是个勇敢的人，总是特别和善，随着时间的推移，也渐渐获得了大家的认同。你也是其中的一个关键因素。大家都看得到，她把你教养得很好，你总是很有礼貌，比那些满大街疯跑的调皮鬼强多了。在你一岁的时候，镇上来了一个男人，到处打听你妈妈的下落。他有一对招风耳，面相倒是很和善。有人就把你们的住处告诉他。我一听说这件事，就立刻赶去了你们家，怕他对你们母子不利。我老婆跟我说管好自己的事情就行了，但我没听她的。我到了之后，先在窗户上偷听了一会儿。他正和你的母亲激烈地争论什么，接着屋里就安静了下来，再后来也没别的事情，我就回来了。他是第二天早上走的，之后也再没有人见过他。一般来说，有人专门找过来，肯定不是为了在这儿过一夜。这可说不通。他一定是有什么重要的原因，才赶了这么远的路。你们家里，除了我卖给你妈妈的几件家具以及那些不值钱的餐具，再没别的有价值的东西了。这样，他的动机也不难猜的，肯定是为了你们母子俩。我跟你说这些，就是因为我一直在想他是不是来找你的。"

"你怎么知道他是从很远的地方赶来的？"

"因为他的车牌号。我现在想不起来车牌号，不过我把它记在账本上了，你要是感兴趣我可以回去找一找，那是马里兰州的车牌号，这点我是确定的。实在抱歉，我知道的就只有这么多了。"

"那是个什么样的男人？"

"身材很壮，长得也不错。我也就是透过窗户偷看了一眼。他是喜欢你的妈妈的，这点我能确定。他的眼神中满是温柔。中间有一刻，他是想上到二楼去的，可是你妈妈就坐在楼梯中央，不让他上去。那回我已经做好准备了，不行我就冲进去制止他……不过那人也还挺有风度的，他又走下来了，重新坐到沙发上了。在那之后我就只能看到他的肩膀和鞋子了。"

"你还能找到那个车牌号吗？"

"我尽量，不过已经三十四年了……不管怎样，我觉得这也不是什么重要线索。好吧，我去看看。"

晚饭是我请的。在餐厅门口的台阶上，他向我道歉，说后悔没有早一点告诉我。在妈妈还意识清醒的时候，他就该跟我说的。而我则向他保证，回去之后就立即研究这个雪橇图样，之后好把这本书还给他。我知道，只有这么说，他才能明白我根本没有生气。

回家之后，我看到门缝下面有一封信，字迹很熟悉。

那是一张字条，上面写着：

十月二十二日，十九点，水手咖啡厅，巴尔的摩。

还有一小时就是二十一号了。

18

罗伯特·斯坦菲尔德

一九四四年四月，蒙托邦附近

罗伯特一直在等待，希望有人能把他引荐给该地区的负责人。不过那些抵抗运动的成员每天都能找到一个新借口：有了新的军事任务，部队要尽量减少行动；敌人有了新动作，不要冒不必要的风险；负责人很忙；还有别的联络专员正在同他接洽；等等。

还在伦敦的时候，罗伯特就见识过英国人和法国人之间的沟通有多么不畅。一方刚发布一个指令，另一方通常就会发布一个相反的指令。想要搞清楚双方到底是什么意思，或者是到底该服从哪一方，难度不亚于解一个缠到一起的线团。他的任务比之前想象得要更复杂。有一天晚上，法国人带他去看了一箱子冲锋枪；另一天晚上，他们又跟他介绍了两个游击队员和三个农民，这五个人要分享两支步枪。不知道还要多久，他才能完成长官们交代的任务，盘点清楚法国人的武器装备，他也不知道，自己耗在这里究竟是为了什么。两个星期过去了，他的军需盘点地图上也只标示了三个可怜的叉号。恐怕其中只有一个是对应着真正的装备储备点的，那就是他一直藏身的地方。房子的底下有一个地窖，后面藏着一条地道，里面埋着不少武器。

　　只有和戈登斯坦父女在一起的时候，他才能觉得好一点。山姆受过良好的教育，是个充满活力的人，但他的女儿从来都一言不发。互相观察了一段时间之后，罗伯特和山姆变得亲密无间，经常拿出整个下午来讲述彼此的过去，还有在前方等待着他们的未来。山姆是很乐观的，这倒也不是因为他坚信联军终将胜利，而是为了鼓励自己的女儿。每天晚上，伦敦方向传来的电波都会向他们报送关于即将展开的登陆行动的消息。和平一定会来的，山姆经常重复这句话。

　　但是，在他们两个人中间，罗伯特才是更早袒露心扉的那一个。他向山姆提起了他的家人，说到他是怎么违反父母的意愿参军入伍的。他离开美国之前甚至没能向家人告别。

　　有一天，罗伯特试着想跟汉娜说话，但汉娜仍然坐在椅子上读书，一言不发。山姆偷偷给他做了个手势，邀请他到外面去抽根烟。罗伯特和他走出了小屋，坐到一个树桩上，他们总是在这里碰面。

　　"汉娜不是针对你的。她跟谁都不开口。我想跟你解释下原因，倒不是说我有这个义务，而是要是我一直不跟别人说说的话，我也肯定会疯的。我们的证件是假的，我可是为此花了一大笔钱。村里没人知道我们是犹太人。他们都以为我们只是两个离开了里昂的城里人。我们一向很低调，看起来和我们的邻居也没什么不同。我一直告诉汉娜，想要在大家面前隐藏身份，最好的办法就是把自己暴露在所有人的目光中。原来的时候，抵抗运动的人经常会去捣毁邮局，或者是扒掉火车的铁轨。有一天，有一队由两辆装甲车护送的德国兵从我们村庄附近的路上经过，结果路已经被捣毁了。恰好有另一队游击队员同时发动了攻击，杀死了所有的德国兵。这两支队伍并不是协同行动的，只是凑巧而已。

不过德军的军官就立刻决定要展开血腥的报复。第二天德国人就动手了，一群党卫队队员伙同一些民兵一起杀到村里。他们逮捕了路上的行人，把其中的一些殴打致死，又把另一些吊死了。我的妻子正好去旁边的农场买鸡蛋，也被抓住了。他们把她和另外十个人一起吊死在了电线杆上。我和汉娜只好躲在家里。党卫军撤走之后，民兵允许我们取回了尸体。这些垃圾甚至还帮我们把他们从电线上解了下来。我们埋葬了汉娜的母亲。抵抗运动的人害怕德国人还会再来，所以第二天凌晨，他们就把我们一起带走了，我们就藏到这里来了。"

山姆整个人都在抖。

"跟我讲讲巴尔的摩吧，"他点燃了一根烟，"我没去过那儿。三十年代的时候我们经常去纽约，汉娜特别喜欢帝国大厦，她三岁的时候我们还参加过这座大厦的落成典礼呢。"

"真的吗？"罗伯特感叹道，"大厦落成那天我和父母也去了。当时我只有十岁，我们说不定还遇到了。不过你们怎么会去纽约？你是做地产生意的吗？"

"不是，我是个艺术品中间商，或者说我曾经是。我的客户包括那些美国最有名的收藏家，他们大部分都住在纽约。"山姆骄傲地说，"一九二九年的危机的确影响了我的生意，但我的运气还不错，芬得利、威登斯坦，还有皮尔斯画廊，还是会从我手里买货。我最后一次去美国是在一九三七年夏天，把一副莫奈的画卖给了罗斯柴尔德先生。威登斯坦画廊是那次交易的中间商，我还花了一大笔钱，从他们那买了一幅霍珀的画。画上是一位年轻的女性，她正透过窗子往外看。她长得几乎和汉娜一模一样。所以从买到它的那一刻开始，我就觉得永远也不会卖掉它。等到合适的时候，我就把它送给女儿，女儿还可以传给下一代儿孙。它会永远和我的家族在一起的，这幅霍珀的画是我永恒的资产。你不知道，在我把它带回法国的时候，我有多高兴。我真是个笨蛋，要是我能早点预料到现在的话，我们就一起留在纽约了。"

"所以你是个有钱的商人？"

"应该说原来是。"

"你的画都去哪里了？战争开始之后，你还留着它们吗？"

"这些事我们之后再说吧。汉娜不能一个人待太久。"

●　◯◯

又是好几个星期过去了。罗伯特也成了这支游击队的一员。有的时候，他也会骑上自行车，穿过乡野去给别人送信。还有一天晚上，在一名游击队员没能出现的情况下，他驾驶着一辆卡车，运送了两箱手榴弹。又有一天晚上，他还参与了接头行动。有两架飞机运来了一个英国人，一个美国人。他握着同胞的手，突然觉得自己有些想家了，但他们也没能说上几句话。那个美国人很快就被一些从来没见过的人带走了，罗伯特也不知道他的使命究竟是什么。

不过除了这些任务，罗伯特大部分的时间都只能在这座小屋里走来走去。每天晚上，他都要和山姆一起去树桩那里碰面。山姆会给他点燃一根香烟，询问他之前参与了什么行动。面对这个不远万里来支援法国人的美国年轻人，山姆总是觉得有点亏欠。

友谊就这样在他们之间产生了。山姆总是会很耐心地倾听，这正是罗伯特的父亲做不到的，罗伯特也因此感到了深深的满足。

"在巴尔的摩有人等你吗？"有一天，山姆问罗伯特。

罗伯特立刻明白了山姆的弦外之音。他摇摇头。

"不会啊，你肯定很讨女孩子喜欢的！"

"山姆，我不是会跟女孩子打交道的人。我从来都不是个花花公子，也没什么技巧。"

"那就说说现在这个吧。你不是有张照片吗？"

罗伯特拿出钱包，里面掉出了一张身份证。山姆捡了起来。

"罗伯特·马尔尚，就这样吗？就凭你的口音，我建议你永远也别把这个证件拿出来，要是实在没办法的话，就当自己是个聋哑人吧。"

"我的口音有这么可怕吗？"

"比这还可怕。这张照片呢，你能给我看一下吗？"

罗伯特拿回了身份证，把一张照片递给了山姆。

"她很美啊，她叫什么名字？"

"不知道。我是在船舱的地板上找到这张照片的，然后就把它放到钱包里头了。我也不知道自己为什么要这么做。我就是幻想有一个女孩在家乡等我。很可笑，不是吗？"

山姆看着照片上那张微笑的面庞。

"叫她露西·托利弗怎么样？二十二岁，是志愿从军的护士，爸爸是个电工，妈妈是家庭主妇，她是独生女。"

"我觉得在建立刻板印象方面，你比我强。"

"别老是盯着这张脸，这是没有意义的。谎言都是没有意义的，自我欺骗更是没有必要。在我还是小学生的时候，为了报复过于严苛的父母，我就编造了一个好朋友。当然，在他的家里，一切都是可行的。他可以在餐桌上说话，可以在床上看书，甚至还可以根据心情来决定做不做作业。为了让我妈妈生气，我甚至还说他是个天主教徒，这样他就不用遵守犹太教的那些规定了。总之，所有我不能做的事，麦克斯都能做。他特别自由，而且在所有方面都特别出色，这样我就可以把自己的失败都归咎于爸妈的管束了。我妈妈很快就发现我在撒谎，不过她任由我继续胡说。一个学期之后，我的想象就变成了现实。有一天我说麦克斯感染了咽喉炎，妈妈还往我的书包里放了润喉糖，有的时候她还会给我准备两份下午的点心，好让我跟他分享。后来，我又一次在爸妈面前抱怨，说麦克斯的父母有多好，妈妈就强迫我请麦克斯来家里吃午饭。她说想见见麦克斯，因为他是儿子最好的朋友。"

"你怎么办？"

"我说麦克斯被火车撞了。"

"这可真是个激烈的死法。"罗伯特感叹道。

"我承认，但是我不知道还有什么办法，能让我彻底从这个谎言中解脱出来。最好笑的是，那天之后，我觉得自己就像真的失去了一个最好的朋友，还因此难过了好几个月。我感到了一种巨大的空虚感，有时候甚至还会想念他。我们永远无法从谎言中解脱出来，因为我们自己也会相信那是真的。天色不早了，明天再聊吧。"

"山姆，明天我不在，我要去执行任务。这次好像真的是个严肃的任务。"

"什么任务？"

"我不能说，但是要是我回不来的话，我想请你帮个忙。"

"不行，你不需要找我帮忙，你一定会安然无恙地回来的。"

"求你了，山姆，要是我出了什么事，我一定要回祖国安葬。"

"你怎么就相信我能办到呢？"山姆发火了。

"等到和平来临之后，我相信你一定能找到办法的。"

"要是我等不到和平到来呢？"

"那你就不用信守诺言了。"

"我什么都没保证。"

"我从你的眼神里看到，你已经做出承诺了。"

"等一下，你觉得我不会收取回报吗？孩子，你还没跟山姆·戈登斯坦做过生意呢！我们做个约定吧，如果不幸发生在我的身上，你就要带汉娜回巴尔的摩。别说是我占了你的便宜，你想想看！跟我的女儿一起坐船远渡重洋可比躺在一口棺材里舒服多了！"

说到这里，两个男人紧紧地握了一下手。

罗伯特顺利地完成了本次任务。一九四四年的五月就这样无惊无险地度过了，不过英国方面也并没有派莱桑德来接他。

六月初的时候，明显能感到联军方面会有大动作。罗伯特一个人滞留在这里，反而与抵抗分子之间建立了紧密的联系。

联军已经在南法成功登陆，越来越多的游击队员也走出了他们的隐蔽地点。到处都是拿着武器的抵抗武装，随时准备跟敌人清算之前的仇恨。但是与情势乐观的南方相比，显然诺曼底的海岸还没有过多的动静。联军虽然也在逐日推进，不过他们还未能带来山姆期待已久的和平。德军仍在做困兽之斗，对游击队的镇压只能说是更加酷烈了。另外，还有一些相信德国人的力量的本地民兵，也在积极与德国人合作，追踪逮捕抵抗分子。

一天晚上，德军有一支巡逻小队差点就发现了他们的据点。山姆和汉娜躲在地窖里，抵抗运动的成员们都拿着枪，守在窗口。

山姆请求罗伯特帮帮自己，并把他拉到了地下室。有一面墙的旁边，堆着大概二十个木头箱子，箱子的背后藏着一个入口，通道里面就是武器和军队给养。罗伯特帮助山姆搬开了它们。等到入口已经足够大的时候，山姆就拉住了女儿的手，命令她钻进去。通道大概有十米长，足够汉娜在里面躲上一阵子了。

"不，我要和你一起。我不要一个人被埋在这下面。"汉娜乞求道。

"按我说的做，汉娜，不要讨价还价，你清楚自己的使命。"

山姆亲吻了自己的女儿，又把箱子放回原位。这是罗伯特第一次听到汉娜的声音，他一时没有回过神来。

"你要一直这么站着吗？不能过来帮我个忙吗？"

"和你女儿一起进去吧，我会把洞口堵上的。"

"这次绝对不可能！已经太久了，我活得就像个见不得光的动物。那些人救过我的命，现在他们要战斗，我就必须和他们一起战斗。"

把箱子归位之后，山姆和罗伯特就回到了地上。每个人都守着一个窗口，手里还拿着一挺小机关枪。

"你知道怎么用吗？"罗伯特问道。

"我又不是个傻瓜，我想应该是需要扣动扳机吧。"

"你要是不上膛的话，枪管就会变形的，到时候被你扫射的恐怕就是我们的屋顶了。"另一个窗口的人说道，"把枪拿稳了，免得走火。"

民兵正在靠近，甚至都能听到他们在森林里行军的声音。游击队员们屏住了呼吸，已经做好了随时开火的准备。然而，敌人并没有拐上这条小径，他们在不远处掉头撤退了。

警报解除了，山姆和罗伯特把汉娜从地窖中带了出来。汉娜出来之后就立即回了自己的卧室。山姆请罗伯特和他一起在地下室里待一会儿。

他把罗伯特带到了后面的密道里，从口袋里掏出了一个打火机，打着了火。

"当时看到游击队员在挖地道的时候，我就想到了这个主意。地道的尽头是他们储备的弹药，但是这边，在这个厚木板的背后，是独属于我自己的避难所。"山姆一边说，一边用手摸着一根支撑通到天花板的大梁。

他推开了那块厚木板，后面是一个洞口。这其实是一个管道的入口，里面有一根巨大的金属管子。

"我把它们放好了，就在这根管子里面。不管我们遭遇了什么，它们都绝对不能落到纳粹的手上。"

罗伯特已经惊呆了，只能呆呆地看着山姆把木板推回原位。

"里面有马奈、塞尚、德拉克洛瓦、弗拉戈纳尔、安格尔、德加、柯罗、伦勃朗，当然还有我心爱的霍珀，这是我从业一辈子搜集到的十幅最好的作品。它们是无可估价的杰作，我希望它们可以铺平汉娜未来的路。"

"游击队员们知道吗？"

"不知道，但现在你知道了。别忘了我们之前的约定。"

19

艾琳－卢比

二〇一六年十月，去往巴尔的摩的路上

飞机正在经过苏格兰的上空。透过飞机的舷窗，我看到了海洋崎岖的边界线，后来海岸线又缓缓消失在了机翼的下方。自起飞以来，我一直把那个皮质的小包放在膝上，用手紧紧地攥着它，就像它是一个重要的历史文物一样。皮的外层已经开裂了，封扣也已经活动了。我一直打量着它，最后我才意识到了自己内心的真实想法：我不敢去读里面的信。我又想到了米歇尔，想到他是经过了多长时间的思考，才决定给我写这张字条，然后一言未发地把它塞到了我的大衣口袋里。他终于打破了自己的原则，这倒是让我觉得他好像正常了一些，不再是个榆木疙瘩了。我的哥哥终于像个正常人了！说不定以后他就会学会撒谎或者开玩笑了。

信封上浸染着妈妈的气息，她把这封信藏在身边有多久了？我闭上了眼，想象着妈妈展开信的场景，就和我一样，她也一定在读信呢。

亲爱的：

首先我要申明一点，这是我给你写的最后一封信了。不要误会，我不是不愿意再给你写信了。对我来说，每年一次与你的定期通信，是我能够逃离孤独的好机会，这种孤独，恐怕你这一生都没有体会过。

我们的人生到底是怎么毁掉的，怎么会到一种如此戏剧化的田地？这种厄运是不是一种诅咒？会不会遗传给我们的孩子？

你肯定会在心里想，这家伙又在胡说了。你的洞察力一向都是这么敏锐。亲爱的，我觉得自己已经失去理智了。昨天在医生的办公室里，命运的铡刀终于落下了，医生看着我的脑影像，脸上满是同情，还一直在逃避我的视线。这真是个笨蛋，他甚至都不能告诉我，我到底还要多久才会忘记所有的事情。你知道最好笑的是什么吗，这个疾病并不会让我死亡，我只是会不停地遗忘。这到底是福是祸？我一直都是一个骄傲的人，但这次我是真的害怕了。不管之后我会经历什么，我都希望你能保留关于我的记忆，希望留存在你记忆中的最后一个我，不是一个胡言乱语的老太婆。这就是为什么我要说，这是我给你写的最后一封信。

然而，直到目前，我的记忆还没有消失，很多往事反而变得愈加鲜活。我们在摩托车上的时光，我们美妙的日日夜夜，我们的报纸，还有那间陪伴我度过青年时光的公寓。在这一生中，我唯一在乎的人就是你。其实，要是我们之前一直在一起的话，我最终也会厌恶你的，因为时间终究是无情的。这么看来，命运似乎对我们还不错。

你选择与过去诀别，我完全尊重你的选择。但是总有一天，你也会离开这个世界。我总是会想到之前被我们偷走的东西。算是我恳求你，不要让这份珍宝被时光掩埋。不管要付出什么代价，你都应该让它重现于世，把它还给有权利继承它的人，你知道的，这也是山姆的心愿。

我的爱人，你要知道，你应当原谅逝者。保持仇恨没有任何好处。那次复仇已经让我们付出了惨重的代价。

明天，我就要去一个地方了，恐怕直到我人生的结尾，我也无法再从里面走出来。其实我也可以再在外面享受一段时间的自由，不过我不愿毁掉我儿子的生活。我不想让他负疚，从明天开始我就要演得比实际更疯狂一点。我已经让他承担了这么多，这就算是一点小小的补偿吧。

我们为他人带来了很多痛苦。我从来没有想过，爱也会如此残忍。不过，我爱你，而且一直都爱。

有空的时候要想我，不过不要去想这个写信的女人，你要想的，是那个曾与你一起造梦的年轻女孩。我们分享过梦想，也用指尖触碰过不可能。

你最忠诚的合作伙伴

梅

我又把信读了一遍，感觉好像触碰到了谜题的部分线索。妈妈的确与人合伙创办了一份报纸，不过不是在英国。

这个给她写信的女人是谁？为什么她对妈妈的称呼是"我的爱人"？她到底经受了怎样的孤独？妈妈到底怎样毁掉了她们的生活？她说的珍宝是什么？山姆是谁？惨重的代价是指什么？复仇又是什么？她们到底需要原谅哪些逝者？要原谅什么？

这个女人现在到底在哪里？我下定决心要找到她，并且希望她的病没有进一步恶化……我把信封反了过来，开始研究邮票。这个邮票倒是和匿名信用的邮票完全相同。有一瞬间，我甚至觉得看到了希望，在想是不是这个梅给我写了匿名信，但很快我就意识到了两个笔迹并不相同。

信是三年前寄出的。就算这位女士已经失去了记忆，她的儿子应该也还记得，他到底为自己的母亲承担了什么？他是不是也像我一样，对自己妈妈的过去一无所知？他是个什么样的人？现在有多大年纪？

我看了看手表，几乎想让飞机立即在巴尔的摩降落，但飞行里程还有六小时。

● ∞

入境处的边检官员询问了我赴美的原因。我立即掏出了记者证，说自己的杂志要让他的城市重新焕发往日的荣光。不过这位官员其实是生长在查尔斯顿的，在这里工作也不过两年的时间，所以并没有对我的来意表示出特别的兴趣。幸好，他最后还是在我的护照上盖了一个入境章，还祝我在美国一切顺利。

一小时以后，我入住了距离水手咖啡厅仅有两条街的一家便宜宾馆。现在英国已经很晚了，没办法再给米歇尔打电话了，但是我还是要尽快得到他手中的其他信件，说不定里面有东西可以解答眼下的疑问呢。整个飞行期间，我都一直在想这些问题，根本就没能合眼。住下之后，我决定去码头上走一走。

经过水手咖啡厅的时候，我把脸贴在玻璃橱窗上，仔细地打量着里面的陈设。写信人跟我约的是明天，但我觉得内心的间谍之魂正在熊熊燃烧，迫使我先到这里来打探情况。

餐厅已经有些陈旧了。桌椅和地板都是原木的，墙上还挂着一些老照片，柜台上立着一块石板，石板上写着每天的菜单，柜台的后面就是厨房。菜单很简单，只有不同酱汁的生蚝和其他海鲜。

　　客人们大多数都比较年轻，都是一些城市青年。我最后还是走了进去，从伦敦出发之后，我就没吃过什么东西，胃都开始抗议了。侍应生让我坐在对着墙的单人座上。

　　我去过很多国家旅行，不过无论到哪里，餐厅都不喜欢单独用餐的客人。对面就是墙……我抬起头看着上面的照片，那几乎就是另一个时代的见证。照片上都是和我差不多岁数的年轻人，脸上溢满了欢乐，周身都是一种让我嫉妒的自由气氛。嫉妒让我不快，所以我转而去暗暗嘲笑他们过时的装束。男人们都穿着喇叭裤，这让他们看起来很可笑，女人的发型也不怎么样。不过无论如何，那个年代是不推崇温和的，他们每个人手上都拿着一杯酒，另一只手上夹着香烟，脸上都是飘飘欲仙的神情，让我很怀疑他们拿在手上的到底是不是单纯的烟草。我顺着墙一张一张地看过去，最终目光停在了其中一张照片上。我站起身来，仔细看着里面的人。有两个女孩在拥吻。一个人的面孔对我来说很陌生，但另一个人不能再熟悉了。

　　我的心跳飙到每秒一百次，我从来没见过三十岁的妈妈。

20

萨莉－安

一九八〇年九月，巴尔的摩

派对进入了高潮。萨莉－安在水手咖啡厅里大步走来走去，手里拿着一个大酒瓶，为所有人斟满了酒。梅坐在柜台那里，给她使了一个眼色，用手给她送来了一个飞吻，然后又穿过整个大堂走了过来。

"你不要再到处倒香槟了，不然这个派对会让我们破产。"梅给出了建议。

"银行已经批准了贷款，我们有的是钱来付派对的账。"

她们已经正式提出了成立周报的申请，公寓的房东也同意她们把公寓作为报社的注册地址。她们甚至还雇用了一批很出色的员工，让他们一起来庆祝《独立报》的诞生。琼是负责排版的，她为报纸设计了很漂亮的标题，让萨莉－安和梅都赞叹不已。她用的是倾斜的卡斯隆字体，这让报纸的题头都显得国际化了。一个月之后，报纸的第一期就将面世，梅有足够的时间可以重拾被之前的主编毙掉的计划。

萨莉－安却一直在想着另一桩丑闻，事关一家名门望族：他们在"二战"之后，用欺诈的手段积累起了大量财富。她把酒杯放在唇边，开始思索这个她从十二岁起就开始准备的复仇计划。

夜深了，她们已经醉到无法爬上摩托车。基斯把她们送回了公寓。

● ∞

两天之后，报社的全体人员都在早上八点准时来到了她们的公寓。这是第一次编务会。大家都坐在自己的办公桌旁边，基斯也暂时没有离开，坐在旁边静静欣赏着自己的劳动成果。

每个人都提出了自己的建议，梅把所有的想法都写在了旁边的小黑板上。

城里近来流传着一个谣言：部分官员收受贿赂，把一个工程项目转包给了邻州的一家建筑公司。萨莉 - 安不喜欢听信谣言。她要求，在报纸出刊之前，一定要取得证据。《独立报》不是一个丑闻的集散地，而是一家秉承新闻道德的媒体。

另一个编辑指出，政府在分配教育预算时存在着极大的不公。贫困街区的学校的开支每年都被削减，但以白人为主的街区一直在增加。

"这不能算一个新闻点。"萨莉 - 安表示了不满，"所有人都知道，选民们也对此没什么反应。"

"是的，但是这对贫困街区的孩子来说还是不公平。"梅反驳道，"市长马上要参加下一届竞选，他决定把参选的重点放在公民安全上，终结城市里的暴力，但恰恰就是他，建起了第一批贫民窟。"

"那么就从这个角度入手吧，揭露市长采取的政策和政策导致的后果之间的不一致。"

就这样，这个主题成了报纸第一期的内容之一。快到中午十二点的时候，编务会结束了，不过大家还有很多的工作要做，才能填补第一期报纸的空白。萨莉－安骑上了摩托车，驶向巴尔的摩商业银行。本周末她就要给员工付薪水了。

银行柜员翻了翻装支票本的抽屉，却没看到属于《独立报》名下的支票本。萨莉－安要求见经理，柜员却告诉她经理正在约见客户。萨莉－安完全没有相信她的话，她直接闯进了银行的办公区，没敲门就进了克拉克先生的办公室。

朗达的丈夫这次就没有那么好说话了：他神色狼狈，告诉萨莉－安贷款遇到了问题。

"小姐，我很遗憾。我真的已经尽力了，信贷委员会还是拒绝向您提供贷款。"

"您之前已经答应我们了！"

"我一个人没有办法做主。我们还有很多的董事会成员……"

"看着我的眼睛，向我保证我的家人没有参与进来，要是您向我撒谎的话，我保证您一定会损失一批重要客户。"

克拉克先生请萨莉－安关上了办公室的门，让她坐在对面的椅子上。

"我希望您能谨慎一点，不然我就会失去现在的职位。要不是我太太全心投入到了报纸的创办工作中，我肯定不会告诉您真相的。但不管怎么样，我太太都会知道贷款没有成功的，所以，要是我还想回家吃饭，我就必须告诉她为什么。她会转告您的，她的意思就是我的意思。信贷委员会的人不敢得罪您的母亲。"

萨莉－安在椅子上挺直了后背，瞪大了眼睛。

"您是说我的妈妈插手了，就是为了不让我得到足够的启动基金？是谁告诉她的？"

"不是我，我可以向您保证。有可能是在信贷委员会上发言的那位董事，就是他施压，不让您的信贷申请通过的。"

"银行的私密性呢？你们银行怎么没有一点职业道德！"

"求您不要这么大声！我真的很抱歉。小姐，您对您母亲的了解肯定比我更深。无论是您还是我，我们都不是她的对手。"

"您也许不是她的对手，但我是。我发誓一定会让她低头的。"

萨莉－安站起身来，走出了办公室，离开前甚至都没有向这位经理道别。

她走到街上，直接跑向了自己的摩托车。她觉得自己的心脏都要跳出来了，她强行压抑了怒火，踩下油门发动了摩托车。

十五分钟之后，她就来到了乡间俱乐部的停车场。她飞快地跑过了走廊，来到餐厅。

汉娜·斯坦菲尔德正在与两位朋友一起用餐。萨莉－安直接走到她们桌子的前面，直直地盯着自己的母亲。

"你可以让这两个长舌妇去别的地方嚼舌根。我们必须得谈一谈，就现在。"

汉娜·斯坦菲尔德叹了一口气，脸上满是抱歉。

"还请二位原谅小女。她还没有度过自己的青春期危机，总是用很粗俗的话语做出一副叛逆的姿态。"

那两位女士起身与汉娜告别，做出一副理解的神态。这个时候，自我解嘲的确是汉娜能采取的唯一方法。

餐厅经理跟在萨莉－安的身后一溜烟跑了进来，请她在旁边的桌子上落座。萨莉－安已经引起了所有客人的注意，这让经理有些手足无措。

"坐下吧，"汉娜命令道，"但我请你换一种口气，不然我现在就离开。"

"你怎么能这么做？我都被流放了，这还不够吗？"

"流放？你在胡说些什么？我们是让你去接受教育的，可是你又做了什么。既然你已经提到了，我就必须要说，自从你回来之后，我们就已经达成了默契，最好是保持距离，和平共处。这也是你爸爸和我继续为你提供帮助的先决条件。一旦你打破了这种平衡，你就必须承担后果。"

"你们给我提供什么帮助了？你们甚至要求我要和家里保持距离！"

"你是怎么得到《太阳报》的那份工作的？你难道觉得是因为你的眼睛很漂亮吗？你从伦敦回来，甚至都没能拿到一个文凭。斯坦菲尔德小姐用着父母的钱，在伦敦燃烧了八年青春，却什么都没做成！你之后又干了什么？无非是从一个派对到另一个派对，骑着摩托车在城里晃来晃去，还穿着这身不像话的衣服！更别提和你来往的都是些什么人了。你弟弟说你甚至敢把其中某个人带到这里来，带到俱乐部来！"

"她叫梅，你想不想知道她最近在和谁交往？"

"是她的男朋友还是你的男朋友？我要告诉你，我很高兴你和这样一个男人在一起。要是之前我要求你了结这么一段关系的话，你应该也不会答应的吧？"

"我不相信。是不是爱德华告诉你的？他为什么要做间谍！"

"这不是间谍，这是负责任！他和他的姐姐不一样。为什么我们家族的生命要一直因你的疯狂而受损？现在你又想把我们拖进一个专门写丑闻的报纸里……你真是疯了。"

"你呢？在你眼里所有的人都是木偶，你就是那个提线的人！"

"那些人都是按照自己的想法行事的。"

"你有没有想过之前的你，就是那个和我一样大的小女孩？现在你的人生是不是满是愤怒和苦涩？"

"在你的年纪，我是从战争中幸存下来的人。我重建了我父亲的声名和事业。你呢？你做过什么？你有做成过什么吗？你有什么权利评价我？你从来没有做过任何好事，带来的也只是痛苦和遗憾。"

"你搞错了，我有爱的人，也有爱我的人，他们爱我是因为我是我，而不是我的出身。"

"你爱谁？你的丈夫吗？你抚养长大的孩子吗？你一手建立的家庭吗？你只喜欢那些围着你转的人。你真是一点道德感都没有。"

"拜托不要和我讨论道德，你的人生就建立在一个彻头彻尾的谎言上。你怎么敢提起我的外祖父？我是他唯一的传人，也是唯一没有背弃他的信念的人。"

汉娜不无讽刺地大笑起来。

"萨莉－安，你完全弄错了。你和我们不一样，你不愿意变得和我们一样，你也从来没和我们一样过。只要你不与我为敌，我就不是你的敌人。但是不要幻想我会放任你毁掉我一生为之奋斗的事情。"

汉娜打开了随身的手包，从中取出了笔和支票本。

"你想要的无非是钱，没必要跟银行借。"她一边说一边填着支票。

她撕下支票，把它递给了女儿。

"别幻想着用这笔钱来支撑你的报社，这完全是无用功，报纸不会出版的。我知道你在想什么，但是这次请你不要太自私。你的对立面不是城中的达官显贵，而是我们的顾客。你想要两万五千美元，这是一半，我想应该够了。现在，离开美国，让我们安静一段时间。去看看世界吧，出门旅行能开拓你的视野，对你有很大的好处。你要是愿意，也可以回伦敦，但是不要插手家里的生意。你爸爸和我正在准备一个很大的生意，两个月之后就要谈判了，到时候这笔交易的利润都要用在他的竞选上。也许你还不知道，因为你对我们的生活没有任何兴趣，你爸爸的朋友觉得他可以去参选州长。希望你的嘴能严一些，目前这消息还没有公布，我不希望遇到不必要的麻烦。我说清楚了吧？"

萨莉－安拿过支票，把它放在了上衣口袋里。

"看在上帝的分上，去买些得体的衣服吧。"

萨莉－安推开椅子，站起身来。

"要是外祖父还活着，他会怎么想呢？我还要再问你一遍，之前的那个小女孩哪里去了？要是哪天她活过来了，一定要告诉我，因为我们不能一辈子都生活在谎言里。"

第三部分

斯坦菲尔德的前世今生

人生这么短暂，没必要把时间浪费在无意义的悲伤上。

21

乔治－哈里森

二〇一六年十月，巴尔的摩

　　整个晚上，我都开车行驶在大雨瓢泼的路上，等我到了巴尔的摩的时候，整个人都已经筋疲力尽。我选了一家临近港口的宾馆。透过房间的窗户，我看着下方被房檐掩盖的肖像，为今晚即将到来的约会紧张不已。不过我还是利用早上的时间睡了几小时。

　　午后，我在城市的街道上漫步。要是能有一个人在家里等我，期待着我给她带纪念品该多好啊。有的时候，我也会不由自主地想念起梅拉妮，今天就是这种情况，我一直不停地想起她……直到我回到宾馆。

　　一个年轻的女生正跟宾馆的前台要房间钥匙，她嘶哑的声音引起了我的注意。她的英国口音还是颇有几分魅力的。在等待前台接待我的过程中，我又玩起了那个让我着迷的猜背景游戏。她是个外国人？那她为什么会到巴尔的摩来呢？这又不是个旅游城市，十月就更不适合观光了，所以肯定是因为工作。她是来城里参加会议的吗？不远处倒是有家会展中心，但要真是这样，她更应该住到那些商务酒店中去。难道是来探访家人的？

"电话里有忙音是正常的，"前台向她解释道，"要先拨9，再拨011，才能打通国外的电话。"

看来她是一个人在这里旅行的，可能是要用电话跟她先生报个平安，不，应该是她的男朋友，因为她的手上还没有婚戒。她还问前台从这里打车到约翰霍普金斯大学要多少钱。有了！她肯定是个老师，她住在这里，肯定是因为学校的教工宿舍还没分配下来。

突然，她转了过来，直直地盯着我。

"不好意思，我再要一分钟就好了。"

"没关系的，我不着急。"我回答道。

"所以您就一直在旁边打量我吗？您可能没有注意到，前台后面有一面镜子，我能从里面看到您。"

"那看来该说不好意思的是我。您别见怪，这是个不好的怪癖，我喜欢猜测人们是从事什么职业的。"

"那我是做什么的？"

"您是英国文学教师，看来您应该是刚刚在巴尔的摩的大学找到一份教职的工作。"

"您全都说错了。自我介绍一下：艾琳 - 卢比，《国家地理》杂志记者。"她边说边向我伸出了手。

"乔治 - 哈里森。"

"这也太好笑了吧！好吧，看来至少您不是一个缺乏幽默感的人。"

"我不明白您的意思。"

"艾琳 - 卢比……乔治 - 哈里森……您还不明白吗？"

"不明白，而且也没什么好笑的。"

"我的名字是披头士一首歌的名字，而您的却是其中的吉他手。"

"我不知道这首歌，其实我也不是他们的粉丝，我妈妈也不是，她是滚石乐队的歌迷。"

"看来您运气不错。好吧，我很高兴能认识一位乔治－哈里森，我妈妈肯定会很高兴的，不过我该走了。"

说完她就离开了。

我取回了自己的钥匙，故意忽视了前台打趣的目光，她肯定听到了我们说的每一句话。我回了房间，心情却很不错，我已经很久没有这种感觉了。

● ∞

艾琳－卢比

我也可以玩他刚刚玩过的游戏，反正我在出租车上也有一刻钟的时间要打发。

他为什么要来到这座城市？他穿着牛仔裤，旧皮靴，毛衣还有点大，肯定不是个商人，而且后者显然也不是这家宾馆的目标客户。难道他是个艺术家？可能是个乐手。不过，乔治－哈里森，他真是应该换个名字。大家想想，要是现在的某一个画家取名叫伦勃朗……好吧，或者他纯粹是跟我开玩笑。不过这样至少证明这是个很幽默的人。难道他是个画家？不过什么样的画家才会来巴尔的摩开画展呢？而且他的衣服上又没有颜料。他的表情也不够纠结，看来也不是个电影工作者。不过我凭什么认为他一定是个艺术家呢？

如果他是个记者的话，肯定在听到我的自我介绍时就有不一样的反应了。我可是个不错的记者，我供职的杂志也称得上鼎鼎有名。是的，我当时说的时候就期待能给他留下一个深刻的印象。好吧，可能他只是来看他的妈妈的，他刚刚就提到了。不过我为什么非要搞个清楚呢？也许只是为了下次在宾馆大堂看到他的时候能让他闭嘴。好吧，但是我为什么非要让他闭嘴呢？不过，为什么不呢？

我找到了学院的行政办公室，从那儿拿到了一些必要的材料，还拍了几张照片，这些之后都可以作为文章的素材。做完这些之后，天色依然很早，我就又去了市中心，拍了另外一些照片。旅行结束之后，总得有足够的东西能向主编交差吧。

回到宾馆之后，我觉得很紧张。到时候我要怎么才能知道是谁约我的呢？希望这真的是个约会，而不是某个寻宝游戏的下一步。

到底是谁写了这封匿名信，把我引到这里来？我在水手咖啡厅里看到了妈妈的照片，这也间接为信中的内容提供了佐证。不过对方为什么要给出一个如此具体的时间？为什么故意要预订这张照片下方的桌子？为了确保我不会爽约吗？可真要是为了这个，他完全可以给我寄一个照片的副本的……不过我必须得承认，在这里发现这张照片，效果是要更震撼一点。

我已经不愿再去想这些问题了，内心里一直有一个微弱的声音在不断提醒我，其实我很害怕。

我决定提前去到水手咖啡厅。这样我就能看看在约定的时间，究竟是谁推开了餐厅的门了。

●　◎

进门之后，我想当然地告诉服务生我们有两个人。

"您有预订吗？"

每次在我看到餐厅里一半桌子都空着，而侍者却问我是否有预订的时候，我都忍不住想笑。

　　"没有，据我所知应该没有。"我给出了一个谨慎的回答。

　　"您贵姓？"

　　"我叫艾琳－卢比。"

　　"您的位置在那边。"她告诉我。

　　我觉得自己所有的血液都凝结了。

　　服务生看了看大堂桌号的分布图，把我带到了预订好的桌子旁边。其实比起这个位置，我更喜欢位于对角线上的另一张桌子。在那个位置上，我更容易看清餐厅的全貌，并且可以在旁边观察，看看到时谁会坐在这里，然后再临时回到指定的座位上。我很快就给自己制订了行动计划。

　　我坐了下来，点了一杯飘仙酒。看来不管我在哪里，我骨子里都是个英国人。

　　十八点五十五分的时候，有一对男女走了进来。这应该是他们的第一次约会，因为很明显双方都不太自在。十八点五十七分，两个看起来也不太像阴谋家的年轻女生坐到了吧台旁边。但是十九点的时候，并没有任何人进来……之后，十九点十分的时候，我在旅馆大堂见过的那个男人气喘吁吁地跑了进来，这次他穿得要讲究一点。站定之后他又把衬衫塞进西裤里，整理了外套，还用手理了理上过发胶的头发。他没看到我。

　　不知道为什么，他的出现让我安心了很多。也许是因为我终于在这个陌生的地方看到了一张熟悉的面孔。我一直用目光追踪着他，后悔没带一份报纸来，这样就能更方便地进行间谍活动了……我实在是太有想象力了，玛吉一定会嘲笑我看了太多电视剧。让我吃惊的是，侍应生也把他领到了给我预留的那个座位上。我心里那个细细的小声音提醒我一定要分析清楚形势后再行动。

摆在我面前的有两种猜测。第一种，也是最有可能的：他就是写匿名信的人。这也解释了他为什么会跟我住在同一家宾馆，要真是这样，他的演技还真是不错，因为当时可是一点都看不出来他认识我。我在出租车里玩猜背景游戏的时候就该想到这一点的。或者……我心里的那个小声音又说：他可能只是想到这个街区里唯一算得上餐厅的餐厅来吃饭，看到这张桌子还空着，侍应生就把他安排到这里来了。我甚至都不知道在这两种可能性中，我更倾向于哪一种。

我观察了十分钟，发现他一直在看手表，还在不住地叹气，自始至终也没顾得上翻看菜单。所以说，他的确是在等某个人，这个人应该就是我！

突然，他站起身来，走向我所在的位置。

"这次连镜子都用不上了，自从我进来之后您一直在打量我。"

我没说话，只是"嗯"了两声。

"您是在等人吗？"他问道。

我继续保持沉默。

"这可不是在套您的话……"他显然被我逗乐了。

"看情况吧。"我最终挤出了这几个字，不过还是决定坚守自己的防线。

"好吧，"他脸上的微笑淡了下去，"我明白。"

"您明白什么？"

"看来您是被放鸽子了。"

"那您呢？您在等谁？"

"我也不知道，但是我害怕是有人没有等到我就走了。"他又看了一眼手表。

他擦了擦头上的汗。男人们在有烦心事的时候经常会这么做。我用手捋了捋自己的头发，好吧，看来每个人都有下意识的小动作，还是别评价别人了。

"我开了一整夜车，就为了这个约会。不过我刚刚在床上睡了过去，就迟到了一会儿。"他叹了口气。

"给她打个电话吧，然后道个歉。"

"要是我知道该给谁打电话的话，我早就这么做了。"

"我明白。"

"您明白什么？"

"第一次见面就迟到，显然不是特别礼貌。不过您可以放心，我已经在这儿坐了半小时了，也没见到什么单身女士，除非您是想一次跟两位女生约会……她们在吧台那儿坐着呢。抱歉，我是在跟您开玩笑呢，这样的确不太友好。您的同伙还没有来，看来是她迟到了……或者是放了您的鸽子。"

"看来我也不是唯一被放鸽子的人，我能坐在您这边吗？和您一起等一会儿？"

我看了看表，现在是十九点三十分。

"好的，我想应该没问题。"

他看起来比我还要不自在。他转过身去叫来了侍应生，问对方我杯子里是什么酒。

"飘仙酒？"

"味道怎么样？"

"比较苦。"

"那我就来杯啤酒吧，您呢？"

"我也来杯一样的。"

"啤酒？"

"不，还是飘仙酒。"

"您为什么会来巴尔的摩？"

"您还是问我个更有意义的问题吧，问个您不知道答案的。"

"您之前称赞过我的幽默感，我想更有幽默感的应该是您吧。"

"我赢了？难道说您的真名不是乔治－哈里森？您不会是个喜剧演员吧？"

他大笑起来。我在心里默默地又给他加了一分。

"喜剧演员？不，当然不是。您不会是在玩我最爱玩的游戏吧？"

"也许吧。"

"关于我，您还有什么猜测？"

"您可能是画家、音乐家或导演！"

"一个人可扮演不了这么多的角色。不过您全部都猜错了，我是木匠，而且我的确叫乔治－哈里森。是不是让您失望了？"

"没有，不过，要是您真的叫乔治－哈里森的话，看来您还是不如我想象中幽默。"

"谢谢夸奖。"

"我没有夸奖您啊。"

"您能不能再给我一个机会？"

"您已经错过了。您是来这里约会的，但是您现在跟我调情。我看起来很像是 B 计划吗？"

"您为什么认为一定是男女间的约会？"

"好吧，您又把之前失去的一分得回来了。"

"我们还是别再玩这个游戏了。而且我一定要说明，我并没有在跟您调情。不过看来您对我的名字很感兴趣，那您能告诉我您的约会对象叫什么吗？我们都属于 B 计划，可以彼此坦诚一点。"

"看来已经平局了。"

"还是从头开始吧，您为什么来巴尔的摩？"

"为了给杂志写文章。您呢？"

"我的爸爸。"

"您今天是和他有约吗？"

"我希望是这样。"

"那就太说不过去了。爸爸怎么能放儿子的鸽子呢？我的爸爸就从来不会这样。哦……说不定您的爸爸只是迟到了？"

"他迟到了三十五年……一般这样就不能称为迟到了。"

"啊……我很抱歉。"

"您为什么要抱歉？又不是您把事情搞成这样的。"

"的确不是我，不过我还是很抱歉。我妈妈去年去世了，我知道父母的离去会在人的心灵里留下多大的空洞。"

"还是换个话题吧。人生这么短暂，没必要把时间浪费在无意义的悲伤上。"

"我很喜欢这句话。"

"这是我妈妈经常说的一句话。不过还是说说您吧？您要着重介绍巴尔的摩的哪些方面呢？"

艾比，现在是个要做决定的时刻了，你要不要相信他？

"您的嘴唇好像动了几下，不过我没听到您说了些什么。"

"您说您开了一整夜的车，那您是从哪里来的？"

"梅戈格，一个距离蒙特利尔有一百公里的小城，属于东方镇区。"

"我知道梅戈格在哪里。"我生硬地回答道。

"嗯，的确是。您的杂志就是……您应该已经环游过世界了吧，"他根本没有注意到我的脸色变得有多么难看，"我们那边很美吧，难道不是吗？我不知道您之前在什么季节来过，不过每个季节都有不一样的风貌，景色也不太一样，让我们觉得好像生活在不同的地方一样。"

"还不是加拿大的地方！"

"好吧，"他叹了口气，"好像的确是这样。"

"加拿大邮政怎么样？"

"嗯……我觉得还不错，虽然我平时收到的都是些账单。"

"那您寄出的那些信呢？"

"对不起，我没太明白您的意思……"

"我正在试图理解您的动机……或许您该跟我解释一下。"

"我说了什么让您不快的话吗？要是这样的话我向您道歉，我还是回到原来的位置上去吧。"

要么他就是世界上最好的演员，要么他就是个马基雅弗利式的不择手段的人。

"真是个好主意，我们还是一起过去吧，我有东西要给您看。"

我没有给他留出思考的时间就站了起来，坐到了他刚刚坐过的位置上。他奇怪地看着我，不过还是换了过来。

"您刚刚那个关于缺失父爱的故事让我很感动，"我继续说道，"哪怕铁石心肠的人恐怕也会为此动容。现在，请您抬起头来，看着这张照片，告诉我是不是我们的两次偶遇都只是巧合。是的，照片上就是我的妈妈！"

他抬起目光，只是一瞬间，他的脸就变白了。他近距离地看着照片，一句话都说不出来。

"坐下！"我又提高了音量。

"她旁边……"他嗫嚅道，"那是我的……妈妈。"

他转过头看着我，脸上满是不解和怀疑。

"您是谁？对我有什么企图？"

"我也想问同样的问题。"

他从上衣的内兜里掏出一封信，放在了我的面前。我立刻就认出了上面的字迹。

"我不知道您为什么要怀疑我，不过您还是看看这封信吧，然后您就明白我为什么会开了一整夜的车了。"

我展开信，几乎屏住了呼吸。读过之后，我从包里拿出了自己的那封，把它递给了乔治－哈里森。他脸上的表情几乎和我一模一样，看完信之后脸色甚至比我还要难看。

"您是什么时候收到这封信的？"他问道。

"大约十天以前吧，还有另外一封是一个星期之后到的，是约我来这里见面的。"

"和我差不多，前后也就差了几天的时间。"

"乔治－哈里森，我还是不知道您是谁。"

"但是现在我知道您是谁了，艾琳－卢比，虽然我妈妈在谈起你们的时候，并不是这么称呼您的。"

"您的母亲提起过我？"

"是啊，尤其是您，不，应该说是您的全家。每次在她批评我的时候，都会说：'我的英国朋友也有小孩，不过他们绝对不会这样跟自己的妈妈说话。'或者就是说，她朋友的小孩在饭桌上很乖，会主动收拾房间，在妈妈有吩咐的时候也不会谈条件，在学校表现也很好……总之，我的整个童年里，凡是我表现的不好的事情，你们都表现得很好。"

"不过您的母亲完全不认识我们啊？"

"到底是谁在对我们做这样的恶作剧？"

"我又怎么知道不是您干的呢？"

"我也可以问您同样的问题。"

"这只是个立场问题，"我回答道，"但是您可能不知道我究竟在想些什么，反之我也不了解您的想法。但是我认为我们不应该彼此怀疑。"

"我想那个人把我们叫到这里来，应该就是为了让我们联手。"

"联手？"

"我们的妈妈彼此认识，我已经告诉过您了，我在我妈妈的嘴里听过无数关于您母亲的事情……"

"但我妈妈从来没有提过。"

"那太遗憾了，不过这不是关键问题。这张照片可以证明她们当时有着很亲密的关系，看她们的眼神就知道，那个写匿名信的人肯定是想让我们发现这个事实。"

"想让我们彼此信任？是不是进展太快了一点？为什么对方要让我们联手？"

"我想应该是为了节省时间吧。"

"您能做出这么严密的推理，这让我怀疑您是不是无辜的。"

"正确的推理是我是一个很聪明的人。"

"您还真是谦虚啊。"

"有人一直在牵着我们的鼻子走：我们完全不清楚他的意图。但要是我们合作的话，说不定很快就能揭开他的面具。"

"他难道预料不到这种情况吗？"

"他当然能预料到，不过恐怕他宁愿冒险。"

"为什么是他，而不是她？"

"的确，我想我更应该好好思考一下这个问题。"

"我觉得我们应当彼此信任，而且指出这个问题的人是我……"

"这恰恰证明了您是很真诚的，如果您不是很奸诈的话……"

"比您还要奸诈吗？"

我们互相打量了一会儿，侍应生走过来问我们到底什么时候才可以点餐。乔治－哈里森选了龙虾卷，因为我一直在看着他，已经没有思考的余暇，所以我就选了跟他一样的餐品，不过这似乎会让我显得很没有个性。

22
梅

她已经试着给爱德华拨过三次电话了。他们在一起度过了一个愉快的晚上。尽管萨莉－安不太乐意，梅还是慢慢爱上了爱德华，他总是很温柔地对待她，他们的感情也渐渐升温。她还把他带到了自己的世界中，爱德华也乐于享受这种新鲜的体验。这是他的世界的对立面：爱德华这么富有，可梅却一贫如洗，她就是爱德华的皮格梅隆。

萨莉－安很生气，不过梅并不在意。不管怎样，萨莉－安这几个星期以来都在与全世界为敌。在编务会上，她甚至还对所有的同事发了火，否决了他们所有的提议，好像随时准备与任何人爆发争执。最后编务会在没有讨论出任何结果的情况下不欢而散了。

她到底在生什么气？她想要基斯，基斯已经完全属于她了。梅很清楚，萨莉－安会不高兴，是因为看到自己的弟弟如此在乎梅，他对她这么细心，却跟自己的姐姐水火不容。但是梅也并没有因此自责。又不是她主动引诱爱德华，而是后者先追求她。萨莉－安完全猜错了：爱德华并没有在从梅身上得到他想要的一切之后就像扔一双破鞋一样扔开她。他们接吻的那天晚上，爱德华表现得像一位真正的绅士，他把梅送到公寓楼下，并没有进一步的动作。两天之后，他又请梅去了一家格调高雅的餐厅。

"这次轮到我了。"在梅欣赏着面前纯银的餐具时，爱德华说道。

第二天，他们又一起去逛街了。爱德华送了她一条漂亮的围巾，梅也给他买了一个皮质钱包。

"我会把它放在心口上的。"他说完就把它放到了西装的内兜里。

上个周末，他开车带梅去了肯特岛。他们租下了一间小屋里的套房，房子的下方就是海边的沙丘，几乎所有的时间他们都在做爱。从来没有别的男人像爱德华一样重视她的感受，给她全部的溺爱，她也很惋惜没法儿把这些美好的感受与萨莉-安分享。萨莉-安像个小孩一样，有点太以自我为中心了，但是梅也不是一个冷酷的人，她能明白萨莉-安的想法。萨莉-安只是嫉妒了。梅想要让这对兄妹言归于好。她本人一直都想要个弟弟，也觉得萨莉-安应该珍视这种关系。

为了让爱德华信任她，她应该勇敢地迈出第一步。在这间小木屋里，她主动向爱德华提起了她们的报纸。

他们在海滩上散步，手挽着手。

"这还不是个成型的计划，"她撒了个谎，"但是如果我们一直留在《太阳报》，是不可能有职业发展的。我们的上司都是些大男子主义者，他们觉得女人就只能搜集些资料，或者是泡两杯咖啡。"

爱德华看起来很惊讶，他问梅打算让报纸走什么样的路线。梅向他解释了一些主要的理念。爱德华向她表示了祝贺，赞扬了她们勇于寻求真理的勇气。但是他还是请她保持警觉。揭露贪腐、滥权和懒政这一类的丑恶现象，常常会带来很大的风险。敢于这样做的人最终都会遭受权贵的报复。

"我是在他们身边长大的，我知道他们能做出什么事情。"爱德华很认真地提醒道。

爱德华很了解上流社会，梅想到只要能够使用适当的技巧，爱德华就能成为她们的消息来源。当然，爱德华有很多的优点，但是他也有一个很多男人都有的缺点：喜欢表现。只需要在合适的时候向他提出合适的问题。

"我只是希望你不要被我姐姐控制了。她做出这样的事情我倒并不惊讶。"

"你们之间到底发生了什么？"梅问道。

"她指责我没有站在她那一边。从青春期开始，她就一直仇视我们的父母，我觉得她的行为对父母很不公平，而且也让人很难忍受。我承认妈妈不是个好相处的人。她有的时候的确过于严苛，但这是因为她年轻时受了太多的苦。可能你会觉得我太老派，不过我是真的很欣赏我的父母。他们都是经历了残酷的考验才走到今天的。妈妈并不是含着金汤匙出生的。当初来到美国的时候，她是一个孤儿，一无所有。我从未见过外公外婆，他们都被德国人杀死了。他们是犹太人，一直在躲避纳粹的追捕。妈妈之所以能成功，这全都归功于她的勇气和我爸爸的果敢。所以我不能接受萨莉对父母的看法。我一直试着调和双方的关系，也想保护姐姐，但其实也是为了让她免受她自己的怒火和偏激带来的伤害。但是她永远都听不进去，最后我也放弃了。"

"但她深深地爱着你。"梅编造了一个事实。

"请允许我怀疑一下这种说法的真实性。"

"每次在谈起自己的弟弟的时候，她的语气中都充满羡慕。"

"梅，你很善良，但我并不相信这种说法。萨莉是个自私的人，她只关心她自己。她对家人的仇恨让她变成了一个刻薄且内心充满痛苦的人。"

"你不要这么说，因为你并不是真正了解她。你觉得我很善良，但其实你姐姐比我要善良百倍。她一直都想着别人：和你们的母亲不同，她一生下来就生活在很优越的环境里，她本来可以这样无忧无虑地过上一辈子的。但她没有这么做。的确，萨莉－安是一个叛逆的人，但让她叛逆的都是些很崇高的原因，因为她不能忍受社会上的不公。"

"听你的话你似乎已经爱上她了。"

"爱德华，求你了，不要假装听不懂我的话。"

"好了，我明白你的意思，以后不敢当着你的面批评姐姐了，不然你肯定会咬我的。"

梅拉住了爱德华的手臂，把他拉向小屋。

"回去吧，"她说，"我渴了，想把自己喝醉。我不喜欢星期天，我希望这个周末永远都不会结束。"

"我们还会有其他周末的。"

"也许吧，不过我们还是不要进展得太快……我还记得你是怎么说的……对了，是齐默家的女儿。我不认识她，但是我不希望我们的故事也有同样的结局。另外，你还会不时想起她吗？"

"你觉得我会掉进这个女孩常用的陷阱里吗？要是我说不会，你肯定觉得我是个无情无义的人，但要是我说会，你就真要吃醋了。不过你说得对，还是尽情地享受生活吧，不要思考太多无意义的问题。尤其是不要总是纠缠于之前的感情经历。不过我对你的过往也一无所知。"

"因为我根本没有过往。"

他们回到了小屋，坐在了壁炉旁边。壁炉里木柴还在噼啪作响。梅点了一杯香槟，爱德华则选了波本威士忌。

太阳下山之后，他们回到卧室里收拾好了行李。整理包裹的过程中，梅一直打量着这间房间：那张她度过了周末夜晚的有帐顶的大床，墙上精美的壁饰，掩着窗子的厚重窗帘，她光着脚踩过的波斯地毯，所有这些奢华都是她所不适应的，但是让她如此兴奋。她转过头来，看着正在细心折叠衣物的爱德华。

"我们就不能待到明天吗？今晚我不想回公寓。"

"明天我很早就有工作要做，但是反正今晚也要很晚才能回去，不如去我家里过夜吧？"

"和你父母住在一起？"

"那是个很大的宅子，我有我自己的活动区域，我向你保证，绝对不会碰见我父母的。"

"那明天呢？"

"我们可以从边门出去，你完全不用担心。"

阿斯顿·马丁全速奔跑了起来。车内的皮质座椅提供了很好的触感，梅能听到引擎的咆哮声。

"答应我一件事。"

"先告诉我是什么事，我可是个守信的人，从来都不轻易允诺。"

"我希望你们能和好。"

"我和姐姐吗？我们只是沟通有问题，但并没有决裂。"

"你的姐姐和你们，也就是斯坦菲尔德家的所有人。你是唯一能重建和平的人，无论是她，还是你们的母亲，都不会迈出第一步的。"

车速慢了下来，爱德华微笑地看着梅。

"我无法向你保证一定会成功，但我一定会尽力的，关于这一点我还是能做到的。"

梅侧身过去亲吻了他，命令他从现在开始只能看路。她摇下车窗，贪婪地呼吸着新鲜的空气。她的头发飘扬在空中，那一刻，她真的很幸福。

23
艾琳 – 卢比

二〇一六年十月，巴尔的摩

我们分别站在各自的房门前，在走廊里互道晚安。我躺在床上，只要一闭上眼睛脑海里就会浮现出玛吉的影子，她在问我：

"老伙计，你在干什么呢？"

既然我也回答不出她的问题，那还不如早点抢占先机。之前前台告诉我，国际电话要先拨 9，然后再加 011，就好像我是第一次出国似的。

"你知道现在几点吗？"玛吉在电话那头打着哈欠。

"我不能再等了。抱歉吵醒你了。"

"弗瑞德今晚留在樱草山了，昨天店里客人太多了，很晚才打烊，所以他就没有来找我。"

"太好了，看来他的餐厅步入正轨了。"

"嗯，的确是这样，每次在我的男朋友为满客而开心时，我就得一个人睡，然后每次在他因为没有客人而拉着脸的时候，就得回来找我。不过你早上五点给我打电话，应该不是为了跟我讨论弗瑞德的生意吧。"

这次我没有再和玛吉争辩，我把她从床上拽下来，的确也是为了跟她说一下家里的事情：米歇尔交给我的那封信，水手咖啡厅墙上的照片，我今天晚上的约会，还有从乔治－哈里森那里得到的信息。这也是唯一的一次：玛吉竟然没有打断我的话。

"他人怎么样？"

"别告诉我这是你要问的第一个问题。"

"不是，不过这应该不妨碍你回答我的问题吧。"

我粗粗地向他描述了一下乔治－哈里森的样貌。

"所以你对他印象还不错？他真的叫乔治－哈里森吗？"

"我没让他出示驾照，不过我相信他说的话。"

"既然我们的妈妈和他的母亲如此亲密，你真的认为这只是一个巧合吗？"

"他和我年纪差不多，也许是有关系的吧。"

"很有可能。你很可能没有注意到，那个写信的人对妈妈的称呼是'我的爱人'。另外，她还承认自己的意识正在逐步发生错乱，这也许是她这样称呼的原因……我很难想象妈妈会骑着一辆摩托在街上飙车，你还记得她坐在奥斯汀里系安全带的样子吗？你见过她穿皮夹克吗？"

"说实话，这还不是让我最震惊的事情。我无法相信妈妈居然是个小偷，我想知道她偷了什么，然后又发生了什么悲惨的事情。"

"这倒是证实了匿名信里的指控。"

"看来信里说的全部都是真的。妈妈的过往中还是有印象的，她和乔治－哈里森妈妈的关系也很奇怪，她有一笔不属于她的财富，当然还有《独立报》。"

"什么是《独立报》？"

"这是妈妈年轻时和梅联手创办的一份报纸。爸爸可以跟你解释的。"

"我们说的是我们的妈妈吗？"

"第一次听到的时候，我也有和你一样的反应 。"

"关于这笔财富，乔治－哈里森跟你说过什么吗？"

"没有，他也是看过梅写的信之后才发现的。不过这并不是唯一的一封信，妈妈和梅近些年来一直保持信件往来。"

"要是他从一开始就是在耍你呢？你们的碰面不是基于一连串的巧合吗？他会是写信的人吗？"

"你为什么会这么想？"

"他是在做拼图游戏。你想，妈妈这些年来都跟他的妈妈有信件往来，所以他手里应该有我们妈妈的信，这样他就需要从我们手里得到他妈妈的信件，才能拼成一个完整的事实。那个人不是让我们去找证据吗？这就是原因！"

"我向你发誓，当时他看到水手咖啡厅里的那张照片时整个人都惊呆了。另外他自己也收到了一封匿名信。"

"说不定是他自己写的呢！再说他看到照片的时候为什么会震惊呢，既然他知道我们的妈妈之间一直有信件往来？"

"他不知道，是米歇尔告诉我的。玛吉，你千万记住，什么都不要告诉米歇尔，我跟他保证过要保守秘密的。我到了巴尔的摩之后，至少给他打过十个电话，让他把别的信一起寄给我。"

"所以我们家里还有别的秘密，就瞒着我一个人？爸爸告诉你妈妈在巴尔的摩创办了一份报纸，米歇尔给了你一封我毫不知情的信……难道我是得了什么传染病吗？你们都要避着我？"

"本来爸爸也不想告诉我的，我们是一起吃了一个冰激凌，聊天的过程中他才吐露了这个事实。"

"别告诉我他带你去吃本杰瑞了。"

"至于米歇尔，是因为我离开的前一天晚上过去跟他告别了，我也不知道他为什么会在我大衣的口袋里塞上这封信。"

"你离开的前一天晚上去跟米歇尔告别了，但是我呢？既然我在你眼中这么没有分量，我也想不到有什么可以帮你的。"

"你已经帮忙了，你提醒我要对乔治－哈里森保持警惕。"

"这还远远不够。如果我们的妈妈在什么地方藏了一个宝物，你一定要先于他拿到。我的银行不同意给我提高信用卡额度。"

"你应该找个工作，所有人都是这么养活自己的。"

"我想继续学业，我不能同时做两件事。"

"你三十五岁了，还想继续学业？"

"我只有三十四岁，谢谢你的提醒。你还会再见他吗？"

"我们明早要一起吃早餐。"

"艾比，千万别爱上这个家伙！"

"第一，他不是我喜欢的类型；第二，我还不太相信他。"

"第一，我不相信你；第二，我天天提醒你，可你却总是轻信所有人。别跟他混在一起，至少也要等到把事情搞清楚再说。"

玛吉命令我要每天给她打电话，好随时向她汇报情况，还向我保证不会在米歇尔面前出卖我。我挂了电话就上了床，但直到很晚才睡着。

● ◎

第二天早晨，我在酒店大堂里找到了乔治－哈里森。宾馆的早餐实在不敢恭维，他就让我上了他的小货车，带我去城里找些东西吃。

"您是哪种木匠？"我率先打破了沉默。

"有很多种木匠吗？"

"当然，有建房子的，有做家具的，还有……"

"第一种不能叫木匠，他们应该叫屋架工……可能我的确没有父亲吧。"

"您说的这两句话之间有什么联系？"

"和您的问题的确没有关系。但是我整个晚上都在想妈妈的信。她称呼您母亲为'我的爱人'，可能她就是找了个捐精的吧，她说的悲剧后果可能就是我。"

"我想想您的存在也算不上悲剧吧，只是对您来说的确有些不公平吧。您注意到了吗？里边提到了一个需要我们让它重现于世的宝物，难道这就是您吗？"

我说完之后，忍不住哈哈大笑起来，不过我很快意识到我的笑对乔治－哈里森可能是个很大的伤害。车停在了一个红绿灯处，乔治－哈里森转头看向我，表情很严肃。

"想到我们的母亲可能是爱人，您不会觉得有些奇怪吗？"

"我想想您介意的应该不是她们之间的情感，而是您不知道该如何形容她们之间的关系吧。您不必如此难过，别忘了您母亲在写信的时候已经……"

"您是想说她已经失去神志了吗？"

"看来您的确有个怪癖，就是一定要补充完整我的句子。我是想说您的母亲已经上了年纪了，所以她用的词汇都是那个年代的词。她们之间到底是友情还是爱情？我们设想一下，要是按照您的推理，其实在逻辑上是不能成立的。要是我们的母亲真的相爱的话，她们决定养大一个孩子，找了一个匿名的捐赠者。难道之后是您的母亲怀孕了，然后我妈妈就抛弃了她？"

"这有什么在逻辑上不能成立的？"

"开车啊！您听不到后面汽车的喇叭声吗？我知道男人通常很难同时完成多个任务的，但是您最好还是边开车边和我说话，我爸爸都能做到这一点，我还没见过比他更难集中注意力的人呢。"

卡车又往前开出了几米，靠路边停了下来。

"您今年多大？"我问道。

"三十五岁。"

"您的出生日期是？"

"一九八一年七月四日。"

"嗯，所以你的推理不成立，您母亲怀孕的时候，我的妈妈已经回英国了。"

"不能同时做好几件事？您这是对男人的性别歧视吗？"

"我注意到您已经停车了，甚至还熄了火。"

"那是因为我们已经到吃早餐的地方了，这家咖啡厅的食物美味极了。"

● ∞

乔治－哈里森没有看菜单，就点了煎蛋配培根、吐司还有一大杯橙汁。我也不知道为什么，他的举动让我觉得很潇洒。我只要了一杯茶，他肯定不可能吃完所有的东西的，我只要拿他一片吐司就好了。

"既然我不是我妈妈在信里说的悲剧，"他的嘴角还带着笑，"那她所指的是什么呢？您的母亲从来没提过……"

"她从来没提过这一段人生，我们也没问过她。另外，她是个孤儿，我们都知道她的过去还是挺悲惨的。所以我们都很谨慎，当然也是因为我们有点害怕。"

"你们怕什么？"

"我们不想看到母亲人生的其他方面，我们宁愿是我们占据了她人生的全部。"

"什么方面？"

"她成长的那一面啊。您呢？您对自己母亲的过去又了解多少？"

"她是在俄克拉何马州出生的，她爸爸是机械师，妈妈是家庭主妇。我外公是个脾气暴躁的人，不愿意对子女做出亲密的举动。我妈妈说他从来没有抱过她，借口就是自己手上有油污，怕弄脏了孩子的衣服。当然俄克拉何马州的生活比我外公的脾气还要粗暴，不过我觉得应该是那个时候父母们还不知道该如何表达他们对子女的爱。妈妈很早就离开了家乡。她到了纽约，脑子里满是小时候看过的关于这个城市的故事。她在出版社找到了一份文秘的工作。晚上的时候她就在纽约大学攻读新闻学专业。后来她几乎给东海岸所有的报社都投了简历，获得了资料搜集员的职位。再后来，她就有了我，就离开美国到了蒙特利尔。"

"你知道她二十世纪七十年代末期的时候来过巴尔的摩吗？"

"不，我不知道。她只提过纽约。只要我问她关于怀孕时期的事情，她的嘴就闭得跟生蚝似的，一个字都不说，然后我们就会吵架。您要来这里找什么？"

"我不知道，当时是头脑一热就来了。"

"您是想找到那笔财富吗？"

"在知道的确有一笔财富的时候，我都已经在飞机上了。我知道很难跟您解释，但是我真的是在通过机场安检的时候才在大衣里发现这封信的。"

"好吧，我们可以推论一下，那个写匿名信的人一定是在英国，不然他怎么能接触到您呢？"

"那您呢？您是来这儿找什么的？"

"找我的爸爸，我已经跟您说过了。"

"那我妈妈给您母亲写的信都放在哪里？"

"我也不知道，甚至不知道它们还存不存在。您要把我母亲的信还给我吗？"

"我也不知道这些信在哪里，甚至都不知道它们还在不在。当然，下一步我们该做什么我也不知道。"

我们沉默了很久，每个人都看着自己面前的餐盘。乔治－哈里森让我等他一下，然后就消失了。透过餐厅的窗户，我看到他打开了卡车的车门。要不是他把上衣留在这里，我几乎以为他要先行离开。不过他很快就回来了，把之前水手咖啡厅的那张照片放在了桌子上。

"咖啡厅的老板不知道墙上的这些老照片背后的故事。他接手餐厅的时候这些照片就已经挂在那里很久了。他只是翻新了厨房，然后把大堂粉刷了一下，其余的东西都没有动过。"

"看来我们还真是取得了很大的进展啊。"

乔治－哈里森又把另外两张照片放在了我的面前。

"这些照片都是同一天晚上拍的，上面还有另外两个人。"

"您是怎么把它们偷到手的，当时我可是什么都没注意到。"

"您总是往坏里想问题。昨天晚上我又去了一趟水手咖啡厅。我不知道您怎么样，但是我根本睡不着。当时老板已经打算打烊了，我就跟他解释说照片上的人是我妈妈。"

"然后他就把它摘下来送给您了，还额外附送了两张，只是因为您长着一双很明亮的眼睛？"

"多谢夸奖。我给他开价二十美元，他觉得价钱很公道。反正他今年冬天也要重新粉刷餐厅的。那家报纸叫什么来着？"他问道。

"《独立报》。"

"这就是我们的第一条线索。这家报纸是在巴尔的摩出版的，我们应当能找到些它存在过的痕迹。"

"我已经试着在网上找过了，不过什么都没找到。"

"肯定有什么地方是存放出版过的报纸的，您是记者，一定知道是在哪里。"

我立刻想到了米歇尔。

"市政图书馆！要是还有副本的话，一定能在那里找到。刊头就能给我们提供不少信息。"

"什么叫刊头？"

"就是报纸中的一块版面，上面一般会印有主要发行人的信息。"

我们又坐上了他的小货车，我给乔治-哈里森指明了方向。

"教堂街 400 号。"我在苹果手机上查到了图书馆的地址。

"我能问一下您为什么会突然心情大好吗？"

"我们要去的这家图书馆存有很多爱伦·坡家人捐献的材料。"

"这很重要吗？"

"跟您没什么关系，但对我来说是很重要的，开车吧！"

我们向图书馆前台说明了来意。但是她并不知道这种类型的文献会保存在哪里。我看了看手表，现在克里登应该是下午三点钟，那我就知道应该问谁了。

薇拉果然在坚守岗位，她立刻接起了电话。她问我近况如何，然后主动表示可以去找米歇尔接电话。但这次我要找的人是她。她显得很高兴，因为我向她请教在类似的图书馆里文献是如何分类保存的，不过最后我还是向她坦白了：这家图书馆要大一点，到底要怎么才能找到一份二十世纪七十年代末出版的报纸？

"一般是在缩微文件那边，"她回答道，"都是这样按时间顺序来保存报纸的。"

要是此刻她在我旁边的话，我一定会拥抱她的。

"你确定不需要我去叫米歇尔吗？他肯定会很高兴同你通话的。他就在我旁边，稍等一下。"

我听到了几声窃窃私语……然后我的哥哥拿起了听筒。

"你到了之后并没有给我打电话，但是我知道你安全抵达了。我一直在看新闻，自你起飞以来并没有飞机失事。"

"看来这也是能确认我是否还在人世的手段之一，"我回答道，"我给你打了好几次电话，但是你从来没接过。"

"这很符合逻辑，我们图书馆不允许使用手机。而等我回家之后就会关机。"

我想私下和米歇尔通话，所以就走到一个与乔治－哈里森相距较远的地方，确保他听不到我说话。

"米歇尔，我看了那封写给妈妈的信。"

"我不想听，我答应过妈妈永远不会看的。"

"我尊重你的意愿，你说过妈妈还给了你一个盒子，里面有其他的信吗？"

"一共有三十封。"

"我现在就想看，你能给我寄过来吗？"

"不能，妈妈命令我要永远把它们留在身边。"

"天哪，米歇尔，妈妈已经去世了，我需要这些信！"

"为什么？"

"你指责我把所有的时间都用来关注别人的事情，对家人却不够关心，现在我正在尽力弥补。"

我听到了米歇尔粗重的呼吸声。我又犯错了：现在我的哥哥的思绪肯定又陷入了紊乱。他的思维需要逻辑，只有逻辑才能帮他做出最后的决定。他的推理中不能有非理性元素的存在，我刚刚提出的要求将他拖入了两难的境地：背叛母亲还是让自己的妹妹弥补之前的遗憾。

我突然有点害怕，现在我离他这么远，却让他遭遇了极大的精神危机。他肯定整个人都在颤抖，把头埋在了两手之间。我没有这么做的权利，而且他是在自己工作的地方，他旁边的那个女人则是他唯一能与之进行沟通的女性。我本来是想让步的，想通过电话跟他道歉，但一切已经太晚了：薇拉拿过了听筒。

"希望你不要责备我，抱歉打断了你们的谈话，不过我需要米歇尔替我去找几本材料。"

我很感激薇拉的善解人意，同时也感到了深深的内疚。我向薇拉表示了感谢，请她原谅我之前的唐突。

"不要担心，一切都会好的，"她小声对我说，"如果我可以帮到你的话，还请随时告诉我，不要有顾虑。"

但是我不能请她出面，让她去跟我的哥哥交涉，请他把其余的信寄给我，更不能让薇拉把这些信读给我听。要不要把这个苦力活交给玛吉呢？但那样米歇尔不就会立刻知道我背叛了他？

我挂断电话，回到了乔治－哈里森身边。他还在大堂等我。

"我们要怎么才能去缩微文献保存室呢？"我开始询问前台。

"需要出示您的工作证明。您是教师、学者或科研人员吗？"

我拿出了记者证，希望她可以为我破个例。前台疑惑地研究着这张卡。正在这时，乔治－哈里森称赞了她的衣着，并且很有胆量地问她要不要下班后一起去喝一杯。

"二位不是一起的吗？"前台已经羞红了脸。

"不是。"乔治－哈里森回答道。

她好像很替我尴尬，就立即拿出了一个本子，从上面撕下两张通行证递给了我们。

"你们要去的地方就在底下，二位可以走到那边下楼梯，不过请不要发出太大的声音。到时把通行证给接待人员就可以了。"

我们穿过了图书馆的大堂。和克里登的市政图书馆不同，这家图书馆面积很大，设施极其现代化，薇拉看到之后一定会嫉妒：要是他们那里也有同样的设备，米歇尔恐怕就要失业了。馆内大部分的位置上都有读者，很多学生和科研人员都在用桌上的电脑搜寻着材料。到处都是敲击键盘的声音，听上去就像啮齿类动物在咀嚼食物。

工作人员把我们引到了一台旧机器跟前。它的显示屏还是黑色的，被放在一张透明的投影平台上。我只在老电影里见过这种设备。文献管理人员在一个柜子里找了一会儿，之后又找了第二个、第三个，才从柜子里拿出一个玻璃纸包裹的袋子，里面有八张图片。照片尺寸很小，只有半个手掌大。

"看来这个报纸并没有取得太好的成绩，只出版了一期。"管理人员告诉我们。

他把照片放在桌板上，然后打开了机器。很快我的眼前就出现了一个漂亮的题头：《独立报》。出版日期是 1980 年 10 月 15 日，我屏住呼吸看着眼前的八张图片。

报纸头条讨论的是当时如火如荼的总统选举。几个星期以来，现任总统和他的竞选对手一直都在唇枪舌剑。里根讽刺卡特的和平主义主张，而卡特却认为里根是一个极端的右派分子，其言论只会引发仇恨和种族主义。作为当时的加利福尼亚州长，里根打出了"美国重新复兴"的竞选口号，承诺重振美国军力，将长期聚集在华盛顿手中的权力下放给各州，最终为共和党人赢得了总统职位和议会的多数席位，尚属三十年来的首次。

"要是这些口号有用的话，今年胜出的恐怕就是特朗普了。"我感叹道。

"他不会赢的，这个人不可靠。"乔治－哈里森纠正了我的说法。

我继续浏览报道。大多都是一些社论。其中一篇讨论了削减社保的后果，要知道当时有 30% 的美国人都生活在贫困线以下；另外一篇文章揭露了美国空军的行径：一个村庄地下发现了他们之前留下的弹道导弹；第三篇文章讲述了一名记者被政府逮捕，原因是他写了一篇关于父母监护过程中的问题的文章，却拒绝披露消息来源。报纸的最后一页聚焦于文化事件：《艾薇塔》成为本年度最受瞩目的音乐剧；科波拉在纽约向公众推介了高达尔的一部电影；肯·福莱特成了年度最畅销作家；伊丽莎白·泰勒在四十七岁时第一次登上百老汇的舞台。

但是，直到最后我也没有看到刊头。我又从头看了一遍，仔细核对着页码，看是不是有缺页。但始终找不到刊头。看来报纸的撰稿人不愿意披露自己的姓名。文章的签名也都是姓名的首字母。

"您姓什么？"

"柯林斯。"

"这样啊，"我用手指着屏幕，"这里有一篇文章，上面揭露了一家企业将废水排入河流并污染了整座城市的饮用水源的事，这可能就是您的母亲写的。"

乔治－哈里森靠近屏幕，看着署名处的两个字母："M. C."

"不过我没看到我妈妈写的文章。除非她实在太有幽默细胞了，觉得自己是主编，才写下了'S.A.S.'，作为'尊敬的主编大人'的缩写。您看，这里有一篇用这个署名揭露当地权贵家庭丑闻的文章。"

"可能她不是记者呢？您知道的，开诊所的不见得是医生。"

"或许吧。"我回答道，显得有些茫然。

我用手机拍下了所有的页面。我希望回到房间以后，还能继续安静地阅读这份妈妈创办的报纸。很奇怪的是，我还能感受到她的存在，好像她在鼓励我继续探寻事实的真相。

"现在我们要干点什么？"乔治－哈里森问道。

"我不知道，但是至少我们证实了《独立报》的存在。可能我们需要找到一个认识她们的人，比如一名报社的合伙人。"

"但是没有一篇文章是署名的，我们怎么找呢？"

我的脑海里冒出了无数个念头，但是我还是不知道该从何下手。只要浏览一下《独立报》，就不难发现这是一份激进的报纸，喜欢深究社会热点问题。

我又走到了管理员身边，发现可能是因为常年在地下工作，他的面颊就像那些缩微文件一样苍白。我请他帮我找一下一九八〇年十月十二日至十九日之间出版的《太阳报》。

"您要做什么？"乔治－哈里森问道。

"您知道那句谚语吗？入乡随俗。"

如果我要写一篇文章，肯定会进行实地调研。我试着想象自己就是《独立报》的记者。他们要是需要搜集信息的话，除了直接去采访权贵，还有哪些素材提供人呢？政客，上流社会成员，大学教授？这些人一般会出现在哪里？肯定是一些聚会或者仪式上。同时期的《太阳报》可能会给我提供一些信息，说不定也能让我们知道是谁打入这些聚会内部取得了信息。要是我是他们，我也只能这样做。

24

米歇尔和薇拉

二〇一六年十月，克里登

薇拉打开了冰箱门。所有的东西都被放在它专属的位置上。蔬菜在保险盒里，牛奶被放在最上面一格，牛排在中间一档。她拿微波炉的玻璃门做镜子，散开自己的马尾辫，叹了口气，然后走出了厨房。客厅里，米歇尔正在客厅对面的矮桌上摆放餐具。

"有什么不对吗？"他问道。

薇拉坐在沙发椅里，又叹了一口气。

"要是你决定保留其他信件，那为什么要把第一封给她呢？"

"我想帮助她，但并不想背叛妈妈。"

"那你当时为什么要这么做呢？我知道你当时决定给她信的时候，就已经下定决心了。你是个从不允许偶然存在的人。"

"因为在我看来，偶然并不存在。我不希望她放弃自己的调查。我知道玛吉一定在劝她放弃。虽然艾比从来都不承认，但其实小妹妹的看法对她还是有很大影响的。"

"为什么不直接告诉她呢？"

"因为这样不符合逻辑。这是我能找到的唯一一个办法，既能让我信守承诺，也能让艾比坚持调查。但如果我直接告诉她的话，她就不会坚持去探寻事实的真相了。"

"我不明白你的意思。"

"比如说，我在阅读一篇文献，有一些事实让我很感兴趣，我就回去查阅其他的材料，看这些事实是否真实可靠。这样我才能真正掌握这些事实。但是，要是有另外一个人给我讲述了同样的事实，用了同样的词句、同样的声调和同样的情感，虽然他说的都是对的，但是这仍然是属于他的故事，不是我的。艾比应该找到她的真相，而不是我的真相。我想给她机会，让她自己去发现。另外，接受这些事实也是需要时间的。还是让她主导调查吧，这种掌控感会让她慢慢适应的。"

"你真的这样认为吗？"

"接受你的亲人一直在对你说谎这样一个事实，可不是件容易的事情。"

"但是你原谅了你的妈妈。"

"不，我只是接受了，这并不是一回事。"

25
艾琳－卢比

二〇一六年十月，巴尔的摩

我们在图书馆待了一整天。我还借机买了一本书，里面有爱伦·坡家人捐献的资料的影印版。我的主编一定会很满意的。

乔治－哈里森和我一起，把《太阳报》的各个栏目浏览了一遍。每次看到有可能为我们提供线索的字眼，我们都会停下来研究一番。

有一篇文章赞颂了市长采取的政策：他下令重建了码头，把这个街区改成了一个度假区，以吸引外地的游客；还建成了新的会展中心，这个会展中心比预计的还要早几个月竣工，引来了很大一批观光客；另外，总统大选的两位候选人将在本月二十一号展开电视辩论。另外，还有一个专栏，指出了市长和小马橄榄球队俱乐部的老板之间的矛盾：后者认为市财政没有拨出足够的资金来翻新球场，以致场馆已经破败到了不能使用的境地。十七号，老城区遭遇了火灾，一家中学及一座长老会教堂的部分建筑被焚毁。

我继续看着文化新闻，里面还有一些照片，拍的是"谁人"乐队音乐会的现场照。这让我很感兴趣，爸爸总是叫他们"小披头士"。那个时候，巴尔的摩是朋克、重摇滚和金属乐的圣地。我真希望可以活在那个时代，那里所有的一切都饱含自由的气息。

"等一下，"我对乔治－哈里森说，"看看上一页。"

乔治－哈里森向上转动着阅读手柄，我让他停在了一个照片占了有半页的页面上：那是一个化装舞会，里面有穿着各种奇装异服的人。标题引起了我的注意：

"为庆祝爱德华·斯坦菲尔德订婚，斯坦菲尔德家族举办了盛大的化装舞会。"

"斯坦菲尔德，"我指着屏幕说道，"我在《独立报》上也看到了这个名字。"

"嗯，我也想起来了，但是我不记得是什么内容了。"乔治－哈里森打了个哈欠。

管理员已经离开了，也没有告诉我们《独立报》的材料放在哪里。不过报纸的内容我都已经拍下来了，打算今晚在房间里再看一看。乔治－哈里森揉了揉眼睛，盯着屏幕一直看真的会让眼睛很疲累。

我们在码头附近的一家酒馆吃了晚饭，乔治－哈里森回答了我关于他的问题。他提到了他的工作室，说他自己是一个很善于提升家具年龄感的人，但是不管怎么说，他都是个制假的家具木匠；不过说起他母亲的时候，他的措辞还是非常谨慎的。

我一直在想他是不是在跟我调情。他总是在很认真地听我说话，只要我抖机灵就一定会很捧场地笑。甚至，他还说很羡慕我有一个幸福的家庭，将来有机会很希望能见见我的家人……一般来说这种话都不会只局限于字面含义的……不过他纯粹是在浪费时间：第一，他不是我喜欢的类型；第二，我决定听从玛吉的话，离他远一点。

● ◎◎

乔治－哈里森

我几乎就要投降了：我实在不想再听她跟我谈论她的家庭了。我只是出于礼貌提了几个问题，因为她之前也问了我一些事情。她显然对男性有偏见，要是我不礼尚往来的话，她肯定会指责我是一个自私的男人。现在我宁愿自己刚才没有这么礼貌，要是刚刚我选择闭嘴就好了，因为这位小姐还真是滔滔不绝啊。我整整听了一场关于她爸爸生平的讲座，知道他血糖有点高，最爱的乐队是披头士，还有他对自己的老奥斯汀有执念；我还知道了她的妹妹和她那个开酒吧的男朋友经常吵架；还有她那个在图书馆做管理员的哥哥，她怀疑他和同事有未公开的男女关系。我已经浪费了一整天的时间去看老报纸了，就为了这个结果吗？

"您没有听烦吧？"她终于还是问了一句。

"没有啊，恰恰相反，"我很绅士地回答道，"我很愿意了解一个如此有爱的家庭。您愿不愿意出租家人呢？"

"我知道自己的话太多了，但我真的很想他们。"

"您尽管说吧，我一直在听。"

"要是哪天您来英国的话，我一定把您介绍给他们。"

她是在跟我调情吗？一般这种话都不会只局限于字面含义的。

"为什么不呢？"我回答道，"我们也不知道之后还要去哪里才能发现事实的真相。"

"也许我们还要去加拿大吧，无论如何，这些匿名信都是从那里寄出的。"

"开始的两封的确是从那里寄出的，但是我收到的第二封的邮戳可是巴尔的摩。"

"他为什么要这么做呢？他本可以不必如此麻烦的，把所有的信从一个地方寄出就好了。"

"应该是为了迷惑我们吧。或者只是因为他去了别的地方旅行。"

"他现在就在巴尔的摩吗？这可真是有些惊悚了，您不觉得吗？"

"现在我们还不知道他的目的，我也不知道有什么好害怕的，为什么要害怕呢？"

"因为我们不了解他的企图。"

她提到了很重要的一点。

"他想把我们凑到一起，现在他已经实现目的了。"我又继续说道。

"所以，他知道我们的母亲是彼此认识的，而且他也成功了，他还希望您去寻找您的父亲，这一点他也做到了。"她条理清晰地回答道。

"这点倒不必全归功于他，这也是我长期以来的心愿。"

"我无意和您争论，不过的确是他的信让您最终下定了决心吧。但我们似乎还没有抓住问题的关键。这么做对他有什么好处？"

"您是真心想问我这个问题还是您已经知道答案了？"

她俯身趴在桌子上，直视着我的眼睛。看来我不用怀疑了，她的确是在和我调情。自从梅拉妮离开之后，我就一直处于独身状态，而且我也不是个取悦女孩的高手，但这次是一个女生采取了主动，我还是有些惶恐。

"钱，"她斩钉截铁地说道，"他想让我们找回我们的母亲偷走的钱。"

"您怎么知道是钱？"

"您是真心想问我这个问题还是您已经知道答案了？"

"我怎么会知道答案？"

"这正是我想问您的问题。"

"您还是不相信我吗？"

"老实说，您就从来没有怀疑过是我给您写了那封匿名信吗？"

"我不习惯把人往坏处想。我要睡觉了，明天要是您仍然怀疑我就是那个幕后主使，我们还是分开行动吧。各自查各自的事情。"

"好主意。"她首先站起身来。

看来她并没有跟我调情。我去前台埋单，留下了她独自一个人。

回到房间之后，我就睡下了，当时的感受就是疲累、愤怒以及茫然。明天一早醒来，我肯定能更清楚地分析形势。我根本没有想到，就连这一点我也没估计正确。

● ∞

艾琳 – 卢比

这真是个无礼的人，一点幽默感都没有。他就这样把我晾在那里，就像抛弃一只臭袜子一样。好吧，他至少还埋单了，还有点绅士气度……而且我的确有些过分了。不过我还是很生气。玛吉肯定会跟我说，他要不是心里有鬼，就绝对不会像小偷一样离开现场的。另外，他还偷偷地做仿古家具，这个人根本就不像他看上去那么正直。不过还有另外一个解释：说不定他生气了？说不定他根本就没做我怀疑的那些事情？

我回到了宾馆，希望一个充足的睡眠能帮助我理清思路。我坐在床上，用电脑看着今天在图书馆拍摄的照片。我正打算把这期报纸重看一遍，就突然想起了一个记在纸上的姓氏。我从大衣的口袋里把字条拿了出来，开始阅读那篇相关的文章。

斯坦菲尔德家族目前由汉娜领导，她是罗伯特·斯坦菲尔德的妻子。这个家族是巴尔的摩最有影响力的门庭之一。

罗伯特·斯坦菲尔德是"二战"中的战斗英雄。在妻子的协助下，他成了当代美国最成功的艺术品中介商之一。

再过几天，斯坦菲尔德家族将要组织一次拍卖会。已有许多世界知名的收藏家确认参会：会上将拍出弗拉戈纳尔（估值30万美元）、拉图尔（估值60万美元）、德加（估值45万美元）、维米尔（估值100万美元）等人的作品。

罗伯特与汉娜的相识发生在1944年，当时他们在法国。

罗伯特乘船将汉娜带回了美国，二人于两年之后注册结婚。但当时罗伯特的父亲与他关系恶劣，所以他们最终在纽约定居。

1948年，汉娜·戈登斯坦画廊在纽约麦迪逊大道正式开张。当时，斯坦菲尔德家族已然负债累累，所以他们就把画廊登记在了汉娜的名下，用的还是她婚前的姓氏。汉娜对艺术品市场有很深的了解，她此前过世的、被纳粹杀害的父亲，就是两次世界大战之间欧美市场上有名的艺术品商，罗斯柴尔德家族与威登斯坦画廊都曾是他的顾客。汉娜的画廊很快就取得了成功。1950年，他们付清了罗伯特·斯坦菲尔德在车祸中身亡的父母欠下的债务，并回到巴尔的摩居住。汉娜还买回了斯坦菲尔德家族原先在银行中的股份。

1951年，汉娜的画廊在华盛顿开设了分店，之后其业务又扩展到了波士顿。

随着业务的开展，斯坦菲尔德家族成了巴尔的摩最富有的家族之一。

后来，斯坦菲尔德家族的触角又伸到了商业领域。他们还捐款整治了本市的海湾；巴尔的摩医院的一座大楼也以山姆·戈登斯坦的名字命名，以感谢他的女儿在大楼翻新时的慷慨解囊。市长曾想改造码头区域，斯坦菲尔德夫妇也踊跃参与其中。他们还入股建造了会议中心，而后者正是整个巴尔的摩的骄傲。

但我们还是言归正传，我们的读者往往对这些名人的私生活更感兴趣。说到这里，我们完全可以对他们的名誉提出质疑，不知斯坦菲尔德先生是否有资格竞选本州州长。比如说，罗伯特·斯坦菲尔德究竟是不是战争英雄，他到底有何战功；还有，汉娜是在什么情况下继承了她父亲留下的画作。

这些作品是如何被运到美国来的？在严酷的战争时期，它们是如何被保存下来的？山姆·戈登斯坦的收藏是怎么逃过纳粹的搜捕的？要知道，在那个时期，纳粹德国有没收犹太商人全部财富的习惯。谁藏起了这些画？他们得到了哪些人的帮助？汉娜·斯坦菲尔德是如何取回这些画的？这个想要将其影响力扩展至整个马里兰州的家族，简直是迷雾重重。

S.A.S

我不知道结尾的缩写意味着什么，但是我明显感觉到，这篇文章的写作目的就是要毁掉斯坦菲尔德家族。当然，在我们这个时代，上述指控都不足为惧，但是在二十世纪八十年代，这可都是些可怕的罪名。我在网上搜寻了一下，找到了一份文献。文献中指出，斯坦菲尔德家族在此后遭到了严重打击，罗伯特也因此退出了州长竞选。资料中没有给出更进一步的信息。但我已经在本子上记下了：要搞清楚这个家族究竟遭遇了什么。

26

罗伯特

一九四四年六月

太阳还未升起，但夜晚的黑幕已被慢慢揭开。两个负责警戒的游击队员正在努力抑制住打瞌睡的冲动。森林笼罩在一片安静的氛围中，小屋附近也没有任何生命迹象。

这个据点面积不大，但足够舒适。第一层是生活区，壁炉旁边有个工作台，可以当作厨房使用；地上还有一扇活板门，可以通往地窖。右边是山姆和女儿的房间，左边的房间则分配给了罗伯特。第二层放置了好几张高低床，五个游击队员正睡在上面打呼噜。现在是早上五点，罗伯特下了床，他对着厨房里的小镜子刮了胡子，然后开始检查自己的随身装备。

"别拿手枪了，"跟他说话的是意大利人蒂东，"要是遇上岗哨，他们会搜身。我们得看起来像是这边的农民。"

"就凭他的口音，你们怎么也不可能像是这边的农民的，"莫里斯取笑道，"要是你们真的遇上岗哨，拿出身份文件就行了，不过千万别张嘴。"

"快点吧，"另外一个人说道，"工厂六点就关门了，你们得跟工人们一起出去，这是唯一能躲开搜查的办法。"

蒂东和罗伯特得混到弹药制造厂里去。

"你们到车间去，跟领头的那个人说今天早晨有鸽子从天空飞过，他就会给你们一个挎包，里面有你们需要的东西。"

"然后呢？"蒂东问道。

"然后你们就混到工人中间，把东西装在组装产品的流水线上。"

他们口中的"东西"，其实是一段从下水道里取出的排水管。把管子的两头都堵上，一头用螺栓加以固定，再留出一个小口，塞上火绒做的引线。管子里头的爆炸物都是一个被抵抗分子同化的矿工提供的。

"中午的时候，工人们会到院子中休息。你们点燃引线，燃烧的速度大约是一秒钟一厘米，所以你们大概有两分钟的逃跑时间。等到爆炸的时候，你们可以趁着混乱一起溜走。"

壁炉上方还吊着一口铁锅，灰烬尚有余热，罗伯特和蒂东就一人喝了一碗热汤。必须得吃点东西，因为他们得等到夜幕降临才能回到据点。

山姆父女俩走出了房间。父亲走过来握住了罗伯特的手。最后，他把这个年轻人抱在怀里，在他耳边轻轻地说：

"一定要小心，我并不想兑现自己的承诺。"

汉娜则靠在门上，静静地观察着罗伯特，不过还是未置一词。罗伯特向她挥了挥手，一把抓起了行囊，和蒂东一起出发了。

他们顺着小路走出了树林，小路尽头有一棵大树。树下的落叶中掩藏着一辆双人自行车。

蒂东和罗伯特一前一后地骑上了自行车。蒂东开始盘问罗伯特，他是不是和那个犹太女孩之间有什么不正常的关系，她刚刚的眼神很不正常。

"不管怎样，她还太小了。"罗伯特回答道。

"Il cuorepien di dibolesses。"

"我不明白你的意思。"

"这是我们那边的土话，在威尼托方言里的意思是：这个可怜的孩子心中满是忧愁。不过你是个美国人，为什么要离家这么远替别人打仗呢？"蒂东问道。

"我不知道，也许是为了反抗我父亲的专制吧。我的脑袋里都是些不切实际的英雄主义幻想。"

"那你真是个傻瓜。战争可一点都不浪漫。"

"你不也和我一样吗？"

"我是在这里出生的，我父母1925年就搬到法国来了。不过对法国人来说，我永远都是个外国人。他们比较排外。我一直都觉得法国人很奇怪，我们的父母总是不停地亲吻我们，但法国人从来不会对孩子做什么亲密举动。在我还是小孩的时候，我以为是他们的父母不爱他们，但事实他们只是不善于表达情感。"

"既然法国人有这么多缺点，你为什么还要替他们卖命呢？"

"我是在对抗法西斯分子，不管他们在哪里，我都要和他们死战到底。下次要是还有人问你类似的问题，你也可以用这个答案，他们应该更容易接受这个说法。"

骑了十公里之后，几个站在十字路口的宪兵拦住了他们。

蒂东和罗伯特拿出了自己的身份证件。按照之前商量好的说辞，由蒂东一个人来开口应付。蒂东说他们是工人，现在要去弹药工厂上班。

蒂东哀求这个小队的队长让他们过去，要是迟到的话工头就会关他们的禁闭了。

其中一个宪兵靠近了罗伯特，问他是不是没有舌头。

"他是个聋哑人。"蒂东替他回答道。

小队长命令他们从自行车上下来。他狠命地推搡罗伯特，罗伯特忍不住骂了一句脏话，这让他的背景暴露无遗。

二对四，这可不是场公平的竞赛，但也不一定会输。蒂东冲向小队长，给了他一记勾拳，把他击倒在地；罗伯特攻击了另外一名宪兵，也成功地把他推倒在地。但是第三个宪兵从侧面踢了罗伯特一脚，让他疼到几乎无法呼吸，然后这个宪兵又在他脸上补了一下子，接着又用脚后跟踹了他的下巴。蒂东过来解围，在这个人的脸上打了一拳，但是就在这个时候，第四个宪兵开火了，他一连打了三枪。

蒂东死在了现场。宪兵们把他的尸体拉开，在地上留下了一条长长的血印。他们还给罗伯特戴上了手铐，把他扔在了卡车的后斗里。

罗伯特被带到了警察局。他全部的衣服都被除下了，赤裸得像个婴儿，被锁在一把审讯椅上。他的旁边还有三个民兵。他脚边的地上，有一个饱受虐待的妇女正在因为疼痛而抽搐，整个人都蜷缩在地上。罗伯特还从来没有见过这种场景，没想到暴力可以导致如此之大的苦难。他也没有见过这种肮脏的场面，地上有血和尿混在一起。一个民兵走上来给了他几个耳光，他连同椅子一起倒在了地上。另外两个被逮捕的游击队员把他扶了起来，但那个民兵立刻又走了过来重复同样的动作。他们对罗伯特的折磨持续了整整一小时，但是并没有问他任何问题。罗伯特昏过去两次，但每次民兵都往他身上泼冷水，又让他醒了过来。

最后，罗伯特被带到了一间单人囚室里。在通往囚室的走廊里，有一个人蜷缩在地板上，躯干和腿上都是满满的伤痕。罗伯特久久地看着他，民兵高喊起来：

"你们认识吗？"

那个游击队员只是快速地扫了他一眼，就摇了摇头。

中午的时候，民兵又把罗伯特带回来之前的房间，进行了新一轮的虐待。罗伯特只感觉到拳头从四面八方飞了过来。这时，一个警察走进了房间，让民兵暂时出去。

"我是瓦利耶探长，"那个警察说，"关于他们刚刚对您的粗暴对待，我深表同情。我们本来以为您是英国人，不过您其实是美国人，对不对？我对贵国没有任何敌意。恰恰相反，加里·库珀、约翰·韦恩……都是些很不错的人。我的太太还尤其崇拜弗雷德·阿斯泰尔。我倒是觉得他有点娘娘腔，不过总还算是个讨人喜欢的人。"

瓦利耶探长甚至还来了一小段踢踏舞，想让气氛轻松一点。

"我一向都是个很好奇的人，可能也是职业病吧。我就开始在想，一个美国人怎么会搅和进来，还和一个恐怖分子混在一起。不过在您回答之前，先听我说，我已经想到了两种可能的情况：第一种，是他主动要用自行车载您的，您根本不知道这个浑蛋是什么人；第二种，您的确和他是一起的。当然，这两种情况会导致截然不同的后果。等等，您先别说话，让我先想一想……不过要是他要载您的话，为什么会提前就知道要骑一个双座自行车呢？这一点不太符合常理，要是我的上级问我同样的问题的话，您看，我是很难为您开脱的。嗯，他们还要过一会儿才能吃完午饭，我可以给您讲一个小秘密。您要是想从警察局出去，这里有两扇门。一扇门是对着小院子的，要是从那儿出去，人们就得对您开枪啦。我们的法庭一直在忙于审判法国的恐怖分子，所以，对于一个来和他们混在一起的美国人，我觉得也犯不着再麻烦法院，完全可以自行将您处决了。好了，现在您可以想想要跟我说些什么了。您还这么年轻，还有很长的人生，要是现在就去死可真是有点可惜。哦，对了，我还真是有点傻，忘了跟您说第二扇门了。想想看，您只要告诉我几个人名，顺便再告诉我这些倒霉蛋平时在哪里躲着，我就可以解开您的手铐，祝您一路顺风了。我可以跟别人说，您的身份证件都是真的，年轻的罗伯特·马尔尚也就可以回家了。想想您的父母看到儿子回家得有多高兴啊，说不定您还有一位美丽的未婚妻？"

瓦利耶转过了身，看着墙上的挂钟。

"听听这嘀嗒声，"他揉着自己的耳朵，"我的上司应该不会拖延太久。宪兵们已经设好包围圈了，每一个路口都有岗哨，我们知道你们就躲在树林里。这几个星期，民兵一直都在树林里搜索，不管您愿不愿意吐露风声，我们找到这些恐怖分子也就是个时间问题。您要是就为了拖延一点时间而死，这该是件多么没有意义的事情！而且只要您说了，我一定会饶您的朋友一命的。要是我们知道他们在哪里，就可以用和平的手段解决问题啦。只要包围住他们，他们就一定会投降的。但是要是民兵是在扫荡的时候发现了他们，双方肯定会交火，流血牺牲就免不了了。您最好还是聪明点，这不仅能救您一命，还能救您的同伴一命。等您决定了就告诉我一声吧。不过您最多也就只有十五分钟了。"

27
艾琳-卢比

二〇一六年十月，巴尔的摩

第二天早上，乔治-哈里森一来到餐厅，我就开始跟他讲述斯坦菲尔德家族的故事。我昨晚花了很久的时间在网上搜索这个家族留下的痕迹，但什么都没找到，甚至连他们那座大宅的地址都没找到。我突然想起当年妈妈是怎么在克里登找到爸爸的，所以就去跟前台要了一个电话簿。但前台目瞪口呆地看着我，就好像这是一件奇怪的事情似的。

等到乔治-哈里森喝下他的咖啡之后，我就让他开车把我带到市政厅去。

"现在还不行，得等到您单膝跪下，用合适的方法跟我求婚才行。"他倒是跟我开起了玩笑。

我勉强挤出了一个笑容，然后告诉他，下次开玩笑前最好通知我，我会努力大笑的。到了市政厅之后，我们决定分头行动。我去询问民政部门，因为我想知道罗伯特和汉娜·斯坦菲尔德是不是还活着；他去土地登记部门，看看他们的房子在哪里。

"对了，要是他们已经死了，就得找到他们的墓地。"

"您要是这么坚持的话，恐怕我们今天要度过漫长的一天了……"

● ∞

假日大街北段 100 号是一座典型的第二帝国风格建筑，屋顶是折线式的，上面还有很高的穹顶，似乎是在向巴洛克建筑致敬。在我的数次美国之行中，也曾参观过不少行政部门的驻地，大多都是类似风格的。但是，巴尔的摩市政厅的内部简直就是一个迷宫。我们去了相反的方向，一个房间一个房间地敲门，但总是找不到正确的地方。这已经是我们第三次在穹顶下的大厅里碰面了，所以最终我们决定集体行动。我们正沿着二层的走廊一个个地敲门，结果在走廊里碰到了一位女士，她看到我们一直在附近徘徊，表情又颇有些沮丧，就主动提出可以帮我们指路。

看来她对市政厅很熟悉。她走到扶手旁边，给我们指了一条下一层的走廊。

"往南边走，"她用手指着方向，"走廊尽头右转，然后再左转，就能找到了。"

"最后我们能找到哪里啊？"乔治-哈里森问道。

"民政办公室啊。不过你们最好快一点，因为中午十二点就关门了。"

"不过怎么才能找到楼梯呢？"

"向北边走，"这位女士又说道，"你们先下楼梯，到一楼之后再往反方向走，绕过那个穹顶，然后直走。"

"那负责土地登记的部门呢？"

"您有没有听说过巴尔的摩有过一个姓斯坦菲尔德的家族？"乔

治－哈里森突然插了一句。

那位女士挑了挑眉毛，让我们跟她来。我们顺着楼梯下到了底层，回到了穹顶下方。穹顶的四周有六个立柱，上面都放有雕塑。其中一个大理石雕塑刻画的是一个穿着燕尾服的男人：他高傲地站立着，手里还拿着一根文明棍。

"弗雷德里克·斯坦菲尔德，一八四二—— 一九二四，"她笑着对我们说道，"如果二位要找的是他的话，就不用去民政办公室了。他是巴尔的摩市的缔造者之一，也是位建筑师，这座市政厅就是他设计的。最初的设计稿是在南北战争之前完成的，这里一八六七年动工，八年之后建成。当时为了建市政厅可是花了八百万美元，这可不是一笔小数目。要是知道这笔钱现在等于多少钱，恐怕得乘以十吧。只要其中的四分之一就能帮我实现预算的收支平衡了。"

"请原谅我的唐突，"我问道，"不过请问您是？"

"斯蒂凡尼·罗林斯－布莱克，巴尔的摩的市长。很高兴可以接待二位，不过不要因此认为我是个博学的人，我只是每天都要从这些雕像面前经过而已。"

我们连忙向她表示了谢意，不过在结束这场打扰之前，我还是问了她目前是否还有斯坦菲尔德家族的人在巴尔的摩居住。

"我不知道他们的现状，"她回答说，"不过我倒是认识能给二位提供信息的人。"

她拿出手机，确保我有可以记录的东西，才给了我一个手机号码。

"夏洛克教授是我们市活着的记忆。他比任何人都了解巴尔的摩的历史，他也在约翰霍普金斯大学开设这门课程。他平时都很忙，不过二位可以以我的名义联系他，他肯定乐于帮助你们的。平时我就经常打扰他，每次有奠基活动，我的讲演稿都是他写的，也不差这一次了。不过千万别跟他提这个。现在我得走了，有一个市政顾问在等我。"

她离开之前，还不忘向我们礼貌告辞。

"千万别谢我。"乔治－哈里森说。

"我应该感谢您什么？"

"感谢我主动询问了市长，这样我们至少节省了一天的时间。"

"难道当时您就知道她是市长吗？而且您忽略了一件很重要的事情。要不是当时我提议去图书馆，我们也不可能知道斯坦菲尔德家族的存在。"

"第一，您的脾气还真是可怕；第二，我必须要说，跟别人说谢谢又不会因此少块肉；第三，我们为什么要研究您说的斯坦菲尔德家族？"

"要是您今天早上认真听了我的话，就不会这么问了。汉娜和罗伯特·斯坦菲尔德是很有名的艺术品收藏家，他们还涉足了本市的房地产，甚至还为此捐了不少钱。但是，现在几乎没有人还会提到他们。关于他们的报道也很少，只是《独立报》和《太阳报》里各有一篇。还有一则消息提到罗伯特·斯坦菲尔德放弃了参加州长竞选。他放弃的原因是他的家庭遭遇了一场悲剧，不过没有任何信息能告诉我们到底是什么悲剧。在政治领域，要让所有人都保持缄默才是最难的。所以，可见斯坦菲尔德家族的权势。"

"好吧，斯坦菲尔德家族的人很有权势，不过这和我们有什么关系？"

"在您母亲的信里，她也提到了一个悲剧。现在，我们就可以把这几点联系起来，难道您不觉得这很可疑吗？当然，要是您还有更好的线索，也可以说出来。"

乔治－哈里森在我面前摇晃着卡车的钥匙。

"好了，我们赶紧去约翰霍普金斯大学吧。路上您可以给夏姆洛克教授打电话。"

"是夏洛克教授！承认我是个好记者又不会让您少块肉！"

●　◎

下午的时候教授接待了我们。多亏了市长的引荐，我们才能敲开他办公室的门，虽然也费了不小的力气。他的秘书几乎要立即挂断电话，幸好乔治－哈里森把我的手机抢了过去，才最终争取到了一次会面。

刚刚下课，夏洛克教授还在整理他的讲义；阶梯教室里还剩了几个学生，不过他们没有发出任何声响。教授清了清嗓子，下讲台的时候还做了个鬼脸。他的头发全白了，被整齐地梳到了脑后，他还有着茂密的花白胡子；他的西装也已经看不出年代，不过总体而言，这还是一位优雅的老人。我们上前自我介绍，但他看起来倒是有些不快，只是在空中挥了挥眼镜，示意我们跟他来。

他的办公室中充斥着蜡和灰尘的味道，他指了指旁边空闲的两张沙发椅，就坐了下来。然后教授打开了抽屉，拿出一瓶止痛药，吞了两片。

"该死的坐骨神经痛！"他恨恨地说道，"要是你们是来询问我关于未来人生的建议的，这儿就有一条：在衰老之前就死去吧。"

"谢谢你的建议，但是很遗憾，我们年纪已经太大了，不能再做您的学生了。"乔治－哈里森回答道。

"我们不是为了学业来烦您的。"我补充道。

教授戴上眼镜，仔细打量了我们一阵子。

"嗯，看来这位先生说得对，"他揉着下巴做出了结论，"要是你们不是来找老师的，那我还能帮二位做些什么呢？"

"我们想了解斯坦菲尔德家族的情况。"

"我明白了，"教授直起身来，疼痛让他又做了一个鬼脸，"任何一个历史的细节都值得让历史学家付出全部的努力，但这个努力首先应当体现在对文献的查阅上。我每次都这么告诉学生。如果你们想了解弗雷德里克·斯坦菲尔德的生平，只要去图书馆查一查就可以了，用不着来这里浪费我的时间。"

"汉娜和罗伯特，斯坦菲尔德家族的最后一代。我们是对他们感兴趣，但是什么信息都查不到。我其实已经在网上查过了，昨天晚上还搜索了很久。"

"太好了，看来坐在我面前的是一位伟大的历史学家。她甚至还花了很长的时间在那些不知道什么人编写的网络百科里查找信息。您怎么会有这种想法？那上面的词条都是蠢人们胡编的。第一个蠢人编出了一些句子，没有任何责任感的就把句子放在了网上，然后大家就相信了这些谎话，甚至都不会去想它们和真理到底有什么出入。明天您说不定就会在网上看到乔治·华盛顿是个探戈高手，还有一百个傻瓜为这则信息鼓掌。很快，大家连什么时间撒尿可以预防膀胱癌都要问谷歌了！不过你们是被引荐来的，我还欠着这个引荐人人情，那就尽量少浪费点时间吧。你们想了解斯坦菲尔德一家的哪些信息？"

"想知道他们后来怎么样了。"

"像所有人一样，到了一定年纪就死去了，有一天你们也会这样的。"

"他们去世很久了吗？"乔治－哈里森问道。

"罗伯特·斯坦菲尔德是二十世纪八十年代去世的，我不记得准确的年份了，他的太太要晚一点。人们在码头那边的海里找到了她的汽车。持续的痛苦令她绝望，看来她是自杀了。"

"您是在网上看到的还是说您有证据？"乔治－哈里森又补了一个问题。

面对这么个怪老头还敢提出这种问题，我在心里又默默地给乔治－哈里森加了十分。

夏洛克教授抬起头，用一种居高临下的态度审视着他。

"怎么了？您是不是脑筋有些不清楚，才会用这种态度跟我说话？"

"事实上，自从我们走进您的办公室，我就觉得有点缺氧。"

我又给他加了十分。

"是的，我对二位的确不太礼貌。不过要是有一天，你们的髋关节也这样折磨你们的话，我想二位的情绪也不会太好的。我的确没有直接证据，就像没人真的拍下了一七七四年在费城召开的大陆会议，但是我们还是知道美国的缔造者在这个会议上做了些什么。在写作历史的时候，我们需要运用逻辑推论，而且还需要在事实和情景之间建立联系。再说回汉娜·斯坦菲尔德，关于她，我知道的是，有一天早晨，她把家里的仆人集合在一起，结清了他们的工资，然后就离开了家，再也没有回来过。您觉得以她的身份，不去自杀，难道是去搭便车环游美国了吗？"

"斯坦菲尔德一家到底经历了什么悲剧？"

"应该说是好几个悲剧。先是家庭内部的矛盾，然后是他们的大女儿失踪，最后是爱德华去世，这些都是斯坦菲尔德王朝覆灭的原因。像很多母亲一样，汉娜把所有的注意力都放在了儿子身上，对她来说，儿子就是她的一切。所以，斯坦菲尔德家族的荣光在几个月之内就彻底消失了。后来一直有一些流言，说他们涉嫌盗窃，想要从保险公司骗保。而且关于之前举行的那次拍卖会，有人说他们夸大了拍品的档次和数量。对一个外省的城市来说，这些流言就够杀死人了。本来斯坦菲尔德家排场很大，不过很快所有的上流社会就都不愿意和他们有生意往来了。他们的财富很快就消失殆尽，我十分确定，汉娜·斯坦菲尔德肯定觉得自杀要比尊严扫地地活着要好一些。在很短的时间里，她就失去了一切：她的家庭和她的财富。先去世的是罗伯特，他死于心脏问题，不过大家都说是汉娜把他毒死的，尤其是到了后来，人们知道他是死在情人怀里的时候，这种流言就更是愈演愈烈了。"

"为什么报纸上什么都没说呢？"

"还要我再重复一遍吗？巴尔的摩只是一座外省的小城。斯坦菲尔德太太当然有敌人，但是她也有一些很有权势的朋友。我想应该是各个报纸的主编都认为不应该在这个时候再让她雪上加霜吧。在她得势的时候，她可是赞助过报纸不少钱。"

"那报纸上本来应该登些什么？"

"事情已经过去三十年了，你们为什么会对他们一家感兴趣？"

"说来话长，"我叹了一口气，"您刚刚说了，需要运用逻辑推论，而且还需要在事实和情景之间建立联系。我现在就是试着把各个要素联系起来。"

夏洛克走到了床边，显得若有所思，似乎是陷入了对往事的追忆。

"当时，在一些上流社会的酒会上，我见过斯坦菲尔德夫妇。作为一个大学教授，要是想有个好前程的话，还是要定期露下脸的。但是私人场合我只见过他们一次。我那时有个计划，想出版一本巴尔的摩市所有奠基人的传记，不过直到现在也没能完成。罗伯特是弗雷德里克·斯坦菲尔德的唯一后代。我提出想见他一面，他就在家里接待了我。这是一个很克制的人，对别人却很慷慨。他热情接待了我，为我打开了他的私人书房，还给我倒了一杯美味到令人难以置信的威士忌，一杯一九二六年的苏格兰麦卡伦。就算在那个时候，我觉得这个酒存世的数量也不会超过十瓶。虽然我这辈子只喝过一次，可是我永远也忘不了那个味道。我们聊了很久，最后出于好奇，我也询问了他的个人经历。我问了他'二战'期间的行伍生活。诺曼底登陆之前，罗伯特就去法国参战了，这是一件很了不起的事情。那个时候，我们派到欧洲战场上的大部分士兵还都驻扎在英国。我知道他是在那个时候遇到汉娜的，我还暗暗地希望可以把他们的故事补充进我的书里，这样就能在他祖先的辉煌经历和他的个人生涯之间建立起某种连续性。不过就在我刚开始这个话题的时候，他太太就进来了，罗伯特立刻就不再说话了，也就此终止了我们的会谈。在我的职业生涯中，我也采访过不少人，也曾经像你们现在对我这样，对某个采访对象软磨硬泡，但是我没法儿告诉你们，斯坦菲尔德一家为什么要这么低调。我唯一可以确信的是，汉娜在家里对其他人有着决定性的影响。只要在那个办公室待上几秒钟，你就能知道她把持着至高无上的权威。是她把我送出了门。当然她一直彬彬有礼，不过我已经能感觉到自己不受欢迎了。还有什么能告诉你们的呢？其余就是些闲话了，那可不是我的专业范畴。"

"既然您去过，能不能告诉我们他们的房子在哪儿？"

"不单是一座房子，那是一处大宅。我是历史建筑保护委员会的委员，当时有一个没有历史意识的开发商获得了房屋拆除许可，要在那个地方建一座高档公寓。我们抗议了很久，但没什么效果。这些愚蠢的措施摧毁了我们所有的历史遗产，只是为了给少数特权阶层提供生活便利。腐败和贪婪是这座城市的毒瘤。上一任市长就倒在这上面，幸好他的接任者没有这样，她还是个正直的人。要不是因为这一点，我根本不会抽出课下的时间接待你们的。另外，时间已经不早了，我必须得回教室上课了。"

"那座宅院到底是什么样子的？"我还不死心。

"非常气派的宅子，装潢得很好，里面有很多大师的名画，整体来说，是一种现在无法复制的豪华感。"

"这些艺术品后来怎么样了？"

"我想斯坦菲尔德夫人最后应该出于某种必要的原因放弃了它们吧。我之前已经说过了，那段岁月对她来说是很艰难的。我也不想让你们失望，但是现在已经没有相关的线索了，一切都随着时间消逝了。"

夏洛克教授把我们送到了他办公室的门口，祝我们一切好运。

在他的卡车上，乔治－哈里森一言不发地启动了车子。十分钟之后，我终于忍不住开了口，问他打算去哪里。

"我必须得承认斯坦菲尔德一家的确很不幸，不过每个人都遭遇过不幸，不单单是他们，所以我认为……"

"好了，您赢了，我也有一样的想法。不过我迷路了，更糟糕的是，我也不知道该往哪个方向拐弯。"

"但是，"乔治－哈里森一边说一边把车停到警察局门口的停车场里，"在夏洛克教授告诉我们的事情里，有一个很有意思的细节。"

"您是指他提到的盗窃案？我也想到了。但是也说不上悲剧吧，对一个这么大的城市来说，我觉得发生过的盗窃案恐怕要比我们活过的天数还要多，骗保案件也不会少。"

"是的，他还提到了一种威士忌，一九二六年的苏格兰麦卡伦。"

"您很喜欢这种酒吗？"

"不是，我妈妈也不喜欢，不过她有一瓶。我小的时候，那瓶酒就一直放在餐桌旁的架子上。每年十月的时候，她都会倒上一小杯，其实也就只能算是个杯底。现在我知道这个酒到底值多少钱了，也就明白她为什么会这样做了。我曾经问过她为什么有这样的习惯，不过她从来没跟我说过原因。"

"不过也许我可以试着替您的母亲辩护一下，既然世界上有这么多的悲剧和盗窃案，威士忌酒的数量也一定少不了。"

"但是一九二六年的威士忌一定不会多。教授说了，就算是在那个时候，这种酒的存世数量也不会超过十瓶，他看起来还挺确定的。我不认为这是巧合。我妈妈手里的那瓶麦卡伦一定出自罗伯特·斯坦菲尔德的酒窖。"

"您认为这就是信里提到的珍宝吗？"

"我们可以打听一下这种酒的市价，不过我觉得还是有些牵强。您想想看，这有点好笑，因为我可以向您保证我的妈妈喝掉了酒瓶里的最后一滴酒。我感觉好像我们正在沿着某个既定的线路向前推进，也不知道是谁在牵着我们的鼻子走。"

"您觉得甚至连我们和市长的会面也是设计好的？"

"不，我还没有这么阴谋论，我说的是和夏米洛克的会面。"

"是夏洛克！"

"用市长女士的话来说，他是这个城市依然存活的记忆。先是几封匿名信，让我们在妈妈们的照片前面会面了。这张照片引导我们查到了《独立报》的资料，《独立报》又带着我们发现了斯坦菲尔德一家。早晚我们都会发现那尊雕塑的。这些其实最后都会把我们带到夏洛克教授那里去。"

"您是这么想的？"

"为什么不这么想呢？除了他，还有谁会了解那座大宅里发生的一切呢？"

"他行动不便，这也解释了他为什么要让我们来找他。但是他是怎么发现我们之间的联系的？怎么获得我们的地址的？他是怎么知道您在找您的父亲，怎么了解我生活的细节，甚至还知道我妹妹的名字的。"

"我们可以假设，关于这次盗窃，他了解的事实比他声称的要多一些。还可以假设，他知道是我们的妈妈做出了这件事情。这就能和信里的内容联系起来了，这就是关联。至于其余的事情，可能他其实是很依赖网络的，他在网上找到了很多信息，而且他也承认过，之前软磨硬泡过许多采访对象。"

"他是想得到这笔财富吗？他看起来不像是会被钱财吸引的人。他的衣服看起来比他的脸还要老。"

"对那些心里有激情的人来说，钱只是次要的。教授也自称是历史建筑保护委员会的委员，也许被偷走的东西是有很大的历史价值的，他觉得自己有义务把它找回来。"

"太厉害了，您本来可以是一个很出色的调研记者。"

"您刚才是在夸奖我吗？"

他眼中的讽刺让他整个人看起来更有吸引力了。这已经不是第一次了。我很想吻他，不过最终还是没有那么做。

玛吉的影子一直在我脑海中徘徊，但是这一次我怀疑的人不是乔治－哈里森，而是我自己。我不知道这次冒险会把我带向何方，也不知道最后能不能取得一个结果。我在巴尔的摩也待不了几天了。报社不可能让我永远留在这里的。和乔治－哈里森暧昧只会让事情更复杂，即使是短期的交往也不行。

"您在想什么呢？"他问道。

"什么都没想，我只是在想您为什么要来警察局。"

"拿出您的记者证，对接待我们的警察施展一下魅力，这样我们就能查阅警方资料了。要是运气好的话，我们说不定可以找到当时的笔录和报案记录，也就能找出失物的具体情况了。"

"要是个女警察怎么办？"

"那就看我的吧。"

"我看出您的决心了，在那些自称不擅长跟女生搭讪的人中间，您算是比较有天分的了。"

28

萨莉－安

一九八〇年十月，巴尔的摩

萨莉－安走进公寓的时候几乎被吓坏了。地上有大约二十个装饰灯，还有放在杯子里的蜡烛，勾画了一条通向卧室的路。她只得抬眼看天，然后叹了一口气。梅显示出了令人惊叹的浪漫感，不过萨莉－安在这种行为里看到了她好像在强迫别人幸福，还有一种过度的情感，强烈到几乎会让人摔门而去。萨莉－安不太适应这种表现形式。接着，她又惊讶地发现，地上还有一些餐具的碎片。她小心翼翼地绕过它们，来到了卧室门前。

梅的脸上还有芮谜腮红的痕迹，她坐在床边，膝头上放着一张报纸。

"我是如此地信任你，你为什么要这么对待我呢？"她的话语中半是愤怒，半是悲伤。

萨莉－安猜测梅可能最终发现了银行的背信弃义，还有她母亲可怕的影响力。她一直没有跟梅坦白这一点，倒也不是出于骄傲或是她想要撒谎，而是她在心里暗暗下定了复仇的决心，决定至少要出版第一期

《独立报》。不过看来已经不能再拖了，必须得通知同事们这也是最后一期了，所有的人都要失业了。事先没有告知同事们这一情况，显然对他们有些不公平，但萨莉－安的心中已然满是怒火，无法再顾忌这种细节了。

"所以你为了发泄，就摔了我们的餐具？"

"我希望这可以让我平静下来，但显然没有什么作用。"

"是爱德华告诉你的吗？"

"你的弟弟是个懦夫，他就是个垃圾！"

"你从来都不听我的话。"萨莉－安走到了床边。

她坐在床沿上，看着梅的 T 恤，棉布下勾勒出了梅饱满的胸部。萨莉－安突然感觉到了一阵欲望，也许是因为空气中的氛围太紧张了。

"你为什么一直瞒着我？"

"为了保护你。"

"是为了让我免遭羞辱吗？还是为了证明你是正确的？你的虚荣心已经到了如此可怕的境地吗？既然你讨厌他，那为什么还要在我面前替他打掩护？"

萨莉－安立刻感觉到了有什么东西不太对，她一把抢过了梅膝盖上的报纸。

"你在说什么？"

"我求求你了，不要再撒谎了。你已经导致了如此恶劣的后果，就不要再把我当一个傻子了。"梅叹了一口气。

"你想知道真相吗？真相就是我们的钱只够买纸张和付印刷厂的钱了，我们拿不出租金，更别说开工资了，我唯一瞒着你的事情就是这个。凭着你一贯的坦诚，你肯定不会让我这样做的，肯定会早点遣散所有的同事。另外，最近你一直和我的浑蛋弟弟混在一起，看起来特别幸福，我不想扫你的兴，虽然他让我很生气。我错了，我祈求你的原谅，但是我求你了，至少在冒险结束之前和我站在同一条战线上。我们必须得把第一期报纸印出来，如果你不能原谅我的话，我们就立即分手。"

梅坐直了身子，惊讶地睁大了双眼。

"现在轮到我问你你在说什么了。"

她们互相对视着，眼神中都是迷茫和误解。萨莉－安率先打破了沉默：

"我母亲给我们致命一击，在她的授意下，银行拒绝了我们的贷款申请。你想让我说什么？我们欠了一大笔钱，她往我的脸上扔了一张支票，不过支票上的数额也不够我们还清欠款的！你不该摔餐具的，因为我们再也买不起别的餐具了。这就是我瞒着你的所有秘密。"

梅弯下腰，从床脚处捡起了那份《太阳报》。她把它递给了萨莉－安，指给她中缝间的一则婚讯。

"本月末，罗伯特·斯坦菲尔德先生将协同其太太汉娜·斯坦菲尔德，在其宅邸举办化装舞会，以庆祝他们的儿子爱德华·斯坦菲尔德的订婚。日前，爱德华·斯坦菲尔德已同詹妮弗·齐默小姐传出婚讯，后者是菲兹杰拉德和卡萝尔·齐默夫妇的女儿，也是其家族银行的继承人。"

"我没有被邀请出席，"萨莉－安开始抽泣，"他们甚至想让我与自己弟弟的订婚典礼保持距离。你是在报纸上看到的这个消息吗？"

她靠近梅，搂住了她。

"我向你发誓，我真的什么都不知道。"

梅只是茫然地趴在她的肩窝里，用面颊贴着萨莉－安的面庞。

"我不知道在我们两个人中间，谁才是更被侮辱的那一个。"

"他们把我像婊子一样赶了出来。"

梅站起身来，示意萨莉－安跟上。卧室外的地板上，夜灯和蜡烛的光反射在瓷器的碎片上，闪烁着洁白的微光。

"我给你弟弟准备了一场烛光晚餐。我给他打了三次电话，不过连续三次你们的门房都告诉我斯坦菲尔德先生正在约见客人，他会替我转告的。我就一边看报纸，一边等他。我就是以这样一种方式知道他再也不会来了。还有比这更残忍的方式吗？我觉得比起他的谎言，他的懦弱更让我气愤。之前他把我带到岛上去，向我发誓他是爱我的。我怎么这么傻！千万别责备我，我知道你已经警告过我了。"

"情况比你想象得更糟。这不是懦弱，这是我母亲和他联合起来设计的阴谋。在我弟弟渐渐远离我们的过程中，我母亲就酝酿着反扑。她给出了致命一击，在背后给了我一剑，又在你的心上捅了一刀。"

想到汉娜·斯坦菲尔德的深谋远虑，两个女孩都选择了沉默。

"我们还是就座吧，"梅最终开口说道，"我准备了晚餐，办公室里还有一套餐具。"

"不能就这样算了。"萨莉－安愤怒起来。

"我们被背叛了，还破产了，还有什么是我们能做的？"

梅想起了在肯特岛上度过的那个周末。几天以前，她还是个幸福的女人，但是爱德华没收了她全部的幸福。萨莉－安看着公寓的一角，基斯把那里改成了编辑室。几天以前，《独立报》刚刚在那里庆祝了它的第一次生日，但她母亲夺去了它的生命。

"我们要取回我们应得的东西。"萨莉－安说道。

"你可以留着你的弟弟。"

"我没想这个浑蛋，我在想我们的报纸。"

"我们没有钱，你觉得我们还能怎么做。"梅走过去打开了燃气灶。

灶上还有一锅独行菜汤，那是她为爱德华准备的。

"我的父亲有一笔钱，以债券的形式存在保险柜里。艺术品收藏家喜欢用这种支付方式交易，因为可以逃税。卖画的时候一般都会报低价格，多出的部分就用债券支付，瞒着所有人的耳目。这些债券是匿名的，在任何银行都能兑换，而且也不会有人问是怎么来的。"

"但是这些债券在你爸爸的保险柜里，我们又不是小偷。"

梅把汤端到桌上，又叹了一口气。她没想到这场厨房里的谈话会转到这个方向。

"谁说是盗窃？斯坦菲尔德家之所以能发家致富，全部都是因为我的外公留下了一笔财富：一些名家名画，还有他的好名声。而我则是他精神唯一的继承人。他要是看到自己的女儿变成了今天这个样子，肯定会愤怒的，也肯定会愿意对我们施以援手。"

"很好，"梅开始向盘子里放入食物，"要是你能得到属于你的那份遗产，就当然不是偷了，不过我不认为你的父母会把遗产给你。"

"所以这就要看我们自己的了。"

"萨莉，你的父母甚至都没有请你去参加你弟弟的订婚仪式，我想他们也不会愿意为你打开保险箱的。"

"钥匙就在一个雪茄盒里，我父亲一直把它放在办公室的迷你冰箱里。"

"也就是说，你打算趁着月黑风高的时候爬到房顶上，打着一盏小灯溜进室内，在你父母和家里用人都睡觉的时候把债券偷出来？我们又不是在拍电影。"

"肯定是在晚上，不过我们可以从大门堂堂正正地进去，带着化装用的头饰、假鼻子和假胡子。"

梅抓起了桌上的酒，那可是一瓶马拉狄酒庄的红酒。

"一九七〇年的，看来你对他还真是上心，"萨莉－安感叹道，"虽然并不能安慰我们，不过也聊胜于无，还是我替他喝了吧。"

"你看起来像是已经醉了，确定还要再喝酒吗？"

萨莉－安给自己又倒了一杯酒，拿起来慢慢地喝着。梅却把自己杯中的一饮而尽。

"好了，已经说得够多了，你打算什么时候通知同事们，让他们知道我们开不起工资了？"

"用不着通知他们了，我们会按时发工资的，《独立报》也一定能办下去。"

"够了，你太不切实际了，你不可能把那些债券带出来的，你甚至连大门都进不去。"

"他们不知道我们是谁，化装舞会不就是这样吗？"

"原谅我再提醒你一次，他们根本就没邀请你！"

"是没有，不过我可以修正这个错误，我们两个都会去。"

萨莉－安解释了她的计划。在梅看来，这个计划的风险太大了：她的任务是混入斯坦菲尔德家的大宅，修改舞会的宾客名单。

梅拒绝再到爱德华的住所去。之前她就被当成了一个妓女，甚至还是一大清早被从边门送出来的，之前的整个夜里，她简直像是上门服务。

萨莉－安却显示出了令人害怕的坚持，就像她的妈妈一样。

晚餐结束了，梅把剩下的红酒分给了萨莉－安，两人都一滴不剩地喝了下去。

29

艾琳－卢比

二〇一六年十月，巴尔的摩

记者证没有取得预期的效果。接待我们的警察显然无法在一起二十世纪八十年代的案子和一家报道人文地理的杂志之间找到具有说服性的联系，不管我怎么解释都没有用。最后他显然已经对我不着边际的解释感到厌烦了，告诉我其实只要向相关部门按格式出具一份申请就可以查阅相关材料了。但是要等多久申请才能被批准呢。

"一段时间吧。"他回答道，"我们人手不足。"

随后他就低下了头，继续看面前的那本小说。

看到我这么沮丧，乔治－哈里森把手放在了我的肩上。

"别难过，我向您保证，一定可以找到别的办法的。"

"难过？"警察在一旁抱怨道，"我觉得最难过的事情，就是一早就要来上班，然后要很晚才能回家，我可是太清楚这种滋味了。"

"您说得不错，"乔治－哈里森回答道，"我也懂。但是您不知道，要是写小说的过程中卡住了，那是个多难受的滋味。"

警察抬起了眼睛。

"我们其实不是以记者的身份来的，"乔治－哈里森继续说道，"我们也是小说家，这个案件是小说情节中的重要一环。我们必须得贴近现实，要是能看看那个时候的笔录，肯定能让书里的描写更加可信。"

"什么类型的小说？"

"侦探小说。"

"这可是我唯一的爱好，我就喜欢侦探小说。我老婆就只看爱情故事，更可笑的是她看了这么多爱情小说，却不愿意施舍给我一点爱。"

接着他神神秘秘地示意我们靠近，小声说道：

"要是你们能用我的名字来命名小说中的一个人物，我可以帮忙。不一定要是男主角，但一定得是个有台词的人，还得站在正义的一方。我都能想到我老婆看到有关我的段落的时候会是个什么反应。"

乔治－哈里森和他握了握手，看来他们已经达成了交易。警察问我们到底要查什么信息。

半小时之后，他回来了，手里拿着一本米白色封皮的案卷，上面已经盖满了灰尘。他就当着我们的面看起了这本案卷，就好像他已经是我们小说的主人公了。

"盗窃案发生在一九八〇年十月二十一日，十九点左右，"他一边读一边摸着下巴，"这已经是起悬案了，到现在也没有锁定嫌疑人。当时是一个叫罗伯特·斯坦菲尔德的人和他老婆组织了一场聚会。很显然，嫌疑人是混进了宾客之中，偷走了他们保险箱里的债券。足足十五万美元呢，今天也得相当于一百五十万美元了，他们怎么会把这么大一笔钱放在家里？嗯，那个时候还不流行信用卡，不过他们还是太不小心了。啊，你们看，保险箱的锁没有被撬。在我看来，毕竟我也有这么多年的从警经验，动手的人一定很了解情况。应该是内部人作案。另外，所有的用人都被传讯了，甚至连组织聚会的外包公司的人也做了笔录，卷宗里有三十份笔录呢。不过没有人声称看到或者听到了什么。真是个无头的盗窃案。"

警察还在继续读案卷，不时点头摇头，好像他就是负责这起案子的警官。

"人们一直到午夜才发现失窃，当时女主人正想把首饰放进保险箱里。他们零点四十五分的时候打通了报警电话，也许这段时间内他们正在尽力从震惊中平复过来，盘点丢失的物品。"

"她总不能把所有的首饰都戴在身上吧，"我追问道，"小偷难道没有动首饰吗？"

"没有，"警察回答道，还不忘摇头来加强否定，"报案记录上没有提到首饰，只有债券的总额。"

"这正常吗？"乔治－哈里森又提了一个问题。

"一般来说不会这样，至少在我的职业生涯中还没见过类似的情况。不过毫无疑问，嫌疑人一定是个老手，他没有动首饰，因为他知道没法儿出手。我得告诉你们一个诀窍，这肯定会让你们的小说更真实的，不过你们得把这个写成我那个人物的台词。一个好的警察都是擅长推理断案的。在这个案卷里，我能看到这对夫妇至少有十五个用人：有保姆、厨师、管家、门房、私人秘书，甚至还有专门熨烫衣服的。真是难以置信，我甚至不知道还有人能过这种生活。所以我们就能推断出……这些……哦，斯坦菲尔德家的人肯定特别富有。你们能跟上我的节奏吗？嗯，那我就继续了，对于这么有钱的人，女主人肯定不会佩戴劣等的首饰。一定都是什么劳力士、珍珠项链，甚至说不定都是限量版或绝无仅有的。这种东西的价值至少都得五六位数，正常渠道肯定是流通不了的，只能找有特殊渠道的掮客。首饰上的宝石都得被拆下来，说不定还要重新切割，好让人们看不出原样，再进入市场流通。但是要是你们不认识这个圈内的人的话，就什么都干不了了。"

"您遇到过类似的案子？"

"那倒没有，不过我可告诉过你们，我看了很多的侦探小说。我就是想告诉你们，小偷只拿了钱，应该是因为他不知道该拿首饰怎么办。"

"这种保险柜里还会放什么？"乔治－哈里森问道。

"手枪，不过要是之前主人没有申报过的话，应该也不会提的；名表，这一般比较好卖，但笔录里也没有；金砖，有的时候也有，不过这太重了，一块金砖至少得有十公斤，想要从舞会上安然离开，携带金砖可不太方便。要是斯坦菲尔德夫妇再年轻一点，还在玩摇滚的话，我可能还会再加上毒品，不过看来他们应该不是这种人。"

"除了武器和毒品，一般报案人还会隐藏哪些财产？"

"没有了，一般报案人也不会隐藏什么的。利用申报盗窃的机会，很多报案人都会夸大物品的价值，这样就能跟保险公司索赔了。不过这就不是我们警察的事情了，保险公司都雇了私人侦探，他们有耐心等待事实水落石出。一般来说谎报财产的人最后都会露出马脚的。比如说，女士会戴着一条号称已经被偷的项链到餐厅吃饭，或者远程监控会显示，一张已经被偷的画还挂在他们家墙上。"

"斯坦菲尔德一家是不是也是这么做的？"

"我没法儿回答您的问题。一般来说，被偷之后，要跟保险公司好好沟通，领取赔款之前也要考虑后果，否则可是要坐牢的。真要那样，就算刚开始赚来了钱最后也是赔本买卖。不过有的时候，报案人会拒绝提起没有上保险的失窃物品。"

"为什么？"我很惊讶。

"因为对某些有钱有势的人来说，被偷窃这件事就已经够侮辱人的了。看上去很倒霉，而且还会显得失主很无能。要是再为了这个跟保险公司扯皮，要那点可怜的赔偿金，失主不就显得更没用了？所以他们宁愿缩小影响。"

"这么说，那天晚上除了债券，有可能还有别的东西被偷了？"乔治－哈里森问道。

"嗯，如果你们想在小说里这么写的话，还是很可信的，不过不管你们怎么编，一定要记得不能是不方便带出的东西。而且，我还可以再给你们个建议，要是小偷还有同伙的话，他们还可以从厨房或者是边门离开现场，不过这就看你们想怎么写了。"

我们向这位探长道了谢。正当我们打算离开的时候，他叫住了我们。

"作家们，请等一下，你们都没问过我的名字，到时候该怎么给那个人物起名字啊？"

我立刻请他给我点可以记录的东西。

"弗兰克·格兰哥，里面有两个 g 和一个 h。你们的小说叫什么名字？"

"我们可以起名叫《格兰哥侦探破奇案》。"乔治－哈里森给出了建议。

"真的吗？"警察高兴到几乎跳了起来。

"当然是认真的。"我的同伴实在是太厚颜无耻了，道别的时候，我几乎不敢看这位警察的眼睛。

我坐在副驾驶座位上，看着正在开车的乔治－哈里森。他和爸爸有一样的习惯：都喜欢开着窗，然后一只手扶住方向盘，另一只手搭在车窗上。

　　"为什么这么看着我？"

　　"您怎么知道我在看着您？刚刚您不是一直在看路吗……没什么。"

　　"还说您没有在看我！"

　　"您是怎么想到这么个借口的？"

　　"什么借口？"

　　"写小说的借口。"

　　"他的桌子上摆着两本艾尔罗伊的书：《背信弃义》和《洛城机密》。我就决定碰碰运气。"

　　"您就是因为看到两本侦探小说就给自己编了个剧本？您可真是有想象力。"

　　"这是个缺点吗？"

　　"不，恰恰相反，是个很大的优点。"

　　"您是在称赞我吗？"

　　"只要您愿意把它当作称赞。"

　　"我没有什么别的意思，不过自从我们认识以来，您还是第一次称赞我。"

　　"我还不觉得我们算认识。"

　　"我知道您是英国人，是记者，有一个双胞胎哥哥和一个妹妹，您的父亲非常迷恋于他自己的车，而您现在就坐在我的车里，这已经是不少信息了。"

"是的，已经不错了，不过我却不太了解您。您凭什么确定那个警察一定会上钩？"

"直觉……好吧，事实是，我根本没编什么剧本，只是想扯个谎话，让我们能够有尊严地走出警察局。只是我们碰巧遇到了一个闲得发慌的家伙。"

"你把我们俩变成了两个可怕的骗子，我害怕撒谎。这个可怜的警察会一直幻想自己将会出现在一本小说中，但这本小说永远不会面世。我确信他一定不会守口如瓶，今天晚上就会跟自己的太太吹牛。就是因为我们，他会变成一个彻头彻尾的傻瓜。"

"恰恰相反，我们说不定还给了他灵感呢，他可能会自己写一本小说。而且您当时说是杂志社派您来的，这不也撒谎了？"

"是，不过是个无伤大雅的小慌。"

"好吧，看来谎话还要分大小。"

"当然。"

"我之前和一个女孩同居了五年，有一天早晨，她一言不发地离开了，只在桌子上给我留了一句话。前一天晚上，她还什么都没表现出来，就像普通的一天一样。您难道认为她是在一夜之间做出的决定吗？那这是大谎还是小慌？"

"她留了句什么话？"

"我是森林深处的熊。"

"这是谎话吗？"

"我倒希望自己真是一头森林深处的熊。"

"您可以剃一下胡子。她对您都有哪些不满？"

"现在让她不满的地方都是恋爱初期她最迷恋我的地方。比如，我们的卧室太小了，但是我的工作室又太大了；她说我进厨房纯粹是添乱，但之前她明明说过我穿围裙很性感的；她还说睡觉的时候我的头压在她胳膊上很重，不过刚开始的时候她是最喜欢看电视的时候把我搂在怀里，用手梳理我的头发的。"

"我觉得你们看电视的时候应该都不说话吧，她应该是不喜欢这个，还有那种枯燥的感觉。甚至她可能是不喜欢这种生活状态下的自己，关于这一点您是无能为力的。"

"她指责我把太多的时间都花在工作室里了。"

"也许这让她很痛苦。"

"门一直都是开着的，她完全可以进来和我待在一起。我对我的职业有很大的热情，要是一个人对您的工作都不感兴趣，您又怎么能和她生活在一起呢？"

"您难道没有明白，她是希望您能对她感兴趣吗？"

"我后来还是明白了，只是太晚了。"

"您后悔吗？"

"您呢？您的生活中有过什么人吗？"乔治－哈里森突然转过来问我。

"也许我们不该沿着斯坦菲尔德这条线索往下查。我妈妈绝对不可能是个小偷。我真的无法想象她会去撬一个保险柜。"

"您为什么不回答我的问题？"

"要是您也是女性的话，就会明白我已经回答过您的问题了。"

"看来我还真是一头没有剃胡子的熊啊。"乔治－哈里森叹了一口气。

"没有，我的生活中没有别人。"

"那您是否想象过我们的妈妈会是情侣呢？"

"也没有。"

"那我很确信我们目前的侦查方向是正确的，她们肯定做过小偷。但是不一定是您的母亲撬开了保险柜。"

"您为什么这么说？"

"我妈妈从来没有工作过，"乔治－哈里森说，"或者说没有规律地工作过，她工作的强度远不够养大一个孩子。虽然我们一直都不富有，但我从来没有缺过什么。"

"可能在您出生之前她就已经存了足够的钱。"

"如果要坚持这么久，那肯定是很大一笔钱。警察也说了几个细节：小偷拿走的不是现金，而是债券。我妈妈有很大一包债券。每年年初的时候她就会卖掉一些，圣诞节前又会再卖掉一部分。"

我什么都没说，事实真是胜于雄辩，我妈妈和我想象中的母亲一点都不一样，这让我实在难以接受。我还会发现怎样的谎言？乔治－哈里森看着我，等着我先开口说话。

"您就从来没问过她这些债券是哪里来的？"

"我对这个不感兴趣，我记得她说过这是笔遗产。"

"但我们一直就很缺钱，"我补充道，"要是妈妈手里能有些债券的话，那真是会帮我们大忙。"

"所以您的母亲是无辜的，我妈妈才是唯一的罪人。这是不是让您好受多了？"

"并没有。我妈妈是化学老师，对孩子的教育也一向很严格，想到她曾是一个叛逆少年，我其实还有点暗自开心。"

"您还真是个矛盾的人。"

"那些从来不矛盾的人的人生一定很无聊吧。那些债券还在您母亲手里吗？"

"她住进敬老院之前我就把最后一笔都卖出去了。很抱歉，要是我早点知道真相的话，我就会把它们留下来了，至少也得分给您一部分。"

"为什么呢？要是我的妈妈根本没有参与这场盗窃案呢？是您的母亲一个人承担了所有的风险。"

"先别轻易下结论。您的父母经常遇到财政困难，这可能只是因为您的母亲没有分走属于她的那一部分，并不能说明她没有参与进来。别忘了写信人的话。"

"写信人只是说妈妈放弃了很大一笔财富。也许是因为您的母亲把所有的都带走了。有的时候也会有分赃不均的情况。"

"您怎么会这么想？我还是不同意，我妈妈是一个非常正直的人。"

"我想您只是随便说说吧。她从保险箱里偷了一百五十万美元……您觉得这就是正直的表现吗？"

"十五万美元而已！"

"这可是那个年代的十五万美元！您的母亲帮了我妈妈一个忙，把属于她的那一部分赃款也保留了起来，不过她还是一个圣人，这可能吗？"

"拜托您说话之前先思考一下！我妈妈管您的母亲叫'亲爱的'，一个人会对亲爱的人做这么恶心的事情吗？"

"只是您的母亲一厢情愿罢了，我可还没看过我妈妈的信。"

"好吧，可能只是我没用对'正直'这个词，我应该说我妈妈是个可靠的人。"

"嗯，可靠到您甚至不知道父亲是谁！"

乔治－哈里森冷冷地看了我一眼，打开了收音机，眼睛盯着前风挡窗上的雨刷。

我一直在等待这首歌结束，好缓和刚才尴尬的气氛。

"还希望您能原谅我。我不该这么说的，我说的话完全都没经过大脑。"

"哪怕是小卖店的店主找钱的时候多给了她一美元，妈妈都会还给他的，"他发火了，"保姆摔断了腿，妈妈还会一直付给她工资，直到她能重新工作。有一天我在学校里被同学打了，她直接带我去见校长，告诉他对方的家长有二十四小时的时间来向我道歉，不然她一定让他们好看。我可以再举出至少一百个例子，她不会藏起属于您母亲的那一份的，我希望您能相信我。"

"您为什么会被打呢？"

"十岁的时候，同学们都说我是没爹的孩子，我的妈妈是个荡妇，我不知道怎么回击，就只能用拳头了。"

"我明白了。"

"不，您什么都不明白！"

"好吧，我真是个傻瓜。现在，乔治－哈里森，你听我说，我并不关心那笔她们偷来的钱，虽然我也想带我爸爸出门度假，但是我向您保证，在明确您的母亲的身份之前，我是绝对不会回伦敦的。"

车的速度慢了下来，乔治－哈里森转过头来看着我。他的表情全变了，我突然觉得他就是一个小男孩，一个刚刚在学校里被同学欺负的小男孩。

"您为什么要这么帮我呢？我们不是还不怎么认识吗？"

我又想起了爸爸的温柔，想起了他每次为了安慰我说的那些话，想起了他每次为了防止我走错路而给出的建议，想起了我童年时他的那些小把戏，想起了他的无尽耐心，想起了他为我付出的精力和光阴。我突然觉得，自己明白了父爱的缺席意味着什么，而乔治－哈里森这些年来又忍受着什么。但是我无法用语言表达自己的感受。

"是的，我们还不怎么认识。但是您从来没有回答过我的问题：您想念她吗？"

"想念谁？"

"没什么，就当我刚刚什么都没说，继续赶路吧。"

无数念头涌进我的脑袋里，我想乔治－哈里森应该也是一样。突然，乔治－哈里森就像中了邪一样，大喊了一声："就是这样！"他立刻踩下了刹车，把车停到了路边。

"她们的确分赃了，我妈妈拿走了债券，您母亲取走了别的东西。"

"您凭什么认为除了钱，她们一定还偷走了别的东西呢？"

"就凭我妈妈的话：不要让这份珍宝被时光掩埋。"

"我刚刚也想到了，不过您警告我说话前要先思考一下。我倒是要问问您了，我是哪里得罪了您？就算她们有分赃吧。按照我对妈妈的了解，她一定是放弃了，因为这笔钱不干净。"

"好了，我们都明白了，您的母亲就是美德的化身，不过要真是这样的话，写信人为什么还要提醒我们呢，已经三十五年了，什么钱都该花干净了。除非就像警察说的那样，这个东西没法儿换成钱！"

30
罗伯特

一九四四年六月，蒙托邦附近

傍晚来临了。几小时以来，罗伯特一直在骑车，身体上的苦楚让他无法承受。在十公里远的地方，他还停下来在路边呕吐了一次。他坐在路堤上，解开了衬衫的扣子，看着胸脯上和手臂上的伤疤。他的嘴唇肿得有之前的两倍大，眼泡都鼓了起来，鼻子还在不停地流血，上嘴唇已经完全不能动了，下颌骨僵硬得就像冻住的金属。只有他的手看起来还算正常。因为当时他的手被那些人铐在后面，反倒躲过了不少拳脚。

关于这一段被虐待的经历，罗伯特什么都想不起来，脑海里只有从昏迷中恢复后的片段。不重要了，他不想哀叹命运，也没有这个心情，他的脑海里只有一个念头：赶回据点。

来到路的尽头，他把自行车扔回沟里，快速穿过树林，用尽最后的力气爬上了山丘。他的腿一直在打战，但是他抓住了树枝，每次都成功地站了起来。

小屋就在不远处的山顶上，还有袅袅炊烟从烟囱中飘出，一切都很安静，只是太安静了。

他听到了一声"咔嚓"声，就猫下腰来匍匐前进。门前的石子路面上，赫然陈列着安托万的尸体，罗伯特意识到自己回来得太晚了。

这里经历过激烈的枪战，窗框都已经被打掉了。原来的大门也只剩下半扇木板，还在迎风摇曳。

房子的内部就是一个屠宰场。家具都快被机关枪打碎了，三个游击队员躺在地上，以一种可怕的姿势死去了：一个人的肠子完全在腹腔外面，另一个因为手榴弹爆炸失去了两条腿，第三个人的面貌已然无法辨别，唯一的特征就是他宽阔的肩膀。他的脸埋在地上，浸在血泊中。

罗伯特感到一阵反胃，要不是他刚刚在路上就已经吐了个干净的话，他肯定还要再吐一会儿。他的心脏都快要停跳了，只好四周看着，大喊道：

"山姆！汉娜！"

但是回答他的只有绝对的寂静。他冲去他们的卧室，却看到倒在床脚的山姆。山姆的眼睛还圆睁着，一只手臂抬起，手上有一把枪，从他的太阳穴里流出了很多血。

罗伯特跪在他的面前，哭着合上了他的眼睛。他取过了那把手枪，把它放到了腰带下方。

他又回到了房子前面，看周围有没有异动，向上天祈祷浩劫之前汉娜有足够的时间躲到了森林里，虽然他也知道这种机会很渺茫。

"汉娜！"

汉娜没有回答，倒是他的叫喊声惊起了一群麻雀。民兵有可能把她带走了，这个可怕的念头让他颤抖，不敢想象小女孩到底遭遇了什么。他呆呆地站了一会儿，看着他平时和山姆抽烟的树桩哭了起来。那个艺术品商在这里对他讲述了自己的人生，告诉他自己是如何遇见了汉娜的母亲，说自己有多么爱汉娜，说他是多么爱自己的职业，说他有多自豪能够买到那张霍珀的画。

夜幕彻底降临了，整座小屋都被埋到了阴影里。

现在只剩罗伯特一个人了，他也不知道自己还能活多久。再过几小时，太阳就会在巴尔的摩上空升起了。他想起了自己的父母，想起了大宅里舒适的生活和宽敞的卧房，想起了在家里举办的奢靡的宴会，想起了书房：有一天晚上，他看到自己的父亲在那里哭泣，因为后者在扑克牌游戏中输掉了全部的财产。他永远忘不掉当时两个人目光的交错：一方是羞愧的眼神，而另一方的眼睛中则是绝望。接着他意识到，就因为一局输掉的扑克牌，他就要在这个与家乡相隔万里的地方死去了。

愤怒让他又有了力气。山姆自杀了，就为了不落在纳粹的手里，这个勇敢的举动让他想起了自己的承诺。只要还有可能，哪怕只是一点点，汉娜只要还活着，他都得找到她。一定得把她救出来，哪怕要因此把自己搭进去。

"有谁能帮我吗？"他自言自语道，突然意识到自己已经没有同志了，他认识的那些人都已经死了，其余的人则想要他的命。

但年轻的罗伯特突然又涌起了激情，他要活着，要信守对山姆许下的承诺。他要像一个英雄一样回国，要重振家族，成为一个大人物，做一个和父亲不一样的、真正的斯坦菲尔德。他想起了山姆在地窖里藏的那些画，只要他能活着回巴尔的摩，不管能不能找到汉娜，这些艺术杰作都不应该被留在这里。

月亮出来了，清辉漫过了丛林中的树梢。罗伯特暂时还没有回到小屋中的勇气。卧室里，山姆的尸身还在那里，外间还有几位被折磨致死的游击队员。他深深地吸了一口气，才下定决心走了进去。

他看到地上有一盏破旧的煤油灯，就捡起来点燃了它，努力不让自己的视线看向别处，走下了地窖。

罗伯特把灯挂在墙上，开始搬挡住地道入口的箱子。入口足够大之后，他就提起灯钻了进去。

正当他要去取画的时候，有一个细微的响动引起了他的注意。地道深处存放军火的地方传来一个均匀的呼吸声，罗伯特一只手扶上枪托，另一只手举起了灯。一个人的形状在黑暗中出现了：那是一个蜷缩着的女人，汉娜抬起头看着罗伯特，脸上满是惊恐。

汉娜开始大叫，在罗伯特试图搂住她的时候像疯了一样把他推开。罗伯特的五官已经全部变形了，她根本认不出来。罗伯特只好温言安慰，她才明白对方不是要来强暴她的民兵。她扑倒在他的怀里，颤抖着讲述了之前发生的一切。

下午的时候，一辆卡车载着全副武装的民兵停在了小路尽头。当时放哨的是拉乌尔，他立刻意识到这不是一次例行的扫荡。他连忙跑回屋子通知了其他人，还抄起了一支冲锋枪去和敌人拼命，想要拖延他们进攻的步伐，好让同伴有逃走的机会。但山姆拒绝逃跑，他的腿活动起来也不太灵便。他请游击队员们带汉娜一起走，不过就在这个时候，安托万中枪倒下了，小屋已经被包围了。游击队员们也开火了。阿尔贝托，就是那个像熊一样壮的家伙，命令山姆立刻躲到地窖里去。民兵要抓的是抵抗分子，说不定他们会放过这一对可怜的父女的。

山姆把汉娜塞了进去，但立即就移动箱子堵住了洞口。汉娜绝望地伸着手，求父亲不要把她一个人留在这里，但是山姆回答道：

"你必须得活着，为了我，为了你母亲，为了所有像我们一样经受迫害的人。过一个精彩的人生，永远不要忘了你是山姆·戈登斯坦的女儿。等到新世界来临的时候，要记得我们之前的旅行，还有我教过你的东西。你要延续爸爸交给你的火种，然后用它点燃一千把火炬，这一定可以照亮天空的。等你有了孩子以后，你可以跟他们聊聊你的父母，告诉他们我和你妈妈爱他们。不管我去哪里，我都会照看他们的，就像我照看你一样。"

山姆一边搬箱子，一边不停地向汉娜重复他爱她。

但他的声音很快就被炮火声掩盖了，汉娜一个人陷入了黑暗。

枪弹声平息之后，汉娜又听到了其他的一些声音：有人打开活动门走了下来。汉娜连忙躲到了地道的最深处，这时有人喊道：

"伙计们，底下没有人，这儿是口真地窖，走吧，我还想回家吃晚饭呢。"

"尸体怎么处理？"另一个人问道。

"拿走他们的身份证件吧。"又有第三个声音说，"通知他们的家人，让他们来收拾。用不着我们来干这种肮脏的活。"

接着就是一阵骚乱，那个人回到了地上，关上了活动门，接着就是寂静。

说完之后，汉娜开始哭泣，整个地窖里都是她的哭声，她的头前后摇晃，不停地叫着自己的父亲，就好像一只濒临死亡的小兽。罗伯特觉得她可能快要疯了，必须得赶紧把她从这个地方带走。他抓住汉娜的手，带着她爬出了地窖，但在回到地面之前，他吹熄了灯。

"我们还不清楚情况，"他说，"说不定树林里还有其他的民兵。"

这其实是个善意的谎言，他只是不希望汉娜看到那些血泊中的尸体，游击队员们拼死一战，只是为了能救这个小姑娘一命。

他们穿过大厅来到了门外。门前的石阶上，汉娜恳求罗伯特带她去看父亲一眼，但罗伯特拒绝了。

"求您了，"罗伯特的声音也哽咽了，"您要是真看到了，就一辈子也忘不掉了。"

他们走进了丛林，沿着小路前行。罗伯特在想汉娜是否可以骑车，但他也不知道应该去向哪里。

他想起来阿尔贝托曾经说过，有一些人可以帮助逃难的人越过比利牛斯山到西班牙去。西班牙离这里也就只有一百公里。要是骑车的话，说不定三天就能到，快的话两天应该也可以。

在离据点五百米的地方，罗伯特让汉娜在树底下休息一会儿。

"我得回去取点衣服。我的外衣上全部都是血，这样我们在第一个哨卡就会被拦住的，再说我们也需要一些补给，尤其是得带上你的身份证件。"

"我不在乎衣服和那些假的身份证件，"汉娜喊道，"我不许您离开我。"

罗伯特把手放在她的嘴唇上，让她不要出声。这里离大路不远，德国人的巡逻队可能会从附近经过的。

"我没有选择，我是带着使命来的，必须得带上军火存储地的地图。我向您的父亲保证过，一旦他遭遇不幸我就会照顾您的，我一定会守信。汉娜，我向您发誓，我绝对不会抛弃您，您也应该相信我。现在，趁着这段时间保存体力，不要发出声音。"

汉娜别无他法，只能让罗伯特离开。罗伯特又爬上了山丘，他回到卧室里换了一身衣服，然后又到厨房看了看。所有的罐头都被抢走了，只有掉在地上的一个成了漏网之鱼。罗伯特捡起了这个罐头，把它放进了壁炉旁边墙壁上挂着的一个挎包里。然后他又顺着梯子爬了下去，消失在了地窖的尽头。

● ⚭

他们骑着自行车赶了一整夜的路，但是汉娜已经筋疲力尽，再也没法儿往前走了。罗伯特也在不停地和疲倦做斗争。太阳出来了，驱散了田野中的薄雾。远处依稀出现了谷仓和农场的轮廓。罗伯特决定取道那里，这样可以节省一点路线。他们可以先在那里休息几小时，要是运气好的话，说不定还能找到些吃的喝的。

● ⚭

中午时分汉娜才睁开了眼睛。那个农民的手里拿着一支枪，枪口对着罗伯特。

"你们是谁？"他问道。

罗伯特一下子就跳了起来。

"我们不是小偷，也不想伤害您，"汉娜回答道，"求您了，把武器放下吧。"

"你们在我的谷仓里做什么？"

"我们只是想休息一会儿，我们赶了一整夜的路。"汉娜继续说道。

"他怎么不说话？是个哑巴吗？"

"我都已经回答您了，他为什么还要说话呢？"

"你们赶了一夜的路，所以你们是在逃命了？他是个外国人吧？"

"不是，"汉娜连忙解释道，"他是个哑巴。"

"那就等我踹他一脚，看看他到底是不是个哑巴！看看他的样子，恐怕是犯了事吧。你们肯定是一起的！我不想出什么事，无论是跟宪兵还是跟抵抗分子。拿上你们的东西，从这儿滚出去！"

"您看看我的样子，如果我白天走的话就太惹眼了，"罗伯特开口了，"就让我们在这里待一天，天一黑就走。"

"美国人还是英国人？"农民问道。

"外国人，正如您说的那样，既然您不想和抵抗分子有关系，就不要自寻烦恼了。"

"您的同伴倒是很有种嘛。"农场主转头对汉娜说道。

"我们只是希望您能让我们在这儿停留几小时，"汉娜说道，"对您不会有任何影响的。"

"现在枪在我手里，所以我说了算。第一点，在我的地盘上没人能威胁我。你们要是想吃点喝点什么的话，只要礼貌地跟我要就行了。"

农场主放下了枪，打量了他们一会儿。

"你们看起来倒不像危险分子。跟我来吧，我老婆已经准备了午饭，不过你们最好还是去水井那里清理一下，现在你们就像两个流浪汉。"

井里的水是如此清凉，罗伯特感觉到了伤口处传来的一阵刺痛。他下巴上的伤口又流血了，汉娜从口袋里拿出了一条手绢，放在了他的伤口上。

"别这么娇气。"看到罗伯特疼得做鬼脸，汉娜对他说道。

农场主夫妇给他们找了些干净的衣服，汉娜换上了裤子和衬衫，俨然就是一个假小子。在餐桌上，那对夫妇表现得非常热情好客。罗伯特也毫不客气地吃光了盘子里的所有东西，但汉娜几乎没有碰她的汤。

"吃点吧，就算不饿也得吃，"农场主坚持道，"你们要去哪里？"

"去西班牙。"罗伯特回答道。

"就凭那辆自行车？"

"这边的路况怎么样？"

"最近一段时间很拥堵。有部队在向东边撤退，还有要去西北边和联军会合的，现在你们又想往南边去，路上人还是挺多的。"

"什么联军？"

"天哪，您是从哪里来的？几天以前联军已经从诺曼底登陆了，收音机里到处都是这个消息。德国人当然不愿意放弃，但是英国人已经到巴约了，加拿大人也推进到卡昂了。有人说这场该死的战争马上就要结束了。"

听到这个消息，罗伯特立刻跳起来拥抱了农场主，但汉娜还是坐在原地，眼里蓄满了泪水。罗伯特半跪在她的面前，握住了她的手。

"他们在胜利前夕牺牲了，"汉娜说道，"爸爸永远也看不到解放的那一天了。"

"汉娜，我在这里呢。您可以和我一起回家。"罗伯特回答道。

农场主的老婆示意丈夫过去，跟她一起去找一瓶酒来。农场主看来已经做好了大醉一场的准备，把所有人的杯子都倒满了。

"喝吧，这样你们会好受一点的。小姐，我真的很遗憾。"

汉娜帮助他们撤下了餐具。农场主让罗伯特过来帮他一个忙，草料已经翻晒好了，现在得把它们打成捆。

罗伯特在农田里待了一下午。他刚开始还有些笨拙，但很快就掌握了正确的方法，农场主夸奖他说，"作为一个美国佬，您也不算太笨"。

罗伯特跟农场主讲述了昨天的事情，还讲了汉娜的情况和他对山姆的承诺。说完之后，农场主叹了一口气，出于同情提出愿意帮他们的忙。

"我有一个小卡车。今天晚上我可以把你们的自行车放在草垛的下面，尽量帮你们节省一些路程。算上来回的时间，今天晚上我应该能把你们送到欧里尼亚克。那里离边境就只有六十公里了。但是我必须得告诉你们，翻越比利牛斯山可不像平时的散步，就算是这个季节也不是件容易的事。好吧，我该做的都已经做了，剩下的就是你们的事了。"

首先是登陆成功的消息，然后又是可以省去好多路程的提议，一天之内已经冒出了两个希望的火光，而这恰恰是罗伯特所需要的。他回到了农场，去水井那里洗了把脸，就把好消息告诉了汉娜。汉娜正一个人待在厨房里。

"农场主的老婆没和你一起吗？"

"她叫杰曼娜，她老公叫杰曼，你不觉得这很有意思吗？"

罗伯特想试着从英语里找出两个类似的名字，但他的脑子已经转不动了，干脆就放弃了。

"就像你看到一对夫妻，他们分别叫杰斯和杰茜一样。"汉娜已经有力气开玩笑了。

"为什么不呢？只要他们是相爱的。"

"但是我并没有在这座房子里感受到爱。"

"也许您是搞错了。"

"也许吧，不过我可以确定，他们一定希望我们可以赶快走。我们的存在让杰曼娜很不自在。她甚至都没有试着跟我聊天就离开了。"

"也许只是因为她比较敏感吧。您也知道的，您不算太健谈。"

"我有很多其他的优点，健谈也是我的优点之一。什么时候出发？这个地方老是让我背后直冒凉气。"

"等到晚上就走。杰曼说他可以开卡车把我们送到欧里尼亚克，这样我们今晚就不用骑自行车了。

　　出发的时候杰曼娜不在。她有点神经衰弱，早早就回房间了。杰曼替她道了歉，说她只是不愿意让自己的丈夫冒这么大的风险，所以有点赌气。

　　他们把自行车装进了卡车的后斗，然后就爬到了驾驶室里。车的大灯罩上罩子之后就不太看得清前方的路了，不过这样至少能让卡车没那么容易被发现。贝里埃卡车咳嗽了几声就踏上了征途。

　　农场主的双手抓着方向盘，吹起了口哨。

　　"您太太发火也是应该的。最近这段时间开车上路的确是件危险的事情。我不知道怎么感谢您。"汉娜说。

　　"原则上说开车上路是被禁止的。但是德国人和民兵都是些馋鬼，他们要不就跟我要鸡肉鸭肉，要不就要牛奶和蛋。要是你是个好农民的话，他们就会给你一个通行证的。别担心，我的证件还在有效期内。万一查到我们，你们就假装睡觉，一切都会好的。"

　　"您一定要替我们向您的太太表达谢意。"罗伯特坚持道。

　　卡车的发动机发出了一阵可怕的声响。接近利勒茹尔丹边界的时候，汉娜就睡着了。他们穿过了圣利、圣富瓦 - 德佩罗利耶尔和里厄姆，没有遇到任何阻拦。在卡车的颠簸中，罗伯特也睡了过去。

　　接近萨韦雷的时候，变速箱发出了一声"咔嚓"声，把罗伯特从半梦半醒的状态中惊醒了过来。卡车减速了。

　　"怎么了？"罗伯特很担心。

　　"附近有一支巡逻队，不过离这里还有一段距离，我看到了一些灯光，一般来说这个时候农场都应该熄灯了。按照我之前说的做，一切都会好的。您的朋友在睡觉，这再好不过了。"

罗伯特看着汉娜，她正双目紧闭，靠在车玻璃上。但是她的手悄无声息地伸到了他的背后，从腰带那里取走了手枪。然后她突然挺直了腰身，用手枪抵住了杰曼，杰曼吓得往后倒去。

"关掉灯，靠路边停车。"汉娜的语气中充满坚定，让人不敢怀疑她的决心。

"小姐您在搞什么？"

"您呢？从今天晚上开始，您又在玩什么？我们值多少钱？二十法郎还是五十法郎？也许美国人能值一百法郎？"汉娜愤怒地说道，用手枪指着杰曼的头。

"她一定是疯了。"杰曼边抱怨边踩下了刹车。

他停下车举起了双手，一脸的惊慌。

"杰曼娜说得真对，我不应该帮你们这些忘恩负义的人的，你们就是这么感谢我的！下车吧！拿上你们的包，然后滚蛋！"

"您会开车吗？"汉娜问罗伯特，后者正在呆呆地看着这一场景。

"嗯……我会的，之前在英国受训的时候学过。"

"你下车吧。"汉娜命令农场主。

她把手放在了扳机上。

"昨天我的爸爸去世了，就是因为你这样的浑蛋吃里爬外。我很乐意一枪爆掉你的头。我数十秒，立即滚下去！"

杰曼骂了一句，打开了卡车的门。罗伯特坐在了驾驶座上，立即发动了车子。卡车渐行渐远，后面传来了杰曼的叫骂："该死的小偷！我的卡车，把我的卡车还给我！"

"走那边，"汉娜指向了左手方向的一条小路，"把车灯关掉。"

"你怎么了？那个人帮助了我们……"

"这家伙没有说实话，他是个叛徒。你作为一个肩负命令的军人，洞察力显然不够强。他的农场里既没有牛也没有鸡，只有小麦和猪。想想看，他是怎么有钱买卡车的？又怎么能获得德国人的通行证？当然是靠黑市交易，你以为他的客人会是谁？"

"你怎么会想到的。"

"我逃命的时间可比你长太多了。存活有时就取决于观察得是否仔细，你很快就会懂了。我们继续向前开，天亮就弃车。晚上还是很容易看到德国人的巡逻队的，但要是在白天，看到他们就已经晚了。然后我们继续骑自行车赶路。你打算开多快？"

"不可能超过每小时五十公里吧。"

汉娜抓住了他的手腕，看了看手表。

"看来剩下的时间我们还可以再开一百五十公里。这里已经离边界不远了。他们没有拿走你的表吗？"

"谁？"

"那些抓了你的人。你得找个时候跟我讲讲你是怎么逃脱的。"

"你想让我也下车吗？你在怀疑我？"

"我没有这个意思，我是在很真诚地问您这个问题，想知道您经历了什么。"

"我们遇到了几个民兵，他们把我们带到了一个房子里。蒂东和我被分开了。他们一直在殴打我，想让我们开口，但是我什么都没说，不然我就不会被虐待了。"

他卷起了袖子，小臂上全都是被烟头烫伤的痕迹。

"因为我是美国人，所以他们就决定把我交给德国人来处置。我晕了过去，所以他们就只派了一个人押解我。押运的路上我醒了过来，当时那个人在开车，我恰好就坐在他的后面，就掐住了他的脖子，威胁他如果不停车的话我就扭断他的脖子。他就乖乖听话了。"

"那你接下来又做了什么？"

"我扭断了他的脖子。"

"又少了一个浑蛋！我本不该让那个家伙活着离开的。他很快就会去找德国人举报我们。好了，别再说话了，集中精力开车吧。"汉娜命令道。

整个夜晚他们都在安静地向前开车。汉娜在想罗伯特是怎么取回自行车的，她记得之前听游击队员们提到过这辆车。但是自行车又不止一辆，汉娜想来想去，还是没有问，因为她不想得罪罗伯特，他是唯一能救她的性命带她去美国的人。

● ⊙⊙

途中有好几次他们都迷了路，在毫不知情的情况下就越过了欧里尼亚克。汉娜在车里找到了车辆的相关证件，和证件放在一起的有一张地图，还有一张民兵的安全通行证，这证实了她之前的判断。有的时候她也会短暂地打开顶灯来查阅地图。虽然她并不认识经过的那些城镇的名字，但只要一直是在向南走，而且也没有遇到敌人的岗哨，就能证明一切都好。

凌晨三点的时候，他们经过了圣吉龙。村庄入口处的路边停着一辆挎斗摩托车，但摩托车上的人还没来得及下车查看，卡车就已经消失在了远方。他们也并未为此担心，只有有许可证的车辆才会在这个时间上路。

卡车开上了山路，每一次换挡的时候离合器都会响，等他们接近塞村的时候，罗伯特取下了包裹，把自行车落在了车上。在这种路况下，走路恐怕都比骑车要轻松一点。他们一起推着杰曼的卡车，把它推到了里博特的峡谷里。

他们跋涉了很长一段时间，清晨的时候来到了塞村。汉娜看到了一家家庭旅馆。

"你身上有钱吗？"她问道。

"没有。"

她卷起了裤腿，脚踝处还打着绷带。

"你受伤了？"

"爸爸真是个有远见的人。"

她解开绷带，从里面拿出两张一百法郎的纸币给了罗伯特。

"拿着钱，去问问他们是不是有房间。"

"我的口音这么重，不是会有很大的风险吗？"

"对一对夫妻来说，要是妻子出面问风险肯定就更大了，不过你说的也有道理。但是这次我们只能冒险了，希望这次能遇到些正直的人。"

布鲁韦太太无疑是个正直的客栈老板娘。自开客栈以来，她已经帮无数的抵抗分子打了掩护，让他们能顺利逃到西班牙去。不管什么人来这里投宿，她都会接待的。按照法律的规定，她也为客人做登记，但总是会忘掉一些名字。每次晚餐的时候，都会有人来客栈里查客人登记簿，布鲁韦太太就会表现出惊人的勇气。当汉娜和罗伯特走进客栈的时候，老板娘一看到他们憔悴的神情和破烂的行囊，就猜到了他们的状况。她没有问任何问题，就从门板上拿起了一串房间的钥匙。房间里设施齐全，有床和洗手台。

"厕所和洗浴间在走廊的尽头。你们可以现在就去，你们两个人都需要好好地梳洗一番。接下来几天九点钟以前不要到走廊里来，傍晚的时候绝对不要下楼。要是听到我在前台这儿咳嗽，就赶紧回到房间里去。午饭是中午十二点，晚饭是晚上七点半。"

"我可以提前几天付清房款。"汉娜说道，"不用包我们全部的饭，我们不需要吃晚饭。"

"午饭和晚饭都包括在房费里。等到你们爬山的时候，就只能饿肚子了，所以从现在开始吃饱一点。至于房钱就以后再说吧。"

她关上了房门。汉娜走到床边，抚摸着床单，躺在柔软的床垫上，发出了一声满足的叹息。

"我已经不记得上次睡在棉质床单上是什么时候了。摸摸看，它们是多么柔软啊。"

她把脸埋进枕头里，深深地吸了一口气。

"这种干净的味道，我都已经完全忘记了，还真是让人陶醉。"

"我就睡在地上吧。"罗伯特表现得像一位真正的绅士。

"您同样需要休息，我们可以一起睡在床上，我不介意的。"

"可如果我介意呢？"罗伯特苦笑道。

汉娜没有回答，但罗伯特还是第一次看到她微笑。

"老板说得对，我们得先去洗漱一下，总不能弄脏她的床单。"

说完，汉娜就先去了浴室，水温不太高，但是她还是感受到了一种久违的放松。在过去的二十四小时里，她的身体几乎已经承受不住。经过了长时间的跋涉，她的脚已经磨破了，腿也已经瘦到了让她害怕的境地。她的征程还未结束，现在她还是沦陷在这个充满敌意的法国里，但是这家旅馆就像是一个和平的港湾，一个临时的避风港，让她觉得自己很安全。马上就能有一个真正的床了，想到这里，她几乎原谅了生活施加给她的种种不幸，对未来充满了希望。翻越比利牛斯山也不再是一件可怕的事情，毕竟自由就在山的另一面等着她，她就要去美国了。那里有她最美好的回忆：和父母一起的旅行。一阵悲伤又涌上心头，她强忍住要流出眼眶的泪水。有人敲门了。

"一切都好吗？"她听到门外有人问。

"嗯，一切都好。"

"我有点担心，"罗伯特在门的另一面小心说道，"我担心您不舒服，您已经在里面很久了。"

"我在里面待很久的原因是我已经很久没有真正洗过澡了。我还是把浴室让给您吧。"

她从浴室中走了出来，身上只裹着一件浴巾，曼妙的曲线暴露无遗。经过罗伯特身边的时候，他不可避免地将目光放在了她饱满的胸脯上。她注意到了他的目光，不由得觉得尴尬。之前她只有一次引发过男性的欲望：当时她还在上高中，有一个年纪相仿的男孩追求过她，但她自始至终无动于衷。不过罗伯特可是个真正的男人。

"怎么了？"罗伯特问道。

"没什么，走廊太窄了，您把路都堵住了。"

罗伯特立刻让开了路，他们的身体几乎要碰到了。

等他回到房间的时候，汉娜已经睡熟了。他盯着她看了很久，才睡在了她的旁边。正在这时，汉娜叹了口气，转过身来，把手放在了他的胸膛上，不过她的眼睛还是闭着的。

"您有过性爱吗？"他对汉娜耳语道。

"没有，"汉娜低声给出了回答，"您呢？"

"我能吻您一下吗？"

汉娜睁开眼睛，接纳了他的吻。她本来担心罗伯特会很粗鲁，但他其实很温柔。他皮肤的热度和对女性的渴望让她有点害怕，她只得紧紧地抱住了他。生活真的不缺乏幽默感，汉娜在塞村第一次体味了性爱。

● ∞

旅店的餐厅有着别样的乡村风情。里面放着八张木质桌子，窗户边是带花边的短窗帘，墙上还有一个不停发出嘀嗒声的挂钟。布鲁韦太太几乎是倾尽所有来招待客人，村里还有一个女孩过来帮忙。中午的主菜是番茄甜椒炒蛋，晚上则是土豆洋葱蛋饼和海盐蛋糕。四天四夜的休息之后，汉娜和罗伯特终于恢复了体力，爱情的滋润也让他们恢复了好气色。虽然罗伯特的嘴唇还肿着，但他还是毫不吝惜自己的吻。每次当他进入的时候，汉娜就觉得自己好像又看到了生命之光：罗伯特的热量驱散了死神。

一个星期过去了，布鲁韦太太敲响了房间的门，让他们从楼上下来。有人正在餐厅里等他们，这是一个可以带他们进入西班牙的人。

当天晚上，他们就跟着这个人一起出发了。想要越境的人组成了一支队伍，一共有十个人。其中主要是些巴黎的学生，他们想去阿尔及尔和法国民族解放委员会的队伍会合。带头人很惊讶罗伯特并没有同负责国外飞行员联络事务的"行星"组织取得联系。罗伯特向他解释说自己自从入境之后就和上级失去了联系。

"情况还不错，"带头人向大家解释道，"天气预报说接下来会有一个好天气，要知道，在山上，恶劣的气候可是要比德国鬼子更可怕。自从联军登陆以来，德国巡逻队出现得也少了。他们担心联军会在南方再次登陆，对他们形成合围之势，所以就把很多兵力调走了。去年，德国人大概派了三千人在这里防止人越境，今年就要少得多了，不过最好还是小心点。你们年纪都差不多，应该可以保持同样的速度。不过得要二十三小时才能翻过去，一定要做好准备。"

布鲁韦太太给他们准备了一些厚衣服。汉娜想要付钱，但布鲁韦太太拒绝了。

"留着钱路上用吧，按理说你们每个人要支付两千法郎，不过我替你们砍了一半。何塞是个很好的带队人，他会把你们一直带到阿隆斯迪斯尔。等到你们看到那座有夏娃像的罗曼式小教堂的时候，你们就自由了。不过应该说是几乎自由了，在西班牙也要小心，在那里被抓到的法国人都会被送进米兰达集中营。"

当天晚上，晚饭一直都在一种庄严肃穆的气氛下进行。餐桌上没有人说话，等到布鲁韦太太端上蛋糕的时候，大家唱起了巴斯克民歌，将要启程的人们不由得热泪盈眶。

●　◯◯

翻越比利牛斯山远比领队说得要更难。人们走到几乎脱力，直到有人失足掉落悬崖，领队才决定停下来休整。虽然当时是夏天，山口的温度还是低于零摄氏度，凛冽的大风则进一步降低了体感温度。经过阿内托峰的时候，他们踏过了万年不化的冰雪，汉娜的脚完全冻僵了，但她还是表现出了令人惊讶的勇气。和他们一起的几名学生之前就已经在横穿法国的行程中耗尽了力气，营养也有些不良。大家彼此扶持，向导也在强迫他们前进。山坡很陡，但有同伴的护持就会容易很多。早晨的时候，山上的日出美景让每个人都记忆犹新。

最后，他们看到了那座小教堂。向导给他们指了一条路，可以下到山谷中去。

"我们已经到西班牙了。祝各位一路顺风，长命百岁。"

然后他就摘下了自己的贝雷帽，让大家把薪酬放在里面。所有人都掏空了口袋，不过钱还是要比预计的少很多，但向导没有表现出任何的不悦，而是直接启程回了法国。

又走了四小时，有一对牧羊的夫妇看到了这群奇怪的人。不过他们似乎并不惊讶，只是请他们进了自己的房子，端来了玉米粥和羊奶，什么问题都没问。

有了这顿饭，他们用了一晚上的时间就恢复了力气。几个西班牙的工人开着卡车，把他们送到了一家可靠的客栈。

客栈里有部电话，罗伯特和美国领事馆取得了联系。接下来的时间里，他们一直在客栈里睡觉，傍晚的时候有一辆小轿车来接他们。一段漫长的行程之后，他们来到了马德里。

他们在美国领事馆停留了一个星期。军队的一名联络官询问了罗伯特。确认过他的身份之后，人们提出可以把他带到直布罗陀海峡，他可以在那儿搭船回家。领事告诉他，因为汉娜不是美国人，所以不能上船。罗伯特发了很大的脾气，拒绝离开汉娜。领事表示抱歉，但是他也没有任何办法。

第二天，领事为他们二人主持了婚礼，汉娜变成了美国公民。

十天以后，汉娜站在甲板上，目送着海岸线渐渐远去。她靠在丈夫的身上，感谢他救了自己的性命。

"应当表示谢意的人是我。"罗伯特感动地回答道，"我们一起熬过了这场噩梦。要是没有你，我肯定早就放弃了。"

一个人要回国，另一个人要离开祖国去往未知之地，他们两个人唯一的行李就是那个罗伯特从未离身的挎包。

第四部分

过去从未过去

我在你身边度过了人生中最快乐的几年，不管在我们身上发生过什么，你都会永远住在我心里。

31

艾琳－卢比

二〇一六年十月，巴尔的摩

这家小酒馆的客人也算得上是多种多样：有不停地盯着手机的生意人；有一直对着笔记本电脑打游戏的学生；还有三个怀孕的女人一直在讨论婴儿服和婴儿车的品牌；另有一对情侣默默无话；最后还有一对老年夫妇正在津津有味地吃着面前的甜点。

乔治－哈里森给我们两个人选了吧台旁边的座位。我选了一份混合沙拉，还有一杯零度可乐。

"您一直在椅子上转来转去，大堂里有什么好看的？"

"有很多人。"我回答道。

"每次当您到一个不熟悉的城市的时候，一般会选择什么切入角度？"

"角度？什么角度？"

"我说的是您写文章的角度。"

"一般我会选择露天市场，这是一个绝佳的场所，能很好地帮助我们观察社会的各个不同阶层是如何和睦共处的。而且只要看看货架，就能理解这个地区的价值观：他们认为贵的东西是什么，顾客都愿意买什么样的货品。"

"嗯，我想我能明白。"乔治－哈里森边说边放下了手中的酒杯。

他一口气就喝干了杯中的啤酒，三口两口就吃掉了手中的三明治。要是换成别的男人，我肯定会觉得很粗鲁，可是在他身上，我却只感到迷人。

乔治－哈里森身上有着一种浑然天成的优雅，他的气质里不带有任何的算计，有着一种令人安心的平静感。更为迷人的是，他的全身上下都透着诚恳。哪怕是生气的时候，他的声音也是平缓的。我之前那位《华盛顿邮报》的记者就没有这些优点，他从来不会问我写文章时选择的切入角度，坚信他的工作比我的要更重要，我有时会觉得自己一定是瞎了眼，才会在他身上浪费这么多时间。我的工作太不稳定了，甚至会让我忽视了现实的事物。

一个穿着毛衣牛仔裤的女孩走进了酒吧，有那么一瞬间，那些埋首于电脑游戏的学生都抬起了头，准备给这个女生打分。这个女孩很迷人，而且她自己也知道这一点。她约莫要比我小十岁，我很嫉妒她那种无所谓的态度。我实在太蠢了，要是能让时光倒退十年，我真的是什么都愿意做。成长是一件艰难的事情，直到现在，我仍然怀念那个年代：十年前的我，一跳下床去，不管穿上什么都是自己最美的样子。女孩坐到了一张桌子的旁边，我开始在想乔治－哈里森有没有注意到她，但随后就看到他望着别处，我甚至还为此有点窃喜。

"您呢？您在制造家具的时候，第一步要做什么？"

乔治－哈里森狡黠地笑了。

"拿起工具。我知道您是出于礼貌，不过您大可以不必问我这个问题的。"

这就是所谓的"抓了个现行"吧。我的脸上不禁有些尴尬，乔治－哈里森也注意到了。

　　"我在跟您开玩笑呢。我第一件要做的事情就是设计一个图样。"

　　"给我画一只羊吧。"①

　　"我还从来没有做过羊。不过要是您愿意的话，我可以给您打一个装羊的柜子，上头再钻几个孔，好让您的小羊能自由呼吸。"

　　"这是我最喜欢的书。"我告诉他。

　　"我想您应该不是这本书唯一的粉丝。"

　　"我知道，我就是一个这么没有个性的人。您呢？"

　　《查理和巧克力工厂》。您肯定要问我为什么，我可以立即告诉您：因为我喜欢威利·旺卡。但是给我的青春期留下最深印记的一首诗应该是吉卜林的《如果》。"

　　他会喜欢这首诗显然是再自然不过的事情，他肯定希望自己能有一个爸爸，给他读出诗中的句子。我答应要帮乔治－哈里森进行调查，不过在调查之前恐怕还有其他的事情要做。

　　"对不起，"他说道，"您之前说我们一定要加深一下了解，看来我又把事情搞复杂了。"

　　"这不是我的本意。"我对他说了谎。

　　"太遗憾了"，他叹了一口气，"自打我们碰面以来，就一直在讨论过往的事情。但是我知道您还有其他的事情要做，我也不应该对长辈的过去太过执着。您想不想出去走一走？这个三明治让我觉得肚子很胀。"

　　我本来想建议他下次对食物一定要充分咀嚼再下咽，可是最终还是

---

① "给我画一只羊吧。"是《小王子》里的经典对白，因此接下来的"这是我最喜欢的书"这句对白里的"书"指的是《小王子》。

没有说出口，这真不是我的风格。我只好抓起包，陪他走出了餐厅。

我们沉默着，沿着小路一直向前走。路上有一家纪念品商店，我就走了进去，想给米歇尔选一件礼物，却没找到他可能会感兴趣的东西。我还差点走进了一家卖 T 恤的店，似乎是想为自己消失的二十岁留下点念想。乔治－哈里森看出了我的意图，把我拖进了店里。他在衣架上翻来翻去，还在陈设柜上看了很久，最后递给了我两件 T 恤。我不想拒绝他的好意，就顺从地去试了试，不过效果都不算太好。他摇了摇头，用动作表示了否定，然后又去找了两件。我们看起来就像一对一起逛街的情侣，虽然我们并没有在一起。走出店门之后，有那么一瞬间，我以为他要牵起我的手。我想我自己是不会反对的，因为已经很久没有男人和我手拉着手一起散步了。这个动作本身并没有太大的意义，但是当一个女人已经出现这一类幻想的时候，就该给自己敲响警钟了。我们转过了一个街角，他突然说道：

"我和您一起度过了一段快乐的时光。也许把这种话说出来会显得很傻，不过我还是想要告诉您。"

"不，说出来并不会显得傻，其实我也很开心。"

在这种情况下，会有至少十分之一的可能，他会站住，然后直视我的眼睛，尝试着亲吻我。

但是今天显然不是我的幸运日，很长时间过去了，却什么都没有发生，我就中止了这种没有意义的幻想。

不过我还是买下了一件他为我选的 T 恤。回到伦敦以后我就会穿的：我会套着它坐在电视前，手里端着一杯酒，为我这可怜的自由干杯。

我立刻就想起了伦敦，想起了爸爸。时机已经成熟了，我应该盘问他一下。他知道的事情肯定比我更多，虽然之前他一直不愿意说。我独自一人坐到了一张长椅上——现在伦敦才晚上八点，我不会吵到他的。

电话接通音已经响了五声，爸爸还是没有接电话，我开始担心了。后来接通之后，我就听到他旁边有着嘈杂的人声。

"雷·多诺万，有什么可以帮到您吗？"爸爸在那头清了清嗓子。

"你是在看电视吗？那边怎么那么吵？"

"亲爱的，家里来客人了，"爸爸回答道，"今天玛吉和弗瑞德来看我，还带了两个朋友，我这儿一下子就热闹起来了。他们还送了我好酒，不过可不止一瓶，你应该明白我的意思。"

"什么朋友？"

"一些很讨人喜欢的朋友。那个男生也是开餐馆的，女生在广告公司工作。你应该不认识他们。你要跟你妹妹说句话吗？"

自从我到了巴尔的摩之后，玛吉就没有打听过我的近况，就好像她对我的调查完全不感兴趣一样。她也从来不主动给我打电话，假装自己付不起越洋电话费。不，我一点都不想跟她说话，因为我突然觉得自己离她的生活很遥远。我从来没听她提起过这两个朋友。是弗瑞德的朋友吗？我知道，自己其实是嫉妒了，嫉妒妹妹拥有我所没有的社交生活。我又嫉妒，又羞愧，羞愧的原因是玛吉对我的现状并没有任何责任，她也没有必要陪我承担后果。回头吧，总有一天我会向她道歉的，我有的时候对她真的太刻薄了。爸爸就算是真的在暗暗资助她我也不会生气了。我完全不在乎金钱，我要在圣爱迪娜和圣帕齐面前立誓，再也不会有比我更淡泊物质利益的人了。

"艾比？你还在吗？"

"我是找你的，只想跟你说话，"我继续说道，"你能找个方便说话的地方吗？"

"别挂，我到卧室里去。"

爸爸坐在了床上，坐下的同时还抱怨了一声。他的膝盖一直有问题，只要一弯就会疼痛。

"好了，我在卧室了。你遇到问题了？"

"没有，一切都很好。"

"那边天气如何？"

"爸爸，我从这么远的地方打过来不是为了和你讨论天气的。你得告诉我真相？妈妈在巴尔的摩到底做了什么？"

对面出现了短暂的沉默，但我能听到爸爸的呼吸声。

"你不是因为工作才着急要走的，对吗？"

哪怕是在电话里，我也不知道该如何说谎，所以我把匿名信和其他的事情一股脑都告诉了爸爸，但是我没有跟他提起那张照片，也不敢告诉他在那张照片上妈妈正在亲吻乔治－哈里森的母亲。爸爸又沉默了一会儿，最后才开始组织语言。

"之前我告诉你们妈妈回国来找我，其实这不是事实。她的国家其实是美国。你妈妈出生在巴尔的摩，"爸爸继续说道，"她在那里长大，后来被送到伦敦来读寄宿学校。在这里她陷入了深深的孤独，直到在一家夜店里遇到了我。后来你就知道了，我们交往了几年，但她还是决定回美国和家人修复关系，直到十年后才回来。"

"妈妈没有亲人的，你跟我们说她是在孤儿院长大的。"

"她十四岁的时候就被家人送到寄宿学校了，在这里她没有亲人，就和在孤儿院一样。"

"为什么不告诉我们实情呢？"

"这些问题你应该问她，不过一切已经太迟了。艾比，我求你了，不要把你妈妈的过去搅得天翻地覆，你不能怀疑她对你的爱，一秒都不可以，她爱你甚至胜过你的哥哥和妹妹。让她安息吧，让她的青春随着她的死亡一起消失吧，她永远都是你记忆中的母亲。"

"刚刚我告诉你，妈妈偷过东西，你甚至都没有打断我。看来她是告诉过你的。"

"我不许你把妈妈当成小偷！"爸爸愤怒了。

"爸爸，我有证据。我今天早上去了警察局，看到了当时的卷宗。三十五年前，妈妈撬开了当地一户豪门的保险柜。拜托，你不要再撒谎了。我的生活里既没有圣诞老人也没有白马王子，你是我唯一可以信任的人。"

"这不是一户普通的豪门，亲爱的，这是你妈妈的家。既然你已经看到了警方的资料，我想你也会很快查到别的东西。她的姓氏其实是她外公的，后者叫山姆·戈登斯坦。我们结婚注册的时候她用的就是这个姓氏。"

"她为什么要改名换姓呢？"

"因为她想要摆脱以往的生活，不希望你们有一天得知真相。"

"为什么？"

"为了摆脱诅咒。她希望自己的小孩可以是多诺万家的人，而不再是斯坦菲尔德。"

我完全呆住了——这次是我失去了表达能力。

"所以妈妈是汉娜和罗伯特·斯坦菲尔德的女儿？"

"在某种意义上，是的。"

"你说的诅咒是什么？"

"背叛、谎言、绝情，以及这个家庭接连遭遇的悲剧。"

"那这些我从来没见过面的外公外婆后来怎么样了？"

"他们不是你的外公外婆，他们和自己的女儿断绝了关系，"爸爸叫喊起来，"他们已经死了！艾比，我求你了，不要去找他们的墓，不然你的妈妈在地下都不会安生的！你明白了吗？！"

我从来没有见过爸爸生气，他的语气让我害怕。我已经三十五岁了，但我感觉到之前那个惹完事却又害怕的小女孩在一瞬间回到了我的身上。眼泪很快就涌上了眼眶。

乔治－哈里森走了过来，他看到我在抽泣，就伸出手臂搂住了我。

"怎么了？为什么会搞成这个样子？"

他把手放在我的脖颈上，我一下就哭倒在了他的怀里。一直等到我哭够了，才一边抽噎一边把实情告诉了他。

伴随着这通电话，我的世界都崩塌了。一直以来，妈妈都在说谎，我连自己是谁都不知道。在她眼里，我的外公外婆是天底下最讨厌的人，但要不是她私自替我们做了决定，我本来可以认识一下这两位老人的。我也不是纯粹的英国人，我有一半是美国血统。最重要的是，在爸爸的怒火中，我意识到自己不仅是多诺万家的长女，还是斯坦菲尔德家的最后一代后人。

乔治－哈里森用手背擦拭着我的眼泪，盯着我的脸。

"我知道信息量有点大，不过我想最让人难过的应该是你爸爸直接挂断了电话。您应该再给他打过去。"

"我再也不给他打电话了！"

"他应该和您一样生气，不过您应该先让步。一下子说了那么多，恐怕他自己也有些无法接受。"

我摇了摇头，但乔治－哈里森还是在耐心地劝我。

"您很幸运，有这么一位好父亲，不要再像个被宠坏的小孩一样行事了，虽然这样的您很可爱。不过当初我在学校的时候，可是最不喜欢跟这种小孩来往的。"

"最后一句话是什么意思？"

"没什么意思，只是在想当年那些喜欢您的小男生一定吃了不少苦头。"

"胡说八道！"

我的手机振动起来，乔治－哈里森冲我笑了一下，就很自觉地走开了。我最终还是接起了电话。

"你到底跟爸爸说了什么，把他变成了这副样子？"玛吉喊道，"他一直没有出来，我走到卧室里才看到他坐在床上，整个人都呆了！你明明在世界的另一头，可还是成功地搞砸了一场聚会。"

我一点都不想和她吵架。而且这是一个考验决心的时刻，我就尽力保持了冷静，把所有的事实都向玛吉和盘托出了。每当我说完一句话，她就会在电话的那头愣上一会儿，再狠狠地说一句"什么。"一小会儿的时间里，我至少听到了十次"什么"。最后我陈述了那个事实，米歇尔、她还有我，我们都是著名的弗雷德里克·斯坦菲尔德的后人，也是著名的斯坦菲尔德家族的后裔，电话那头已经连"什么"都说不出来了，取而代之的是："天哪，这是什么世界，我的天哪！"

"好吧，现在我们要做的有以下几点，"玛吉的声音听起来很兴奋，"我来搞定爸爸，当然平时我也是这么做的，不过这次首先得让你们重归于好。给他一晚上时间让他平复一下，明天早上再打电话过来道歉。"

"我为什么要道歉？是他们隐瞒了我们的出身！要不是那封该死的

信，要不是我远赴重洋到这里调查，我到现在都不知道自己是谁！"

"无论如何，父母都给了我们全部的爱。你必须得道歉，因为他是世界上最好的爸爸，我所有的朋友都嫉妒我们。他也是世界上最慷慨的男人，除了嘴馋和对那辆破车无可救药的依恋，我想不出他还有别的什么缺点。所以面对这样的爸爸，你必须得顾及他的尊严！"

我才是姐姐，不过这也不是我今天的第一次让步，所以我保持了沉默。

"在我搞定爸爸的同时，你去找这笔宝藏，不管它是以什么形式存在的。我不认为妈妈会傻到放弃自己的那一份，我也想搬到伦敦去住，不过不想住到弗瑞德那里，你明白我的意思的。全靠你了，干活去吧，有消息随时通知我。"

"请，应该是有消息请随时通知我！"我重复道。

"你和你的披头士进展到哪一步了？"她又开始盘问我。

"哪一步都不是。"我苦笑道。

"嗯，那就好，千万要保持警惕，他说不定是为了宝藏才和你待在一起的。现在我们还没有证据，能证明这一切的策划人不是他。"

"玛吉，你说话还真是不经过大脑。"

"我大脑最擅长的就是识别男人。明天见。"

接着她就挂断了电话。

现在，我知道了自己属于一个完全不了解的家族，而且我也永远不可能见到其他的长辈。出于对妈妈的尊重，我不会去拜谒他们的墓地。再说，祭拜也不会有任何意义，纯粹是对妈妈的背叛。妈妈放弃了原有的姓氏，改姓戈登斯坦，一定是因为她外公是个很好的人，这让我很想去了解他的生平。当然我也应该多了解一些斯坦菲尔德家族，这样才公平。

乔治－哈里森正在卡车里等我，我走了过去。他满脸都是关切的神色，想要弄清楚我是否跟爸爸和好了。不管玛吉怎么想，我都不会相信他是幕后黑手。

"还好吗？"他侧过身帮我打开了车门。

"明天一切都会好的。"

"太好了，现在我们去哪儿？"

我觉得很内疚，因为我这边的进展很快，但乔治－哈里森一无所获。我真诚地向他道了歉。

"别担心，我保证一定会找到他的。"

"再看看吧，我刚刚想到了一个人，他应该能给我们提供更多的信息。明天我们再去见见夏洛克教授吧。"

对当时的我来说，巴尔的摩街头的这辆小货车就是世界上最浪漫的地方，满溢的情感让我吻上了乔治－哈里森的唇。

这是一个绵长而温柔的吻，我们已经忘记了身处何地。奇怪的是，我们已经熟悉到不像是第一次亲吻。我们是如此默契，像是多年的恋人一般。

"我也不知道自己是怎么了。"我喃喃地说道，脸都羞红了。

乔治－哈里森什么都没说，只是牵住了我的手。

32
艾琳－卢比

二〇一六年十月，巴尔的摩

在下午剩下的时光里，气氛颇有些微妙。乔治－哈里森就像平常一样，好像我们之间什么都没有发生过。吃饭的时候，我有些心不在焉，他只好一个人说两个人的话。由于实在找不到话题，他只好聊起了自己的母亲。显然，他对后者有着毫不加掩饰的崇拜。她是一个天性自由的女人，从来没有怀疑过自己存在的价值。

"她的生活艺术，就是全身心地去接受所有的事物，哪怕是那些最让人绝望的东西。我必须得承认，有的时候她做得也有些过头。我刚开始做木匠的时候，她逼迫我必须拿出一笔钱来存上，用来补种那些被我砍伐的树木。其实这根本没有任何道理，适度的砍伐能促进森林的自我更新，不过她根本不听我的解释，只要我一开口她就会引用亚马孙雨林的例子。对她来说，保护地球、保护未成年人、对抗社会不公、反抗权威、为自由而战……这些都是顶顶重要的事情。她最关注的事情还是腐败，她痛恨所有为了权力和金钱泯灭自己本性的人。我都不记得有多少次，她看着报纸也会发火。在她得病之前，还经常发火呢。她说：'每天都有数以千计的孩子因为炸弹、饥饿和恶劣的工作环境而丧生，这些人居然还有心情去迫害另外一些人，多可笑的伪君子啊！"嗯，她的原话大概就是这样。社会的不公也是她最喜欢谈论的话题之一。"'你只要少付一笔罚单，立刻就会有人来拖走你的车。但是对另外一些人呢，他们可以自由地从国库里取钱，从公共市场上牟利，国家还要给他们支付薪水！哪怕被抓了现行，人们也只不过是拍拍他们的手，告诉他们没关系。'有的时候，我都怀疑她是因为太爱生气了，才得了阿尔茨海默症。"

倒也不是他的话让我觉得无聊，但我的确觉得这是一个漫长的夜晚。我希望他不要再叫甜点了，不过这个希望很快就破灭了，他真是个大胃王啊。我看着在各个桌子间跑来跑去的服务生，恨不得跟他调换位置。我借口需要上厕所，终于摆脱了乔治-哈里森。等到我回来的时候，他已经付过账，做好了离开的准备。

我们走回了宾馆。从电梯出来之后，他对我说：

"我度过了一个愉快的夜晚，但您没有。我很抱歉，可能是我话太多了。明天见。"

他把我一个人留在了走廊里。我就像是一座爆发前的火山，我简直想冲到他的房间里去，问他是不是还记得，他的舌头今天下午在我嘴里进行了一场历险。不过至少，他明确地向我传达了某种信息，从明天开始，我就要像他一样，装作什么都没有发生过。

我一直都睡不着，翻来覆去地想着之前和爸爸的通话。清晨的时候，我做了一个噩梦，梦见自己来到了斯坦菲尔德家的大宅。宅子很气派，有着木镶的墙壁，大理石铺就的地板，还有漂亮的水晶顶灯。我走过一面镜子的前面，看到自己穿着仆人的衣服：身上是一件收腰的条纹连衣裙，棕红色的头发上扎着有花边的发带，手里端着沉重的托盘，笨手笨脚地走进了餐厅。餐厅中有一张巨大的桃木桌子，汉娜和罗伯特·斯坦菲尔德分别坐在两端，桌上陈列着烛台与银质餐具。我的妈妈还是个小女孩，端正地坐在椅子上。在她的对面，有一位老人正在和善地笑着。在我给女主人布菜的时候，她提醒我托盘歪掉了，要是汤汁弄脏地上的波斯地毯的话，她会从我的工资里扣除清理费用。接着她做了一个不容分辩的手势，让我给其他人上菜。布菜的过程中，妈妈的外公跟我使了一个眼色。等到我走到妈妈旁边的时候，她伸出脚来把我绊倒了。我整个人摔倒在地，桌上的人都笑了起来。

我醒了过来，全身都是冷汗。我只好打开了房间的窗户，看着初升的朝阳照在巴尔的摩的码头上。

●　◐

"睡得好吗？"早餐的时候乔治－哈里森问了我这个问题。

"睡得就跟睡鼠一样沉。"我一边说一边看着菜单。

过了一会儿，我们上了卡车，朝着大学驶去。

夏洛克让我们等了一个多小时。他的秘书说他还在改学生的试卷，要等改完之后才能接待我们。

我们走进了他的办公室，他看起来心情不错。

"我有什么能帮你们的？"他问道。

我立刻就决定，这次要由我来问问题。

"山姆·戈登斯坦是谁？"

"一位很有名的艺术品商人，汉娜·斯坦菲尔德的父亲。不过看起来你们已经知道了。"

"那就跟我们说点我们不知道的吧。"

"这已经是我第二次接待你们了。我想二位应该已经注意到了，除了陪着外国人玩猜谜游戏，我还有其他的工作要做。能不能告诉我你们来访的真正意图？为什么对这个家族这么感兴趣？"

乔治－哈里森把手放在了我的膝盖上。我知道他是在告诉我回答之前要好好想一想。要是教授就是那个写匿名信的人，我们就是羊入虎口了。

"请说吧！"他还在坚持。

"我是汉娜·斯坦菲尔德的外孙女，萨莉－安是我的母亲。"

教授惊讶地看着我。他缓缓地站起身来，这一次倒没做鬼脸，就好像他的坐骨神经痛只是一场遥远的回忆。然后他就走到了床边，出神地看着校园，捋了捋胡子。

"如果你们说的是真的，一切就都不一样了。"他喃喃地说。

"什么不一样？"乔治－哈里森问道。

"首先，我之前对二位的事情完全不感兴趣，现在就不会这样了。如果您是斯坦菲尔德家的人，我们就有合作的空间了。"

"您是指斯坦菲尔德家族的财产？"

"要不您就是比较傻，要不就是您很没有礼貌。我个人还是希望您是个没有礼貌的人，否则我接下来要说的话就纯粹是浪费时间。二位看起来并不是太富有，如果你们是想继承家族遗产的话，肯定会失望的，因为什么都没能留下。"

"要不您就是比较傻，要不就是您很没有礼貌，"我回答道，"我也不知道自己更倾向于哪种情况。"

"您这么跟我说话，还真是很有勇气啊！"

"是您先挑衅的！"

"好吧，我们先谈条件吧。我有个交易想跟二位商量。"

夏洛克承认他之前撒了谎，汉娜当时把他赶出了大宅，但之后他还一直跟罗伯特保持联系。他说他只是故意隐瞒了这一点，因为那个时候他不认为有向我们交代全部实情的义务。

"如果说汉娜只喜欢她的儿子的话，那她丈夫就是把全部的爱倾注到了女儿身上。事实上，在萨莉－安开始讨厌他的时候，这对他来说可是个严峻的考验。萨莉－安选择了自我放逐，去英国读寄宿学校，这让情况变得更糟糕了，也让罗伯特陷入了一种完全孤独的境地。他愿意付出任何代价，只要能修复和女儿的关系。我很确定，要不是他太太插手，他一定会坚持到底的。但是汉娜才是家里的掌权人，她是个铁腕人物。"

"那为什么妈妈会讨厌她的父亲？她爸爸对她动手了？"

"罗伯特？针对自己的女儿？永远都不会的！萨莉－安只是碰巧听到了一场谈话，当时她最多只有十二岁。"

"你一直在叫他的名字，好像你们很亲密似的。"

"我们后来的确很亲密。自第一次在书房见面的几个月之后，他就过来看我了。当时他就坐在这把椅子上，就是您现在坐的那把。既然我对斯坦菲尔德家族感兴趣，他就主动提出可以帮我找些材料，只要我愿意拿出一章的篇幅来写他的故事。罗伯特需要倾诉，尤其是需要向一个信得过的局外人倾诉。"

"为什么要倾诉？倾诉什么？"

"让真相大白于天下。让他的女儿有朝一日能够得知真相，原谅他，回到他的身边。我觉得这是一个完善我写作计划的机会，所以立刻就答应了。当然我也提出了自己的要求。也就是说，我不会美化事实，会完全客观地还原事实。他答应了。我们每个星期三都会在这间办公室碰面。他会给我带来一些珍贵的文献，每次都只有一点点，这样他的太太就不会察觉了。我们的聚会持续了好几个月，嗯，最后我们还变成了朋友。他希望我能快一点成稿，但是因为我还在学校任教，还有其他的研究任务，所以迟迟没有动笔。不过后来我还是写了一部手稿，虽然汉娜叫停了这项计划。我不知道汉娜是怎么威胁罗伯特的，但是罗伯特恳求我停止一切计划。我们之间的友情让我不得不遵从了他的要求。"

"那他死后您为什么不继续？"

"有鉴于他死时的情形，我想这是一种有尊严的死法。除了对他的死亡深感痛惜，还有一个原因让我不能出版这部作品。我们签订的合约中有一条，那就是他有审稿的权利。我不能无视他的意见。"

"我妈妈到底听到了什么谈话？"我再次提问。

夏洛克教授定定地看着我，好像在犹豫什么。

"我们也定一个约定吧，"他换了一种严肃的语调，"我可以告诉你们一切，但你们必须给我授权，让我可以出版那本著作。既然您也是斯坦菲尔德家族的人，您的授权当然可以帮助我摆脱目前的窘境。"

他从上衣口袋里扯出了一条链子，但链子的尽头并不是一个怀表，而是一把钥匙。他走到一个柜子前，从里面拿出了一沓很厚的手稿。

"一切都在这里，在这手稿上。你们感兴趣的内容应该分布在两章里，分别是'一九四四'和'一九四七'。拿回去看吧，回头再来找我，我会跟你们讲接下来发生的事情的。"

他把我们送出了办公室，祝我们好运。

● ◎◎

接下来的时间里，我一直泡在学校的图书馆，认真地读着"一九四四"这一章。每次我看完一页，都会让乔治－哈里森再读一遍。

就这样，我明白了巴尔的摩的罗伯特·斯坦菲尔德为什么会去了法国丛林中的小屋。他是怎样和山姆·戈登斯坦产生了友谊，他又参加了哪些秘密活动，他遭受了怎样的虐待，怎样逃脱，怎样以极大的勇气保护了他未来的妻子，还冒着很大的风险带她翻越了比利牛斯山。

一直到傍晚时分，我都不明白妈妈为什么会憎恶这样的一个男人，一个为了救人性命而在马德里大使馆和汉娜结婚的男人。这是一个守信的男人，他把山姆的女儿带回了美国。

还有最后一章，也许读过之后我就能明白在回到美国的外祖父母身上发生了什么。

33

罗伯特和汉娜

一九四四年七月至一九四六年三月，纽约

直到罗伯特和汉娜看到自由女神像在纽约港清晨的薄雾中出现，战争也还远未结束。对他们俩来说，这都不是第一次看到这尊著名的雕像，但是有鉴于之前的经历，自由女神的身影还是在他们心中掀起了较大的情感波澜，让双方对彼此的结合有了更深刻的感悟。

经过移民局的检查之后，他们坐上了一辆出租车。罗伯特要求出租车司机把他们送到嘉丽酒店，那是一个上流社会人士出没的场所，从卧房里可以看到中央公园的全景。

在等待工作人员为他们准备套房的过程中，他们去了酒店的餐厅。罗伯特叫了两份早餐，然后给父母打了一个电话。在马德里的时候，他没能联系上他们，只得发了一个电报，告知父母自己还活着的消息。不过要向他们宣布自己已经为他们找了个儿媳妇，恐怕他还有很长的路要走。至少要告诉他们自己不是一个人回来的，而且得让父母给自己打来足够的钱，好支付宾馆的钱，让他们能在返回巴尔的摩之前活下来。

听到罗伯特马上就要回来，管家别无选择，只能向他坦陈了事实。罗伯特的父亲已经在赌桌上失去了属于斯坦菲尔德家族最后的财产，连家族的大宅都被法院没收抵债了。家里的用人就只剩下管家和一位女仆了，后者要负责宅院的维护。

罗伯特感觉自己受到了严重的侮辱。汉娜还有一点钱，但根本不足以让他们过奢侈的生活。他们立刻搬离了嘉丽酒店，在第八大道和 37 街的交会处租了一个小房间，那边是个爱尔兰族裔聚居的街区。这幢公寓楼简直就是狗窝，街区危险到只要天色暗下来就不能出门。汉娜拒绝继续住在那里。在纽约的第一个星期，她几乎浏览了纽约所有的租房广告，希望可以住在一个便宜的房子里，但至少不要这么乱。当时，有很多二十世纪三十年代从德国逃过来的犹太人住在纽约的上西区。有一个私人旅馆的房东同意把底楼的小公寓租给他们，价格合理且不需要押金。搬过去之后，汉娜才感觉到自己紧绷的神经放松了一点。在这个街区，出门散步的时候至少不用过于害怕，只要时间允许，她会一直走到中央公园。每当看到公园西侧的那些公寓楼气派的大门的时候，她都会想起小时候来纽约旅行的经历。她有时会抬起眼睛看着这些窗户，想象住在这里的人过着怎样惬意的生活。

罗伯特也抛却了自尊，开始打些零活来养家糊口。他总是清晨很早就离开家，辗转在各个求职中心之间。不过他能找到的职位通常都不太稳定。他在码头做过装卸工，还在衬衫店打过工，最后在一家运送酒水的公司找到了一份司机的工作。老板是个和气的人，在守时方面有很高的要求，但很尊重工人。秋末的时候，一个同事给他介绍了一份运输走私物品的工作，这可相当于在法律的黑色地带跳舞。每天下班之后，罗伯特都会私自留下卡车的钥匙。晚上，他需要开着车穿过哈得孙河，到新泽西州去，运送一批走私来的烟酒。

这个工作当然没有生命危险，但要是被警察抓住了，还是有很大麻烦的。不过与之相应的，酬劳也是挺可观的，跑一趟活就能挣200美元。罗伯特周末的时候跑了四趟，用这笔钱略微改善了他们的生活条件。

从此之后，他会在每个星期三的时候带汉娜去餐馆吃饭，星期六他们还会去西村的爵士俱乐部跳舞。

后来有一天，罗伯特回到家，却看到汉娜在对着煤气炉哭泣。她没有发出任何声音，整个面庞都笼罩在蔬菜汤的蒸气中。罗伯特什么都没说，只是坐到了餐桌旁。汉娜把食物端上桌，然后就去睡了。

罗伯特跟着来到卧室，躺在了她的身边。

"我知道你付出了很多努力，我什么怨言都没有，恰恰相反，要不是因为我，你也不会吃这么多的苦。但这的确不是我想要的生活。"她说。

"我们一定能熬过去，这只是有没有耐心的问题。只要我们团结一致，就肯定能做到的。"

"团结一致？"汉娜叹了口气，"你可真是选了一个好词。每天我都独自一人待在家里，无论是工作日还是周末。周末的时候，我知道你在做些见不得光的勾当。你每天半夜的时候都会悄悄离开家，我明白这意味着什么。你只是个司机，凭你的收入我们是去不起餐厅的，也买不起这个冰箱，更不可能买得起你送给我的那条裙子。"

"我给你买那条裙子，只是因为你穿上之后实在是太漂亮了。"

"我不想穿，我不要来路不明的钱，我也不愿意继续过这样的生活。"

　　汉娜花了很长的时间在富人区散步。只要看看自己的周围，她就能看到许多有吸引力的人：他们穿着漂亮的衣服，开着豪华的汽车。透过餐厅的玻璃和商店的橱窗，她也能看到这些人，她的整个童年时代都混迹在这种氛围里，但现在她连走进这些餐厅和商店的权利都没有。战争和父亲的离世将她驱逐出了原有的世界，她就像是迷失在幻境里的爱丽丝，一直在找能够让她回到旧有幻境的出口。

　　"你不明白，仅凭你的工作我们永远不能达到目的。我不希望你被送进监狱，这些钱不值得你为之付出牢狱之苦。"

　　"你是认真的？"罗伯特很惊讶。

　　"你要是继续和这些不三不四的人来往，我一定会离开你的。要是能回法国就好了。"

　　"哪有什么用？"

　　"有一天我会跟你解释的。"

　　汉娜毫不怀疑，自己的这番话会对他们的未来产生决定性影响，而且罗伯特之后可能会为了隐瞒而对自己撒谎。最荒谬的是，他做的这些事，都是以爱她的名义。

　　一九四四年十二月的月末，一场大雪让整个城市都披上了银装。

　　那是一个新年前夜，罗伯特向汉娜保证自己一定会回来吃晚饭的。汉娜还特别动用了存款，准备了一场节日大餐。她去了上西区有名的施瓦兹杂货铺，买了熏鱼、烤肠、三文鱼鱼子酱和带糖的奶油圆面包。然后她就回到了家里，摆好了餐具，穿上了罗伯特送的裙子——之前她还从来没有穿过。

夜幕降临了，罗伯特在进行新年前的最后一次配送工作。整个码头都淹没在黑暗里。在这个阖家团圆的夜晚，应该不可能会遇到巡警。烟酒也不是容易引起注意力的货物。之前两个码头工人还帮他把东西装上了卡车，临走前还不忘祝他新年快乐。罗伯特锁上了车厢，爬到驾驶室里，发动了车子。经过两个起重机的时候，他突然在后视镜里看到了一个闪烁的红点。一辆警车！警察拉响了警报器，跟着他的车开了过来。罗伯特本来可以选择停车的，然后声称自己不清楚车厢里的货物是什么，说自己只是一个被强迫加班的司机。他可能会被带到警察局里去，会被带上法庭接受审判，但是有鉴于他之前服过役而且从来没有过犯罪记录……警车越来越近了，他突然想到了自己生平唯一一次进警察局的经历：无数回忆都冲进了脑海，他再也无法抑制那些心灵创伤带给他的恐惧。所以他加速了，转向后直接冲进了河里。没有证据就没有罪名。在卡车坠河之前，他险险从驾驶室里逃了出来，看着车子消失在了哈得孙河的水流中。

跟着他的警车差一点就遭遇了相同的命运，等到警察终于刹车停下的时候，车子的前头已经伸到了河里。

罗伯特没有给警察从惊恐中恢复的时间。他立即离开了现场，靠着集装箱的掩护成功脱了身。

● ◯◯

一九四五年

等罗伯特回到家里的时候，纽约已经是一九四五年了。他的背部满是瘀青，手肘和膝盖也在流血。

汉娜什么都没有问，默默帮他处理了伤口。罗伯特静待着她的指责，他在寒夜中跋涉了两小时，其间已经做好了被汉娜大骂一场的准备，但是汉娜未置一词。

汉娜清理了他的伤口，把它们包扎起来，随后坐到了他的对面，握住了丈夫的手，眼神里竟然全是温柔。

"我本来应该生你的气的。晚上九点的时候，我就发火了；十点的时候我已经气疯了，但是等到十一点的时候我的怒火已然完全平息了。我特别担心你，整个人都陷入了一种恐慌的状态。午夜十二点了，听着新年的钟声，我暗暗许下心愿：只要你能安全回来，我不会责备你分毫。两点的时候，我甚至以为你已经不在人世了，但是你还是回来了。所以，不管你要告诉我什么，都不可能比我之前想象得更糟糕。罗伯特，听我说，关于未来，存在着两种不同的可能。第一种，我会收拾行囊，彻底从这里离开，你再也不会见到我了；第二种，你必须向我坦承之前发生过的一切，向我保证你没有杀人，而且之前不管你做过什么，这都是最后一次了。"

罗伯特把真相告诉了妻子，保证今后再也不会做不法的勾当。汉娜原谅了她。

第三天，他去了公司，打算告诉老板自己会补偿他，看看能不能换取他的原谅，不向警察举报自己的行为。结果一到那里，就看到老板面色很差，甚至都没让他开口。

"有人偷走了你的卡车运送走私货品。警察发现了他们，他们就把车开进了河里。昨天警察已经把它打捞上来了，我去现场看了看，车子已经废了。我没钱再买一辆了，都怪我之前没买保险。伙计，现在你失业了，因为我不能让你闲着，但还付你工资。实在对不起。"

但是老板还是付给了他当天的工资，然后就让他离开了。

罗伯特终于从公司这边脱身了，现在他还需要赔偿那笔货款。那些托付货物的人可没有老板这么好说话。他既丢掉了工作，也没有卡车了，根本无法还清债务。幸好，他还牢记着自己对妻子的承诺，没有答应任何有违法律的交易。他回家把一切都告诉了汉娜，汉娜决定之后由她来接手掌控夫妇俩的未来。既然罗伯特没能付起他应该负担的责任，她就必须要承担起整个家。就算之后罗伯特能够找到一份正经的工作，他的薪水也很难把他们从当下的处境中解救出来。

接下来的一个星期，她去了城里所有的画廊。虽然她父亲有一些老客户同意见她，但一般都是一边喝着茶一边跟她缅怀她父亲的悲惨遭遇："山姆可真是个好人，实在是太可怕了，这么多无辜的人都在战争中死去了，幸好小汉娜还是幸存下来了。"最后他们就会开始抱怨生意不好做，自开战以来市场就不景气，所以无法为她提供帮助。

约翰·格鲁夫是个来自英国的画廊老板，之前和山姆的关系很好。一九三五年的时候他很有先见之明地在纽约开了家分店，并在一九三九年彻底定居在了美国。不过他一直希望能够在战争结束后再回到伦敦生活。现在纳粹军队不断后退，在各个战线上都被联军击溃了，希特勒最多再过几个月就得投降。他同意让汉娜到他的画廊来帮忙，要是表现得好的话，说不定他回国之后就能把画廊全部托付给汉娜了。当然他给出的薪水不算特别高，但是至少给了汉娜一个入行的机会。

汉娜永远不会忘记约翰·格鲁夫给予自己的帮助。在人的一生中，很难遇到几个贵人，很少会有同时具备高尚的灵魂和谦卑的品格的人。

格鲁夫就是这种人。他身材不高，但是在他圆形的眼镜片之后，是一颗博大的心。

格鲁夫每个星期都会来到汉娜的公寓两次，和他们夫妇俩一起吃晚饭，汉娜从来不会为简陋的条件而感到羞愧。罗伯特和格鲁夫之间建立起了密切的友谊，有的时候，为了给这对小夫妻提供帮助，格鲁夫还会让罗伯特帮忙运送一幅画，一个花瓶，运送目的地则遍布整个美国。

纳粹德国于一九四五年五月八日宣布无条件投降，日本也在九月二日结束了战争，第二次世界大战终于结束了。欧洲恢复了安宁的局面。

自汉娜在画廊工作以来，他们的生存状况的确比原来好了一点。多亏了汉娜的努力，罗伯特很快就还清了自己的债务。汉娜全身心地投入自己的工作，她在客户中建立起了非常好的关系，在格鲁夫的信任和支持下，她已经可以独自进行艺术品的买卖了。她从来不会计较自己工作的时长，为画廊带来了可观的收益。但是，每天工作结束之后，汉娜还是会特意经过中央公园的旁边，欣赏那些高档公寓的外墙。

罗伯特意识到了妻子隐秘的愿望，但是他并没有点破，事实上，他本人也希望能够重塑斯坦菲尔德家族昔日的荣光。他有了一个想法，就是以合法的手段，凭借他自己的努力，承担起振兴家族的任务。之前他一直在承担汽运工作，在这几个月中，他结识了一些顾客和公司的供应商。战争结束了，人们重新回到了歌舞升平的生活之中。在城市里，人们每天都会消耗掉几吨的酒水。罗伯特决定开始做酒水生意，并且利用这个行当来发财致富。为了能够尽快赚到足够的钱，他从最贵的酒水下手。波本威士忌、苏格兰威士忌、白兰地、香槟和一些平时少见的酒水。但是要想把生意做起来，首先得有足够的启动资金。他拜访了各个银行，但是得到的无一例外都是拒绝的答复。斯坦菲尔德家族的名声从来没有超出过马里兰州的边界。在纽约，罗伯特只不过是一个一无所有的穷小子，只有一个人可能会帮助他。

●　∞

罗伯特全身心地投入创业计划。他在第九十一街上找到了一家理想的门市，里面还有一个院子，正好可以用来储存酒水。至于汉娜，经营画廊已经成了她生命的全部意义。她不再是那个怯怯地从船上下来，还在袜子里塞着几张纸币的小姑娘。现在她是一个目标坚定的女人，对工作充满热情，现在和她来往的人群，也不再是那些寒酸的穷人。她经常出差，往返于波士顿、华盛顿、达拉斯、洛杉矶和圣弗朗西斯科等城市之间，但是每次回到那个狭小的公寓之后，看到生活的现状，她就会立即充满斗志。

一九四五年的秋末，罗伯特的生意开始赢利了。必须得承认，他可从来没吝惜过力气。汉娜和他只有在星期天的时候才能见一面，用这一天可怜的时间来共处和做爱。

●　∞

一九四六年

三月二日，罗伯特接到了老管家的一个电话，电话里传来了一个可怕的消息。他的父母在迈阿密郊区发生的一场车祸中丧生了，但家里甚至没有钱为他们在佛罗里达州办一场葬礼。

汉娜坚持要负责罗伯特父母的身后事。虽然罗伯特和父母的关系远称不上和睦，但他还是应当出现在父母的葬礼上。他们回美国之后，罗伯特还从来没跟他们说过话，这对老人甚至不知道自己的儿子已经结婚了，汉娜还很自责，认为自己应当早一点催促罗伯特让步的，这样才能修复他和父母的关系。这两年以来，她一直都忙着谋生，甚至忘记了一些为人子女的基本的义务，而现在，一切都太迟了。她付出了全部努力，将罗伯特父母的尸身运回了巴尔的摩。现在，对斯坦菲尔德家族来说，往日荣光的记忆也就只剩下家族墓地了。

他们次日就启程了。在墓地旁边的小教堂里，甚至都没有多少来吊唁的宾客，反而是坐在第一排的老管家看起来才是最悲伤的人。罗伯特的家庭教师和这对小夫妇坐在第二排，最后一排还坐着一位穿着西装三件套的男士。仪式很简短，神父最后向亲朋表示了哀悼，然后就结束了悼词，告诉他们不必为亲爱之人的离世太过伤心。事实上，教堂里并没有什么悲伤的氛围，那五位哀悼者的存在看起来甚至像是黑色幽默。

罗伯特父母的棺椁被运进了家族墓地。汉娜想起了自己的父亲，情不自禁地哭了起来，暗暗下定决心之后一定要回到他的坟上拜祭。自从他们逃到西班牙之后，罗伯特已经向她保证了无数次，游击队员一定会把她父亲安葬在临近村庄的公墓的。

汉娜和罗伯特回到了车上，刚刚那位穿着西装三件套的男士却朝着他们走了过来，首先请他们节哀顺变，然后向他们宣布了第二个坏消息：这个消息对罗伯特的影响甚至比父母的死亡还要大。罗伯特的父母留下了巨额的欠款，所以家里的老宅很快就会被拍卖。罗伯特有三个月的期限，可以签字同意放弃遗产，这是他从这笔债务中脱身的唯一办法。汉娜问他债务总额到底有多少，得到的答案是五十万美元。

在开车返回纽约的路上，汉娜完全沉浸在了自己的思考中。经过费城的时候，她抓住了罗伯特的手，告诉他自己或许有办法能让他收回这座童年的大宅。

"这么短的时间里我们怎么可能凑到这么多钱？"罗伯特问道，"为了还清这笔债务，我们就得欠下其他的债务。现在我们已经在像傻子一样工作了。虽然说我也很不希望宅子落入其他人手中，但是我还是会保持理智，放弃这个不可能的梦想。"

"不要这么快就放弃了，我没有打算借钱。但我要先回法国一趟，之后幸运之神就会站在我们这边了。"

罗伯特已经猜到了汉娜在想什么，不过他并没有说出来。

等到他们回到纽约的时候，夜幕已经降临了。一顿简单的晚餐之后，汉娜躺到了罗伯特身边。罗伯特一直在想汉娜究竟会采取什么办法，但是他心里还有别的顾虑，实在不愿意同意妻子的提议。

"你不必这样做的，"他关掉了灯，"我们一定会成功的。我们的孩子也一定会为他们的父母骄傲，毕竟我们是用自己的双手构建了一个美好的未来。"

汉娜坐了起来，向他说了一个压在心中多时的秘密。

"我恐怕没法儿给你生孩子了。我们已经结婚这么久了，可是在我身上从来没有出现过别的女人期待的事情。"

●   ◑

两个星期之后，有一个来自加利福尼亚的重要客户要来纽约，这给了汉娜施行自己计划的机会。与此同时，格鲁夫必须赶回伦敦，那里还有另一笔重要的交易要谈。汉娜就主动提出可以代替他去伦敦。有鉴于这个加利福尼亚的客户是一个非常挑剔的人，格鲁夫最终还是决定亲自坐镇。

汉娜乘坐飞机去了伦敦。这是她第一次飞到云端之上，在飞机起飞的时候，她还有点害怕，不过很快就开始享受这个特别的旅程。

她在伦敦停留了三天，圆满完成了老板交代的任务，然后询问格鲁夫能不能给她放几天假。她还向他解释道，希望能够借着这次欧洲之行回法国寻访父亲的坟墓。多亏了汉娜的努力，格鲁夫这个月完成了两笔大单，现在就算汉娜跟他要天上的月亮，他也绝对不会拒绝。他立刻答应了汉娜的请求，还主动承担了她休假期间的一切费用。他甚至还帮她改签了机票，让汉娜到时可以直接从巴黎回美国。

汉娜先是坐火车，然后又乘坐游轮横渡了英吉利海峡，随后又搭上一班开往巴黎的火车。她在里昂火车站旁的一家小旅馆里住了一晚，最后又换火车前往蒙托邦。她乘坐长途汽车，拜访了据点附近两座村庄的村政府。

仅仅才过去两年，大家对战争的记忆依然鲜活。一位工作人员指点她去找一个马蹄铁匠，铁匠的哥哥也是在据点附近的树林里牺牲的。

进到铁匠的作坊之后，汉娜立即认出了他。看到汉娜进来，铁匠几乎是热泪盈眶了。他扔掉了手里的工具，过来抱住了这位不速之客。

"上帝啊，您活下来了！"他激动地语无伦次，"我们找了您很久。"

"是的，我活下来了。"汉娜的语气倒是很平静，其实她是在抵挡情绪的暗涌。

"对您父亲的死，我感到很遗憾。"

"我也很伤感您哥哥的死亡。我，还有所有的幸存者，我们都欠他的。"

于是，汉娜第二次向别人讲起了一九四四年六月的那个可怕的午后。

等她讲完之后，铁匠若日让她跨上了自己的摩托车，载着她上了路。他们一路无话，直到到了公墓之后，若日才开了口：

"第二天他们就通知了我们。有一个宪兵过来告诉我们要去掩埋尸体，当时都已经快到中午了。拉乌尔、加维叶还有我的哥哥阿尔贝托，他们全都在这里了。"

"还有我的爸爸。"汉娜补充道。

"他们一直怀疑我，因为我是唯一活下来的人。还有些小人在背后很严厉地指控我。要不是我的哥哥也死了，我肯定就算浑身是嘴也说不清了。那个美国人呢？他现在怎么样了？"

"我们一起去了西班牙，现在他是我的丈夫，"汉娜回答道，"那个叫蒂东的人呢？您后来又见过他吗？"

"没有。说不定就是他出卖了大家。"

"我们其中可能根本没有叛徒，"汉娜继续说道，"民兵也不是第一次来这里扫荡了。"

"有可能。"铁匠也表示了赞同。

"那个据点怎么样了？"

"后来就荒废了。自从大家把里面的武器取出来之后，就没有人再去过了。就算我也没有勇气再回去看看。不过我会经常去那条小径附近徘徊。至于山丘顶上，上面的泥土估计还浸满了他们的血，就跟另一座墓地一样。"

汉娜又向若日提出了一个要求，一个可能让后者很犹疑的要求。她想再去看看那座小屋，看看她父亲自杀的房间，以便告慰父亲的在天之灵。

"没问题，"铁匠倒是爽快地答应了，"我也应该回去看看。两个人总是要好一些吧？"

他们又坐上了摩托车，一直开到小径的入口处。他们一起爬上了山丘。汉娜又想起了几年前和罗伯特一起出逃的场景，中间好几次都无法继续走。她的腿在颤抖，身子也游移不定，呼吸都变得急促了。但她深吸了一口气，还是继续向上爬去。

小屋出现在了山丘的顶上。不过这一次，烟囱里再也不会冒出炊烟了，一切都太安静了，安静得有些诡异。

若日首先走了进去。他去了哥哥牺牲的地方，双膝跪下在胸口画着十字。汉娜走进了她和父亲住过的卧室。衣柜只剩下了几片散落的木板，床也朽坏得差不多了，神奇的是，那把她之前常坐的椅子竟然还保持着原样。她又在上面坐了下来，手放在膝盖上，让目光飞出窗子，看着外面的树林。

"还好吗？您还挺得住吗？"若日探头进来，他开始担心了。

"我想去地窖一趟。"

"您确定吗？"

汉娜点了点头，若日打开了活动板。他打着了打火机，率先走下了梯子。他想先确认一下，这个梯子还能撑得住他们两人的重量。地窖里还保持着干爽，但木梯有点朽坏了。汉娜很快也跟着下来了。

"当时您就是躲在这里……"

"是的，"汉娜打断了他的话，"我就藏在通道的最里面。跟我来。"她接过了若日的打火机。

这次是她走在前头，在那根管子旁边停了下来。

"求您了，麻烦您把这些东西推到一边，只要几厘米就够了。"

若日很惊讶，但是微光下的汉娜是如此美丽，他根本无法拒绝。

"您知道的，每次我来给你们送给养的时候，总是抓紧每个机会欣赏您的美丽。一想到能看到您，我就又有了爬山的力气。"

"我知道，"汉娜回答道，"我也在看您，但是现在我已经结婚了。"

若日耸了耸肩，推开了管子前面的物品，发现了墙壁上的小洞。汉娜请他让开一点，把打火机还给了他。

"麻烦您给我照个亮。"

她把手伸了进去，摸到了某个金属物体。她把盒子从里面拿了出来，告诉若日他们可以回去了。

若日不是一个话多的人，但是下山的时候他还是忍不住出声询问。

"这就是您坚持要回来的原因？"

"首要原因是要拜祭我的父亲。"她的眼睛一直没离开过手里的东西。

他们重新骑上了摩托车。

"我把您送到哪儿？"

"如果可以的话，我想去火车站。"

摩托车全速开动起来。汉娜双手抱住匣子，环着若日的腰。风吹在她的脸上，她感受到了久违的自由，这次是真的自由了。

若日一直把她送到站台，陪她一起等火车。等到汉娜上车的时候，他伸手拉住了她。

"这里面到底有什么东西？"

"我父亲的个人物品。"

"我很高兴这些东西还能保留下来，您终于找回来了。"

"谢谢你，若日，谢谢你为我做的一切。"

"您不会再回来了，对吗？"

"是的，再也不会了。"

"我已经想到了，我注意到您没有包裹，甚至连个包都没有。汉娜，祝您一路顺风。"

若日目送火车离开。汉娜透过车厢的窗户，给了他一个飞吻。

回到巴黎之后，汉娜小心地把盒子打开，把其中各位大师的作品摆在了床上。山姆很有远见：这些杰作并没有受到任何损伤。她一幅一幅地看着这些作品，发现一共只有九幅。少了一幅画。霍珀的那幅《窗边的少女》不见了。

● ∞

第二天，汉娜结清了房费，乘着法国航空的飞机回到了纽约……

34
艾琳－卢比

二〇一六年十月，巴尔的摩

这一章结束了。乔治－哈里森看完了最后一页，然后提出来去喝一杯咖啡。我却不太想喝，我唯一想做的事情，就是知道接下来的故事。夏洛克为什么没有写下去？现在还不到六点，说不定他还在办公室里。

"跟我来。"我对乔治－哈里森说道。

他看着我，挑了挑眉毛。

"看来您还真是斯坦菲尔德家族的后人。"他苦笑道。

我们跑出了图书馆，抄小路奔向夏洛克的办公室。要不是我们还穿着便装，别人肯定以为我们是在慢跑，而且还就跑步的路线发生了分歧，其实我们的确发生了争执。我发现了一条小径，没通知乔治－哈里森就跑了上去。到了夏洛克办公室门前的时候，我们已经上气不接下气了，甚至忘了敲门。夏洛克被我们吓得跳了起来，迟疑地打量着汗流浃背的我们。

"不会是我的书稿让二位变成这样的吧？"他问道。

"不是，应该说是您没有写的那些内容把我们变成这样了。那章怎么写了一半就停了？"

"问题不应该是我怎么写了一半就停了，而是我为什么写了一半就停了。我已经跟您解释过了。汉娜不许罗伯特继续自己的计划。但是我和罗伯特的友谊并没有因此而停止。"

夏洛克看了看手表，叹了口气。

"我饿了，晚饭吃得太晚对胃溃疡可不太好。"

"选一家您喜欢的餐厅，我们请您吃饭。"乔治－哈里森给出了建议。

"好吧，"夏洛克回答道，"查尔斯顿餐厅就很不错。既然你们已经等不及明天再听故事了，我就勉为其难吧。"

● ⊙⊙

看到菜单上的价格之后，我立刻就感到了一阵不适。我的主编是绝对不可能允许我把这笔餐费报账的。但是我必须得让夏洛克先坐下来，虽然并不想让他跟面前的龙虾一起坐下来。

"那幅少的画是怎么回事？汉娜回到纽约之后又做了什么？"服务生一走，我就立刻开口问道。

"麻烦您每次只问一个问题。"教授一边回答，一边把餐巾系在脖子上。

夏洛克已经吃掉半只龙虾了。看着他剥龙虾壳，还吸吮着手指，这真的让我倒尽了胃口。不过乔治－哈里森似乎并没有受到影响，他还在专心致志地切着牛排。

"回到纽约之后，"教授继续说道，"汉娜没跟任何人提过这些画。她甚至都没跟自己的丈夫说过，连自己在法国待过这一节也省略了。她保持沉默是有原因的。她脑子里还有另外一个想法，就是她必须得卖掉九幅画中的一幅。她选择了弗拉戈纳尔的《秋千上的美好偶然》，将其重新命名为《秋千》，这幅画的尺寸大概是八十厘米高、六十厘米宽。在父亲的所有收藏里，汉娜最不喜欢的就是这一幅，因为在她看来，这幅画里有着一种洛可可式的轻浮。她没跟格鲁夫提过这件事，害怕只要说了之后就必须把画优先卖给他。要真是那样的话，她就只能按艺术品市场上的行价卖给他了，但是，要是把画卖给一个收藏家的话，价格肯定能更高一些。出于职业道德，她没有询问画廊的现有客人，她认为这是一种很没有信义的行为，格鲁夫已经帮了自己这么多，不能再亏欠他了。当年山姆在纽约也有很多大主顾，她完全可以利用这些人脉。她很快就同佩尔家族约定了见面的时间，趁着罗伯特星期日要盘点的机会把弗拉戈纳尔的画带给了他们。她同意把画留在那里几天，接下来的一个星期，她在银行开了一个账户，签名是模仿罗伯特写的，因为在那个年代，一个结婚的女人是不能瞒着丈夫独立开设账户的。她在其中存入了一张六十万美元的支票，并把剩下的八幅画也放进了银行的保险柜里。"

"然后她又做了什么？"我问道。

"之后，她雇了一名司机，开车前往巴尔的摩。她赎回了斯坦菲尔德家族的大宅，还清了银行的欠款。有一天她要把这件事情当作惊喜送给罗伯特，但不是现在，因为罗伯特肯定希望可以立即住进来。汉娜还梦想着买一套中央公园附近的公寓，而不是立即回归外省枯燥的生活。她生活中的新篇章开始了。

"一九四八年初，格鲁夫开始计划返回英国生活。他希望能找一个合伙人买下他在美国的分店。在此之前，他预先通知了汉娜。汉娜立即表示她希望把这部分生意都买下来。格鲁夫认为这是一个最理想的解决方案，因为他非常地信任汉娜，但他还有一个顾虑：不知道汉娜能一次性给出多少钱，如果无法出全款的话就只能之后慢慢付清了。不过他还是答应汉娜自己会考虑一下。汉娜担心会错过这个机会，所以立即提出自己可以一次性给出一百五十万美元，余款也会在两年内结清。格鲁夫很惊讶汉娜可以拿出这么大一笔钱来，但是他还是没有说什么。

"转让合同签订完毕之后，格鲁夫请汉娜吃晚饭，以庆祝他们合作成功。吃饭的时候，他问汉娜是不是她把一幅来源不明的弗拉戈纳尔的画卖给了佩尔家族。汉娜还未回答，他就不无幽默地告诉了她一个真理：艺术品市场是个很小的圈子，这里没有秘密。

"格鲁夫收拾好了行囊准备返回伦敦。几个月过去了。某一天，汉娜把罗伯特带到了画廊。到了之后，罗伯特看到画廊的正面蒙着一块布。'我不知道你们在整修，你真是什么都不跟我说。'罗伯特责备道。但是汉娜看起来是这么的幸福，让罗伯特愣在了那里。她把一根绳子递给了自己的丈夫，让他往下拉。布掉了下来，露出来的是新主人的姓名。画廊改了名字：'斯坦菲尔德 & 格鲁夫画廊。'"

"罗伯特是怎么反应的？"乔治－哈里森问道。

"虽然他不是很了解自己太太这一行，但是看到用金漆写的'斯坦菲尔德'几个字，想到汉娜为了这份荣耀默默付出了那么多，他还是非常感动，那个星期天的午后也是他这一生最美好的记忆之一。他又想起了当时两人远渡重洋的场景。"

"但是他应该把画廊改名为'戈登斯坦'的，"我并不赞同，"要不是山姆的遗产，汉娜也不可能买下这家分店。"

"是的，但是罗伯特并不知道这个事实。并且有的时候，要学会接受别人对你的好。事实上，罗伯特提出了这个建议，不过汉娜拒绝了。

她说，戈登斯坦是她的过去，但斯坦菲尔德会是自己的未来。"

"接下来发生了什么？"

"我要先看看甜点的单子，别人跟我说这儿的巧克力舒芙蕾很好吃，最好是再配上甜酒。当然也不能喝太多。刚刚说了太久，我都已经口干了。"

乔治－哈里森叫来了调酒师，而我则召回了侍应生。愿望实现之后，夏洛克又继续讲起了故事。

"画廊在纽约的生意蒸蒸日上，甚至比在伦敦的经营情况还要好。战后的英国经济还是花了一段时间才得以恢复的。一九四八年末，汉娜和罗伯特搬到了七十七街和第五大道交会处的一座公寓楼里，汉娜一直希望有一座可以看到中央公园的公寓，现在她不仅看得到，还是一个最理想的角度。汉娜本来应该是一个最幸福的女人，但是城市生活让她厌倦。罗伯特的生意也取得了巨大的成功。他在华盛顿和波士顿两地都开设了分公司，还准备把生意扩大到洛杉矶。汉娜几乎已经见不到自己的丈夫了，每天晚上她都要在这所公寓里独自度过。她之前梦想过的这个场景，每天夜幕降临之后，她的生活就会变成一个巨大的黑洞。她的婚姻关系陷入了危机，但是她全心全意地爱着罗伯特。她想，也许只有改换生活环境才能拯救她的婚姻，生一个小孩也是非常有必要的事情。"

"她不是不能怀孕吗？"

"她也是这么认为的，但是等到人富有之后，还是有很多治疗不孕不育的手段的。一九四九年七月，他们来到纽约五年之后，汉娜把巴尔的摩的房契交给了罗伯特，向他提议返回巴尔的摩居住。罗伯特本来是会生气的，但是看到家族大宅的钥匙，他多年来死去的梦想又复活了，根本无法拒绝汉娜的提议。他们立刻开始盘点自己的生意，发现就算没有他们本人坐镇，生意应当也可以顺利运营。另外，纽约离巴尔的摩也不过只有两个半小时的车程，汉娜也给画廊雇了足够的人手。要是真的有重要的交易的话，她也可以在巴尔的摩遥控指挥。一九五〇年，当您的母亲萨莉－安进入这个家庭的时候，格鲁夫生病了。他得了胰腺癌，留给他的时间已经不多了。他通知了汉娜，让她尽快来英国看他，却没有告知她自己的健康状况。等到汉娜来到伦敦之后，格鲁夫告诉她自己准备退休了，问她是否愿意买下他那一部分的股份。他要的价格实在太低了，汉娜立即就拒绝了。就算是只算格鲁夫的个人收藏，也应当远远超过这一价格。但是格鲁夫立刻又告诉了她一个真理：一个东西再有价值，如果没有买家愿意埋单的话，它的价值也无法实现。他知道对汉娜来说，大洋彼岸的另一家分行可能会成为烦恼的源泉，尤其是她现在已经有孩子了，还住在巴尔的摩。他的画廊的地址并不重要，而且现在的场所也是他租的。所以，他建议汉娜到他的储藏室里去，给每一幅画作报个价。而且，既然他们已经合伙了，所以汉娜也拥有这些画作一半的所有权。"

夏洛克已经吃下了最后一口舒芙蕾，我开始担心等不到他说那个我最关心的部分，这顿晚餐就得结束了。

"这一切都很有趣，"我打断了他，"不过我妈妈和她的父母之间到底发生了什么事情？让他们彻底决裂了？"

"耐心一点，您马上就会明白了。格鲁夫让汉娜去盘点他的收藏，其实本来没有必要这么做的，汉娜知道他都有些什么画，她手里也有一份账本。他们的合作过程中从来没有过任何阴影，每次只要格鲁夫买了什么东西，他一定会通知汉娜的。就是因为没有任何阴影和隐瞒，等到汉娜看到其中一幅画的时候，她整个人都崩溃了。"

"霍珀的画？"乔治－哈里森突然出声询问，把我吓了一跳。

"是的，就是《窗边的少女》！你们可以想象当时汉娜的疑惑，她怎么都想不通这幅画为什么会在自己合伙人的箱子里。要是格鲁夫是通过合法手段买到它的，为什么不告诉她呢？肯定不是巧合，画的背后一定有什么不可告人的秘密。她跑上了楼，怒气冲冲地质问格鲁夫。格鲁夫见过汉娜发脾气，但还从来没见过这样的她。他也生气了，因为他完全无法理解汉娜生气的原因，汉娜要求他立即解释，他也不知道该说些什么。他没有想到汉娜居然会怀疑他的职业道德，最后只好用英国绅士固有的冷静问了汉娜一个问题：既然这幅画是她的丈夫给他的，她凭什么生气呢？几个眼神交会之后，格鲁夫立刻明白事情远比他想象得复杂。突然他意识到自己也有错，就立即开始解释了。几年之前，罗伯特来求他帮忙。他需要钱来做酒水生意，格鲁夫当时愿意无偿地帮助他，但是罗伯特还是坚持拿出了一件贵重物品作为抵押，就是这幅画。后来罗伯特还清了借款，格鲁夫本来想还给他，但是罗伯特声称出于谨慎考虑，还是愿意由他来保管这幅画。格鲁夫问过罗伯特是不是想把画卖出去，要真是这样他很快就能找到买主，但是罗伯特声称不管对方开什么价格，他和太太都不会卖掉这幅画的。他和太太！格鲁夫还特意强调了这个说法，证明自己一直以为汉娜是知情人。汉娜连忙开始道歉，看到这幅画之后她就丧失了理智。他们都陷入了沉默。格鲁夫觉得自己再也经不起误会了，就向汉娜坦陈了他的身体状况。汉娜根本用不着购买他的收藏，他已经选择了汉娜作为自己的继承人，她就算给自己转了钱，在他死后这些钱也会再回到她手里。这个消息实在太令人震惊了，汉娜立刻忘记了关于画的事情。接下来的几个月里，她数次来到英国看望格鲁夫，在后者入院之后，她更是一直陪伴在床前。不过入院六天之后，格鲁夫还是去世了。汉娜负责了他的身后事。她感到自己像是失去了另一位父亲，悲伤得仿佛是失去了全世界。格鲁夫的收藏被带回了美国，画廊的名字也再次被修改了，因为这也是这位老人的遗愿：

只有艺术作品才是重要的，它们是永恒的，而它们的所有人却没有什么分量，他们总会离开世界。这难道不是艺术教会我们的谦卑吗？我之前在您身上倾注了全部的爱与欣赏，是因为我从来没有在您身上看到过拥有艺术品的狂妄自大。就像我一样，您对艺术充满了尊敬。不要觉得亏欠了我，您是我生命中的光亮，也给我带来了很多快乐，不管是您好的一面还是坏的一面，不管是您的笑容还是行为。在我的一生中，遇到过很多商人，但像您这样的还是第一个。我希望从现在开始，画廊只用您一个人的名字，因为我为我的学生而骄傲，庆幸自己曾做过她的老师。我最亲爱的汉娜，我祝您有一个美丽的人生。

您最忠诚的：约翰·格鲁夫

"相信我，只有英国人才能写出这种充满谦卑的信件。千万别对我的记忆力表示钦羡，我可是个历史学家，记住文本也是我工作的内容之一。但是时间已经很晚了，我无法解答你们所有的问题。汉娜安葬了格鲁夫之后，你们也能想到，要是罗伯特看到了这幅画，会有什么样的后果。汉娜从来没有怀疑过自己丈夫的品格，他本有很多机会可以卖掉它，但是他很郑重地告知格鲁夫绝对不能出手这幅画。让汉娜担心的是另外一件事，一件比这要严重得多的事情。她想起当时他们逃出法国的时候，罗伯特曾经说过自己要回据点取些衣服。现在她明白了，罗伯特是要回去取这幅画，然后他就把它放在了随身的挎包里，从未离身。这也就说明了，山姆告诉过他藏画的地点。这还不是全部。在公墓，若日告诉她人们都怀疑是若日出卖了大家，她还问了若日知不知道蒂东的情况，因为当时她就已经开始怀疑。你们还记得他们出逃时候的细节吧？罗伯特只有一个人，他是怎么掐死民兵，在大路上完美逃脱，而且还取回自行车的？"

"我没想到这一点。"我承认道。

"我也没想到。"乔治－哈里森说。

"但汉娜想到了，"夏洛克继续说道，"而这个问题的答案让汉娜陷入了两难的境地，因为看来她的丈夫在这一点上也撒谎了。既然他选择说谎，那就证明他无法告诉自己实情。这又是为什么呢？肯定是因为他不是这么逃脱的，甚至他根本就不是逃出来的。"

"她为什么不去问问自己的丈夫呢？"

"现在时机还不成熟。但是这还是改变了汉娜的人生，从那之后，她整个人都变了。"

"为什么呢？"

"因为人与人之间的关系，有的时候是需要互相隐瞒和心照不宣的。在料理格鲁夫后事的过程中，汉娜经常感到恶心，她以为是自己悲伤过度。但是她很快就明白了，上帝满足了她的愿望。"

"汉娜已经生了我的妈妈了，您刚才说到了。"

"不，我说的是'萨莉－安进入这个家庭'，您母亲是被收养的。汉娜本来坚信自己无法生育。现在，不幸和幸运都交织在了一起，因为她腹中的孩子的父亲却要为她自己的父亲的死亡负责。汉娜不再幻想了，罗伯特一定是供出了据点的位置，才换来了自由。山姆和其他游击队员都成了牺牲品。你们可以想象她处在怎样的高乃依式悖论中。不过汉娜一直牢记格鲁夫的教诲：艺术品市场是一个很小的圈子，什么都瞒不过别人。一旦她把事实捅出来，不单单她的婚姻会破裂，他们之前积累起的声名也都会毁于一旦。汉娜把霍珀的画封在一个箱子里，在上面贴上了一个蜡印，然后才放进了家里的保险柜，并且让罗伯特以孩子们的性命起誓，永远不会打开。这是一个漫长的折磨的过程。罗伯特每次打开保险柜的时候，都会想汉娜是不是已经发现了自己的罪证。虽然表面上看不出来，但是罗伯特已经能感到汉娜不再是那个十一年来跟自己同心同德的妻子了。罗伯特只能把爱倾注在自己的女儿身上，而汉娜则开始全身心地爱自己的儿子。萨莉－安因为和汉娜相处得并不好，也给予了罗伯特全部的爱。直到……"

"直到她十二岁的时候？"

"是的，大概就在这个岁数，她听到了父母在书房里的一场激烈的争吵。汉娜发现丈夫出轨了，那是他第一个情人，但不是最后一个。说实话，罗伯特的长相很不错，而汉娜则因为不能原谅丈夫，已经冷落了他几年了。罗伯特也有人的需求，他需要被爱。双方开始互相指责，汉娜最终开口告诉丈夫，自己已经发现了那幅画，而且那幅画已经在保险柜里存了十一年了，还说出了她心中的猜测。那天晚上，萨莉－安听到自己的爸爸出轨了，他根本不是自己心目中的那个英雄，而且他为了活命，选择牺牲了其他人的生命，这让她崩溃了。她本来就是一个马上要进入青春期的少女，所以愤怒马上就爆发了。她恨自己的母亲，竟然将这个真相隐藏了这么多年，更恨自己的父亲，愤怒也延续到了她弟弟的身上，因为后者才是家里唯一的孩子，她只不过是个养女。汉娜害怕自己的女儿会因为想要复仇，而把真相告诉别人，就把她送到了英国的寄宿学校。萨莉－安在那里一直待到成年。"

夏洛克喝掉了杯中的牛奶，把杯子放在了桌子上。

"好了，今天的晚饭的确很不错。还是请二位去付账吧。之后如果你们还有兴趣的话我们可以再碰面，因为我看到菜单上还有一道黑松露牛排，还是挺愿意尝试一下的。给你们讲这个故事让我又燃起了重新写作这本书的欲望，希望你们能信守承诺，同意让我出版这本著作。很高兴能见到斯坦菲尔德家族的最后一代后人。"

教授站起身来，跟我们握了握手，就离开了餐厅。

● ◯◯

回到宾馆之后，我躺在床上，一直在回想教授告诉我们的事情。

奇怪的是，我感到自己离妈妈很近，甚至比她还活着的时候都要近。她肯定很难过自己被抛弃了，还被抛弃了两次，第一次是她真正的父母，第二次是养父母。从这个角度来看，她也算是告诉了我们真相。在这个我难以成眠的夜里，我真正理解了妈妈拒绝告诉我们真相的原因，爸爸也是一样，他们希望能保护我们。但我还是感到很遗憾：妈妈本来应该告诉我们的，这样我们就能一起分担了。我应该把这些事告诉米歇尔和玛吉，还是应该帮妈妈保守秘密？

还有其他一些问题，都让我辗转反侧。是不是夏洛克教授策划了这一切，就是为了能获得著作的出版许可？我们见面之前他知不知道我是谁？如果不是他的话，还能是谁呢？

明天，我应该遵守自己的承诺了：帮乔治－哈里森找到自己的父亲。

35
艾琳-卢比

二〇一六年十月，巴尔的摩

这是一个寒冷的早晨，整个城市都被冻成了灰色。我最讨厌秋末的天气，在风的摧残下，街道看上去都老了几岁。乔治-哈里森正在卡车前面等我，他穿着一件老旧的牛仔衬衫，一件皮夹克，还戴着一顶鸭舌帽，这让他看起来就像一个垒球运动员。他看起来心情还不错，仔细打量了我一下，然后就爬到了驾驶室里。

我坐在他的旁边，还没等他发动就问他我们的目的地是哪里。

"您可以去想去的地方，我也要回家了。钱可不是树上长出来的，说到树，我手里还有一单要做的活。"

"您要现在放弃吗？我们已经接近终点了。"

"什么终点？放弃什么？我离开我的作坊，就是为了知道我父亲是谁，自从我来到这里，自从我见到您，就一直在听您母亲的故事，听您家族的历史。对您来说这当然是有意义的，但是我没有多余的钱可以待在城里了，您的事情应该也已经搞清楚了。"

"您不能这么想。的确，我这边进展得要比您快一些。但是我向您保证，昨天我睡觉的时候，还一直想着要怎么修正我们调查的方向，才能尽量多地帮您查到一些东西。"

"您到底想怎么修正调查方向？"他生气了。

因为我也没有具体的想法，而且我也不会撒谎，所以只是嗫嚅了几句。

"我们已经很清楚了，"乔治－哈里森继续说道，"您也不明白该怎么办，我也不知道。所以还是停下来吧。我很高兴可以认识您。不要以为我是个健忘症患者，我一直记得在这辆卡车里发生的事情，虽然很短暂，但是当时我的确是很愿意亲吻您的。可您生活在伦敦，而我则住在离您的首都有几千公里的一个小村庄里。那么，亲吻又有什么用呢？我必须回到自己的生活和工作中去。至于我的父亲，很久以前我就已经接受这个现实了。所以让这封匿名信去死吧，让那个写信的人也去死吧。而且我也必须得告诉您，现在我已经不想知道那个人是谁了，因为那样就是过度重视这件事情了。就算是这事的确是那个教授干的，那个虽然知识渊博但吃起饭来像猪一样的教授，我也不在乎了，让他和他的书一起去死吧。在分开之前，我还想再给您一个建议，写完您的文章然后就回英国吧。这是我们最好的解决方案了。"

我一瞬间陷入了恐慌，就像有一个人打了你的肚子一下，让你觉得自己好像要被疼痛融化了。我同时也发现自己还是会撒谎的。因为我假装完全赞同他的说法，就好像我完全不介意从卡车上下来一样，也完全不为再也无法见到他而伤心。我点了点头，拿出一副无所谓的态度，我发现自己还是有演员的天分的，然后就从那个该死的卡车上下来，脸上都是骄傲和坚定。我是那么骄傲，我甚至都没有用力甩上门。柏丝和雅典娜一定会为我的骄傲鼓掌的，当然她们也可能会说我的骄傲用错了地方。

卡车走远了，在车转过街角的时候，我的眼里已经蓄满了泪。倒也不是因为这个浑蛋把我像一只臭袜子一样丢下了，而是因为我突然感受到了孤单，之前的旅行中我可从来没有过这么无聊的情绪。这种孤单的情绪是如此强烈，几乎让我忘记了自己还有一个很好的爸爸，一个很棒的哥哥和一个妹妹，甚至连薇拉也成了我在这座城市里思念的对象。

　　我又折回了宾馆，不然还能去哪里呢？接着我背后又传来了引擎声。我转过头去，看到乔治－哈里森就在我身后，他摇下了车窗。

　　"去取东西，我等您。"

　　"请！说‘请您去取东西！’"我坚持道。

　　"请您快一点！"

　　我真的很快，因为我立即就把所有的东西都一股脑地塞进了包里，其中包括我的上衣、我的裤子、我的内衣、我的第二双鞋、我的苹果电脑还有它的充电器、我的化妆包。接着我又很快地结清了房钱。乔治－哈里森正在宾馆门口等我，他拿过我的包，接着将包放在了车后面。

　　"我们去哪里？"我问道。

　　"对我来说一切开始的地方，我应该在那边多下点功夫。"

　　"也就是说？"

　　"我妈妈住的养老院。她偶尔还是有意识清醒的时候的。虽然这种时刻都比较短暂，但是我不相信只有您一个人会交好运。您不用陪我一起去的，我完全能够理解，尤其在我跟您说了那些混账话之后。"

　　"如果您刚刚演了这么一出，只是为了把我介绍给您母亲的话，"我叹了口气，"其实不必费这么大的周折的，只要告诉我就可以了，我很愿意见一见我妈妈年轻时候爱过的女人。"

　　乔治－哈里森打量了我一会儿，似乎是在思考我是不是在跟他开玩笑。我用一个眼神回答了他，告诉他事情本来就是这样的。

"坐好了，"他说道，"之后我们还有十小时的路程。所以您还是尽量坐稳当了，这个卡车可不是很舒服。"

●　◯◯

我们穿过了马里兰州、新泽西州，绕过了纽约，从远处打量着曼哈顿区的摩天大厦。这个时候我不禁想起了上东区的那所大公寓，还有我从来没有见过面的外公外婆，当然，之后我也没有机会认识他们了。

远离城市后，出现在我面前的是康涅狄格州的大森林。白橡树已然落光了叶子，但风景依旧很美。乔治－哈里森转向驶往韦斯特波特，我们在索格塔克湖旁边的一家小餐厅吃了晚饭。潮涨潮落，黑雁在堤岸上休憩，但是，当我们吃完晚饭的时候，它们已经飞走了。它们在空中组成了一个人字形的队列，向南方飞去。

"它们是从我家那边飞过来的，"乔治－哈里森说道，"这些都是加拿大雁。在我还是孩子的时候，我的妈妈告诉我，那些大雁飞走的时候，翅膀还是白色的，它们会去往温暖的南半球，把翅膀刷成蓝色的。这样它们第二年飞回来的时候，就能用这个颜色来装点春天了。这倒也不完全是谎话，每年它们的离开就预示着冬季的来临，它们的归来就预示着好日子的开始。"

我看着那些大雁展翅高飞，成为远处天空中的几个黑点，直到最后完全消失。我想要和它们一起飞，飞到南方温暖的沙滩上，忘却所有的烦恼。

我们在马萨诸塞州的一家加油站停留了一会儿，往油箱里加满了油。乔治－哈里森提议让我开一会儿。

"您会开车吗？"

"我会开，不过在我们那边，车辆是靠左行驶的。"

"在高速路上应该不会有太大问题。我必须得休息一会儿，所以我们最好轮换一下。路程还很长，我们也就刚刚走了一半。"

在我们经过佛蒙特州的边界的时候，他就已经睡了过去。

我一边看着路，一边看着他的睡相。他看起来很安详。我在想，他是不是在我面前故意表演出来的。安详是一种我缺少的品质。我是一个需要热闹的人，因为我经常一个人独处，所以我一有机会就拉着别人说话，虽然我说的内容并没有任何意义。但是，和乔治－哈里森一起，事情就不同了。他的冷静感染了我，他让我爱上了安宁。

车子经过了格鲁夫市，这让我的心脏感到了一阵刺痛。我想到了那位英国老人，他要求别人把他的姓氏从画廊的名字中删掉，要是他经过这座与自己同名的城市，会做何反应呢？

我很喜欢驾驶这辆卡车的感觉，它的方向盘很重，但是发动机动力很足，这让我有了一种真正在驾驶的感觉。如果是爸爸的奥斯汀，你的坐姿就会很低，但是在这里我有了一种俯瞰万物的感觉。我看着反光镜中的自己，对自己微笑了一下，这是头一次，我觉得镜中的自己也挺美的。嗯，也许以后留在北美生活也不错。湖泊、树林、大大的空间、动物……一种很健康的生活方式。我知道，我肯定是电视看得太多了，玛吉一定会这么说我的。

天空中的最后一丝光亮也消失了。夜幕很快降临了，树的树冠都消失在了漆黑的夜空中。我一直在找打开车灯的开关，乔治－哈里森打开了中控台上的一个滚轮。

"你累吗？"他问道。

"不累，我可以再开一整夜的，我很喜欢这种感觉。"

"好吧，幸好我们并不需要开这么久。边境已经不远了，我们应该不用在边境检查站那里等待太久，也就还有四十多公里了。"

边境警察看了我们的证件，我们没有任何需要报关的东西，我放在后面的包和乔治－哈里森的箱子也无法引起他们的兴趣。他们直接在我们的证件上盖了入境章，我们就进入了魁北克境内。

乔治－哈里森给我指了路。

"去抢修商那里一趟。"

"为什么？卡车有什么问题吗？"

"没有，"他笑了起来，"在我们这边，抢修商的意思是能帮你抢修生活中的问题的人，也就是开门开到很晚的杂货店。家里没有吃的了。"

"我还以为要去看您母亲呢。"

"今天已经太晚了，明天再去吧。我已经受够宾馆了，我家里完全住得开。"

"我记得您说过您的卧室很小。"

"那是因为我的工作室实在是太大了。我是一个善于听取批评的人，自从梅拉妮离开之后，我就重新改造了屋子。不用害怕，就算我真的是一头熊，也不会把您带到森林中的阴暗小屋的。"

"我可没害怕。"我反驳道。

"还是有一点害怕的吧。"乔治－哈里森打趣道。

我们去了一趟杂货店。那是公路上一家有着昏暗灯光的小铺子。这肯定不是乔治－哈里森第一次来这里了，因为老板一上来就很亲切地拍了拍他的肩膀，还帮我们把东西装到了卡车上。我已经快要饿死了。我在店里挑选东西的时候，老板一直在用余光看着我，还冲乔治－哈里森坏笑。

天已经全黑了，卡车开上了一条土路。我不知道自己是不是要在一间小木屋里过夜，不过不管怎么样，我们已经走进树林了。

最后我们来到了一片林中的空地。温柔的月光照亮了哈里森的工作室，这和我想象的倒是很不同。乔治－哈里森摁了一个遥控器的按钮，整座房子都亮了起来，车库门也自动打开了。

"很现代吧。"他一边说，一边让我把客车停进车库。

我以为这已经很惊喜了。不过更惊喜的事情还在后头，事实上，乔治－哈里森的房子就在他工作室的里头，是一座很漂亮的小木屋，外观是蓝色的。木屋的外面还有一圈平台，我看到平台上有一张桌子和两把椅子。

"我的卧室原先是在工作室的二层。后来她走了之后，我就拆掉了二层，建了这座小屋。"

"您说改造了屋子，可我没有想到改动会这么大。"

"是的，我可能有些用力过猛了，不过既然梅拉妮一直没有回来，我就不停地改造。"

"您是要复仇吗？"

"有点吧。我实在是太蠢了，反正她也不会看见的。"

"要是您把房子建在外面的话，她说不定还能看见。您应该给她寄张照片，要是我是您的话就一定会这么做的。"

"您是认真的。"

"我甚至还会在房子前面来个自拍。"

乔治－哈里森大笑了起来。

"还是挺奇怪的。"

"什么很奇怪？"

"一般来说大家都把房子建在外面，但是您把房子盖在了工作室的里面。"

"这样冬天的时候如果我要去干活，就不用挨冻了。"

"那要是遛狗该怎么办呢？"

"我没有狗。"

"好吧，您还真是个封闭的人。"

"您喜欢吗？"

"您是说您很蠢，但是我喜不喜欢您的蠢吗？"

"我说的是我的房子！"

"两个我都不喜欢。"

乔治－哈里森拿起了我的旅行包，走进了房子里。然后他又回来摆上了餐具，让我在平台上吃饭。这里可看不到星星，不过至少还挺暖和的。整个工作室中都弥漫着一股木头的味道，我也不知自己身在何处，不过至少感觉还不错。

旅途的劳顿让我们很疲惫，很快就睡下了。乔治－哈里森让我睡在了客房里。房间装饰得很朴素，但是很舒服，比我英国的公寓更让人安心。梅拉妮真是个笨女人，有这份心思的男人肯定不会是一头熊。

● ⓒⓞ

第二天，我们重新上路。我没有问乔治－哈里森的意见，就直接坐在了方向盘前面。我告诉他，之前在巴尔的摩一直都是他开车，所以轮到我了，他却告诉我，这是他的卡车，他说了算。不过看我这么孩子气，他还挺开心的。

两小时以后，我们看到了一片铁栏杆，接着拐到了一条小径上。山丘上有一座很漂亮的建筑。下面的公园已经被废弃了，天气也太冷了，显然不适合老人们出门游玩。

"是不是和海德公园很不一样？"

"您去过伦敦吗？"

"没有，我在电影里看过。在巴尔的摩的时候，我也在网上找过伦敦的照片。"

"您为什么要找这些照片？"

"因为好奇。"

我们走进了疗养院。

●　◎

一走进去，我就立即认出了坐在椅子上的女人。她正生气地看着旁边那位玩牌的老人，好像对后者没有邀请她一起玩而感到不满。她的皮肤上刻满了时光的痕迹，但是她发光的眼睛就和水手咖啡厅的照片上的一模一样。看到梅，我的心中涌现出了莫名的情感，这是我之前没有预料到的。她爱过我的母亲，妈妈也爱过她。她肯定知道很多我不知道的关于妈妈的事情。一位老人的去世，就相当于一座图书馆的湮灭，我想要知道她身上保存的所有著作，虽然她几乎已经全部忘记了。

"你和女朋友一起来了！很高兴你们又和好了！"她站起身来，"我就说过你们不可能一直赌气。当然，当时你们肯定生气了，不过气过了就好了。"

她站起身来，抱住了我。

"先说好，在拥抱我之前，你得知道那些惹你生气的事情不是我的错，都是乔治 – 哈里森不好。"

她的拥抱就和妈妈的一样温暖，她的皮肤也很光滑。她的身上有琥珀的香气，我立即想到了妈妈常用的东方风情香水。

"这是娇兰的'掌上明珠'香水，对不对？"

她看着我的眼睛，惊讶地问我。

"你既然知道，为什么要问我这个问题。"

她的视线离开了我，只是看着自己的儿子。我决定让他们独处一会儿，就告诉他们自己要去公园里走一走。

"如果你是要躲起来偷偷抽烟的话，一定别被那些护士抓到。这些家伙会没收你的香烟的。他们口头上说是为你好，其实是替你抽掉了。怎么样？你在学校都好吗？"她问自己的儿子，"作业都做了没有？"

我出门去散步，但天气很冷，而且我也不想抽烟。所以我很快就回到了室内，坐在一位正在看书的老人身边。他看的东西似乎很有趣，因为他一边看一边放声大笑。但是，随后我就意识到了他从来没有翻过页，这让我有点脊背发凉，比我之前在公园散步的时候还要觉得冷。我远远地观察着梅和乔治－哈里森，他们看起来正在进行着激烈的讨论。但是我想，他们的讨论肯定没有任何实质内容。实际上，我并不是在观察乔治－哈里森，我是在欣赏他。作为儿子，他对母亲的每个动作都充满着爱与温柔，他耐心地倾听着。要是有人能对我这么好，我宁愿失忆。

我旁边那位念书的老人又大笑了起来，突然他的笑声变成了一阵剧烈的咳嗽声。旁边的老人都淡然地看着这一切，就好像这是再正常不过的事情。乔治－哈里森推开了护士，冲到这位咳嗽的老人跟前。他用两根手指打开了老人的嘴巴，把他的舌头放回原处。老人似乎已经恢复了正常的呼吸，他的脸颊也从红色转为微红，不过他的眼睛还是闭着，乔治－哈里森叫他的名字他也没有反应：

"高蒂尔先生！您能听到我说话吗？要是能听到您就握住我的手。"

高蒂尔先生握住了乔治－哈里森的手。

"我去叫救护车。"护士说。

"时间不够了，"乔治－哈里森说道，"他们得半小时才能赶过来，之后还需要同样长的时间赶往医院。还是我带他过去吧。带上担架和床单，把他放到我的卡车上。"

刚刚高蒂尔先生咳嗽的时候，有一个年轻的女孩正在发饼干。现在她主动过来帮忙，拿了担架和被子，好帮助老人保持体温。又有两名工作人员过来帮忙。高蒂尔先生被放到了卡车里，乔治－哈里森表示他要同去。我也想跟过去帮忙，但是卡车上只有两个座位，乔治－哈里森就让我留下来等他。

●　◐

我又回到了阅览室。疗养院的生活又恢复了正常：工作人员忙着手上的活，就像之前什么都没有发生一样，或者说他们已经忘记了刚刚发生的事情。

坐在梅旁边的那张桌子上的女士还在玩手里的扑克牌，其他老人则看着电视，或者干脆在发呆。梅用一种奇怪的眼神看着我，过了一会儿，她用手指示意我走过去，坐在她的对面。

"你知道的，其实我认出你了。你实在太像她了。就像是过去的一个幽灵又出现了。她已经去世了，对吗？"

"是的，她已经走了。"

"多遗憾啊，我也应该和她一起走的。这是她的脾气：在还美丽的时候死去。"

"我认为这不是她的本意。而且她死的时候，姿态也算不上优雅。"我开始为妈妈辩护。

"你说得对，这次不是她的本意，但上次是的。她的决定毁掉了我们两个人的人生。我们本来可以慢慢熬过来的，但是她一意孤行，就因为这个，"她一边说一边摸着自己的肚子，"你不会要把他偷走吧？我不会答应的。"

"你是偷来的？"

"别跟我装傻。我说的是我的儿子，我只有一个儿子。"

"您刚刚说熬过来？从什么里熬过来？"

"从你妈妈搞砸的那件事情里。你就是为了那个东西才来的吧？你想知道我们把它放在哪里了。"

"我不知道您在说什么。"

"骗子！但是你和她长得实在是太像了，我原谅你了，因为我就算死了，也依然爱她。我要跟你讲几件事，不过你不能告诉别人。我不许你告诉他。"

我不知道梅能在多长时间内保持清醒。乔治－哈里森说这种时刻通常都很短暂。他希望幸运女神能对他微笑，不过现在他不在，幸运女神却又站在了我这一边。

我就做了一个我根本不会信守的承诺。梅握住了我的手，深深地吸了一口气，然后微笑了起来。

事实上，她的整个面孔都亮了起来，我又看到了照片上的那个女孩。

"我冒着风险给我们弄到了请柬。"她说道，"不过比起之后舞会上发生的事情，这些都不算什么。就是这场舞会，让我们撒了三十六年的谎……不过现在谎言结束了。"

36

艾琳－卢比

二〇一六年十月，魁北克东方镇区

梅用一种很奇怪的方式讲述着，好像她的身体里还有另一个人告诉她现在应该说什么，她的话把我带回了一九八〇年十月末的巴尔的摩。

"司机把我们放在了大宅的门口。门外车水马龙，车队简直看不到尽头。能被邀请来参加舞会的都是些显贵人物。门口处有两位迎宾小姐，她们一边验看着客人的请束，一边对照着宾客名单。我穿着一条紧身的半身长裙，上身穿着带花边的白衬衣，外面还有一件燕尾服，头上是一顶高高的帽子。萨莉－安外面穿着一件大大的罩裙，脸上还戴着黑色的羽毛面具。我们之所以选择这种穿着，是因为这样移动很方便，而且也容易带走我们之后要偷的东西。

"是你的妈妈提出了复仇的计划。我冒了很大的风险才得到请束，但是我已经不太记得具体日期了。很长时间以来，我都失去了记住日期的能力。

"我们走到了大厅里。大厅的面积很大，水晶吊灯把它照得如同白昼。大厅正对着一座很大的楼梯，上面放了红色的警戒线，禁止宾客进入。我们顺着人流，进入了一层的会客室。窗户边摆着丰盛的自助餐。一切都很奢华。大厅的最里面还有一个舞台，上面坐着六位演奏者，小步舞曲、回旋曲和小夜曲轮番响起。舞台的旁边就是壁炉，是由整块的石料垒成的。我从来没有见过如此奢华的场景。我羡慕地看着大厅中的人群。一个小丑正在亲吻着侯爵夫人的手，一个印度士兵正在和埃及艳后交谈，还有一位乔治·华盛顿站在那里自斟自饮。一个胡格诺派的教徒往杯子里倒入了太多的香槟，酒都已经洒出来了。还有《一千零一夜》中的王子，吃着鹅肝的苦行僧，带着大大的尖鼻子、吃鱼子酱的巫婆。亚拉伯罕·林肯则在亲吻着一位东方的宠妃。面具下的脸孔可能是任何人，即使是那些不受欢迎的人也不会被发现。

"一位美丽的歌者登上了舞台。她曼妙的声音吸引了所有人的注意力。萨莉－安利用这一机会，打开了书柜后的一扇暗门。暗门的背后是螺旋式的木质楼梯。我们上到了二楼，沿着走廊前进。因为走廊正对着楼下的大厅，所以我们一直都贴着内墙谨慎前行。我们经过之前我待过的那间会客室，我曾声称在那里等待维迪尔小姐。在这间会客室的不远处，就是萨莉－安父亲的办公室了。她让我站在门外放风，我听到她对我说：'往后站一点，要是有人抬头欣赏穹顶，就能看见你了。要是有人上来的话，就跟我一起到办公室里来。别担心，一切都由我来搞定，我不会耽搁太久的。'但是我还是很担心，因为我想结束这一系列冒险的行为，我也哀求萨莉－安不要再做下去了。我告诉她现在停手还来得及，我们不需要这笔钱，总会有别的解决办法的。但是她还是决定坚持到底，她对那份该死的报纸的爱还是要胜过她对我的爱。可能她实在太想复仇了吧。这也是我给你的建议，永远不要被愤怒左右，因为迟早你要承担因此而带来的后果。但是我还是乖乖地站在门外，给她放风。

　　"这个时候，你妈妈就在她父亲的小冰箱里翻找起来了，她从里面拿出了一个雪茄盒，放在桌子上，然后从里面拿出了保险柜的钥匙。接下来的几件事情决定了我们的一生，还牵扯到了别人。我总是不停地想起这些时候，因为只要其中任何一个环节没有发生，一切就都会不一样了，我今天也不会坐在这里。

　　"我知道自己的记忆力已经很差了，但是这个化装舞会，是我一辈子都不会忘记的。

　　"我说到哪里了？对了，我听到脚步声，就躲到了里侧。一个戴着红绶带的男人走上了楼梯，穿过了警戒线。他没有迟疑，我敲响了办公室的门，想提醒萨莉－安。她连忙关掉了灯，把我拉了进去。我就站在门的背后。你知道的，其实我也有别的选择，但是我没有做，因为我想保护你母亲。为了保护她，我决定轻轻地关上门，一个人迎了上去，想看看这个威尼斯人到底是谁。我希望这只不过是一个误闯进来的客人，或者是他只是想找个安静的地方打电话。我想或许我也可以使用同样的借口。但是在我开口之前，他就已经用一个不容置疑的声音问我在那里干什么。

　　"我实在太熟悉这个声音了。但是，我却保持了难得的冷静，也可能是我太想报仇了。事实上，这场化装舞会就是为他举办的。为了庆祝他的订婚，我也决定给他送上一份有毒的礼物，让他'受益终身'。

　　"我把手指放在了他的嘴唇上，对着他微笑起来。他很想知道这个匿名的女郎是谁。他告诉我，舞会在楼下举办，不会有人上到二楼来的，而且补充说如果我想参观他的房间的话，他可以给我引路。我不敢回答，怕一张嘴他就会认出我来。所以，我就在他的耳边低语了几句，然后就把他带到了旁边的会客室。我也不知道自己是怎么了。

"我把他推倒在沙发上，这让我觉得很好笑，他却根本没有反抗。他也不傻，他的未婚妻的化装不可能和我一样。我拉开了他裤子的拉链，把手伸了进去，感觉到他的欲望已经抬头了。我知道他喜欢什么样的把戏，一直在刻意迎合他，但是我还不满足于此。虽然我知道这是最后一次了，不过我还是要让他完全属于我。我的人生中有过很多男人，有一些人是我离他们而去，还有一些人离我而去，但他终归是不一样的。我就抬起了裙子，坐在了他的身上。不要评价我，你是在浪费时间，而且我也一点都不在乎。在这个世界上，再也没有比跟你爱或者你恨的男人做爱更快乐的事情了。我故意延长时间，我要压抑他的愿望，这样萨莉－安才有更多的时间完成她要做的事情。我怀疑她能从隔壁的房间那里听到我的动静，所以我就更肆无忌惮了。她和基斯背叛了我，现在我又为了她来到这里，所以我也是向她复仇，向她的父母复仇：他们选择了一个门当户对的女孩，却无视了我。我也是在向爱德华复仇，我让他在自己的订婚派对上背叛了自己的未婚妻。

"欢乐过后，他想要看看我的脸。但是我拒绝了。然后我就问他是不是喜欢我的礼物。你可以想象一下他听到我的声音之后是什么表情。他的眼睛里满是恐慌。我知道他害怕，害怕我到舞台那里，当着所有宾客的面把他的事情抖落出来。我温柔地吻了他，抚摸着他的面颊，告诉他不必担心。也许他的太太要过一段时间之后才能发现他是什么样的人，但是爱德华这辈子都会担心，他在订婚礼上出轨的事情被人捅出去。

"我让他回到未婚妻的身边，最好不要让别人看到我们一起下楼梯。我跟他保证自己会偷偷出去的，他不会再在晚会上看到我，在任何场合都不会。他扣上衣服，愤怒地离开了。我等了一会儿，就去旁边的办公室找萨莉－安。

"她看起来已经搞定了一切。她扣上了斗篷的扣子，里面就是她刚刚偷来的东西。她关上了保险箱的门，把钥匙放回原处，又把雪茄盒放进了冰箱里。

"我问她是不是拿到了想要的东西。她也问了我同样的问题。我们知道，刚才在两间相邻的房间里，我们都摧毁了斯坦菲尔德家族，只是采取不同的方式。

"临走之前，她拿了一瓶酒，把它放进了我的斗篷里，那是一瓶威士忌，我们打算之后用它来庆祝自己的胜利。她几乎已经醉了，很高兴自己终于完成了这个任务。《独立报》得救了。我们刚刚偷的钱足够支持它的运营了，就算是亏损我们也能撑上几年。

"舞会已经进入了高潮，我们在无人知晓的情况下走出了大宅。司机在等我们，把我们送回了公寓。"

梅沉默了，她的目光突然又散乱了下来，好像那些年的记忆又涌入了她的脑海。我不知道她是不是又失去了意识，是不是已经不记得我是谁了。但是她还是叹了口气，说我实在是太像我妈妈了。她站起身来，抢了旁边那位女士的扑克牌，问我会不会玩。

她赢了我一百美元。等到乔治－哈里森进屋的时候，她很巧妙地把钱藏了起来，对着儿子微笑了，就好像已经几个星期没有见过他一样。她还说，谢谢他愿意过来。

乔治－哈里森告诉我们，高蒂尔先生一到医院就去世了。

"我就跟你说，他过不了今年！可是你不相信我！"梅大声说道，脸上还有高兴的表情。

整个下午我们都陪在她的身边，但是她显得有点心不在焉。三点的时候，天晴了，乔治－哈里森带她去公园里散了会儿步。我利用这个独处的机会整理了一下她说的话，其中有很多关于我妈妈的信息，但是还是不知道乔治－哈里森的父亲是谁。我不知道该怎么告诉他，自己没有利用好这个机会，没能守住自己对他的承诺。

　　他们回来的时候，我跟他使了个眼色，他立即就明白这个他期待已久的机会也没能让他知道自己的父亲是谁。

　　过了一会儿，我们喝了茶，他告诉梅我们该离开了。梅拥抱了他，然后就轮到我了。

　　"我太开心你们又和好了，你们真是很好的一对。"她叫我梅拉妮，对我说了以上这番话。

　　我们来到了乔治－哈里森的卡车旁，我想了想，借口手机落在了阅览室里，得回去一趟。我让他等我一会儿，然后就朝着大楼跑去。

　　梅还是在她的沙发椅里，眼睛盯着高蒂尔先生坐过的那张沙发。

　　我走到她的身旁，打算孤注一掷。

　　"我不知道您是不是还清醒，但是如果您能听到我的话，请您听听我的建议。不要带着秘密进坟墓：他真的想知道自己的父亲是谁，看到他这个样子我也很想帮他。也许您没有意识到您给他带来了多大的痛苦？您有没有想过沉默其实也是一种伤害？"

　　梅转向我，脸上满是狡黠。

　　"谢谢你的建议，但是你别担心，亲爱的，我还没有进坟墓。要是他知道他的父亲是因我而死，会不会更难过？你看，并不是所有的真相都应当被说出来的，你要是还有问题就赶紧问我，我知道他在外面等你，别让他等太久。"

"我妈妈的信呢？您还留着吗？"

她拍了拍我的掌心，就像是在哄一个孩子。

"只有我一个人在写信，你妈妈不愿回复我。她只回过一次，跟我定了一个约会。对她来说，跟我通信是对她丈夫的背叛。她已经决定翻过这一页了。但还是有一次例外。那是我的错，当时你十四岁，你爸妈带你去西班牙玩……"

我当然记得这次旅行，爸妈只带我出过三次国：一次是去斯德哥尔摩，玛吉一直抱怨冷；一次是去巴黎，米歇尔吃甜点吃到几乎让他们破产；一次是去马德里，当时我被这座城市的美景震慑，暗暗许下心愿，成年后一定要周游世界。梅喝下了杯中的茶，继续说道：

"你们那次旅行的六个月之前，我写信告诉她我生病了。医生摘掉了我的一个乳房，不然情况可能会更严重。我想，要是我出了什么事情，就没有人能帮我照顾儿子。我知道自己没办法说服她，所以就想见她一面……最后，说实话，我其实就是要找个借口见她一面，看看她的家人。她同意了，但是不同意和我说话。星期天的时候，你们全家去丽池公园散步：有你爸爸、你妈妈、你哥哥、你妹妹，还有你，你们坐在喷水池旁边，看起来是很和睦的一家。其实当时，我和乔治－哈里森就坐在喷水池的另一边。但是我还是很开心，觉得这很值得我从大老远过来一趟。这次旅行也是我儿子童年最美好的记忆之一。我和你妈妈互相微笑了一下，不过我们的微笑中包含了很多的意味。后来你们很快就走了，她在喷水池边留下了一本线圈笔记本，那是她的日记，自从她在寄宿学校就开始写了。我们的故事都在上面：巴尔的摩的时光、报社的初次见面、搬迁到公寓、我们的朋友，尤其是基斯。看着她的日记，我感觉自己又回到了《独立报》创刊时的那段疯狂岁月，我们在水手咖啡厅度过的那些年少的夜晚，我们的希望和绝望。她甚至还提到了那场舞会，还有接下来发生的事情。但是日记在她离开美国的那一天就终止了，从那儿之后她再也没有记录自己的生活。"

"她为什么要去伦敦？为什么要同过去划清界限？"

"我已经没有时间和心情再跟你说了。这都是过往的事情。为什么还要再提起呢？你要让过往安息，你是在无意义地折磨你自己。你有很好的父母，留住关于母亲的美好回忆吧：萨莉－安是一个你不认识的陌生女人。"

"她的日记在哪里？"

我问得太晚了。梅已经失去了神志，目光也失去了焦点。她瞪了一眼坐在旁边偷窥的老人，对我笑了起来：

"我必须得告诉你我的儿子为什么会变成一个木匠。我很喜欢一个古董商。我是单身，他的婚姻不太幸福，要是我们能凑在一起，也算是互相取暖了。乔治－哈里森还是孩子的时候，就经常待在他的店里。因为我也没法儿拜托别人，所以皮埃尔就成了他的教父，教给他男人世界里的事情。我也很高兴。你看，其实我之前就认识一个木匠，一个特别出色的木匠。我的儿子出生之后不久，他还来看过我，希望我抛下一切跟他走，我真是一个傻瓜，我很后悔。唉，一切都太晚了。不要告诉他，乔治－哈里森一直以为是他自主选择了这个职业，他不喜欢受到母亲的影响，不过还能怎么样呢？男人就是这样，你知道的。好了，走吧，我已经说得够多了，如果你还不懂，那就是你比我想得更笨。"

"是您给我们写的信吗？"

"走吧，我得洗澡了。据我所知，你不是我的护士，要是真要换护上也得预先通知我一声。这个养老院还真是乱七八糟！"

这次梅是真的要走了。我有点生她的气，但我还是吻了她，想闻闻她身上的香水味。我慢慢地走到卡车那里，不知道该怎么告诉乔治－哈里森关于他父亲的事情。

"你找到了吗？"

"找到什么？"

"你的手机！我已经等了十分钟了，都开始担心你了。"

"走吧，我们得聊一聊。"

37

艾琳－卢比

二〇一六年十月，梅戈格

等到我们离开养老院的时候，夜幕已经降临了，天气比我们来的时候还要冷。也许我应当保持沉默，但是自我开始这段旅途以来，就开始厌恶家庭中一切形式的秘密。这不是一场容易开始的谈话，不过我还是决定碰碰运气。这还只是个开端，之后我还要跟米歇尔和玛吉讲述最近发生的事情。我要怎么在不背叛妈妈的前提下告诉他们真相？不过现在我的难题就在这辆卡车里，在驾驶座上。

乔治－哈里森听到他的父亲已经过世的消息，给出了一个让我惊讶的反应。他好像并不介意。我很着急地告诉他自己很遗憾，我不该把这个秘密告诉他的。但他只是咬了咬嘴唇，整个人出乎意料地冷静。

"也许我应该难过。不过事实上，我松了一口气。最难过的事情就是想象着他不愿意来看我，不知道我的存在，就像他的儿子的存在是可有可无的一样。但是现在他有借口了，我不能再责备他了。"

梅没有告诉我乔治－哈里森的爸爸是什么时候去世的，于是我什么都没说。

"在她说是她杀死了我的父亲的时候，她看起来意识清醒吗？"乔治－哈里森问我。

"她没有这么说，不是这种措辞。她说的是自己要为他的死亡负责，这可不是一回事……"

"你能给我解释一下这其中的区别吗？"他问道。

"当然很不一样！我们不知道当时具体的场景，有可能只是一个意外，她因此感到内疚，因为她没能陪在他的身边。"

"我觉得你太乐观了，不必如此为她辩护。"

"不，我不是这个意思。我能感到她爱着他。"

"那又有什么区别？激情犯罪就可以被原谅吗？"

"这能证明你是他们爱情的结晶，这不会让你好受一些吗？"

"谢谢你为我做出的努力。这让我很感动，但是你的说法太牵强了。她还爱过某个让、某个汤姆、某个亨利……"

"……还有某个皮埃尔……"我尴尬地补充道。

"什么？皮埃尔？"

"嗯，她好像爱过某个皮埃尔，他是个古董商……"

"谢谢你！我知道他是谁！"

"那你知道……"

"我当然知道！别用这种同情的表情看着我。我已经知道很久了，他们总是在互相调情。她会把我放在他的店里，然后又把我接走，皮埃尔有时候也会来家里找我。每次他经过妈妈身边的时候，都会快速地捏一下她的手；每次说再见的时候，都几乎亲在嘴唇上了。一个小男孩是不可能漏过这些细节的。但是我根本没有表现出来什么，因为在与她交往过的男人里面，皮埃尔是唯一一个不同情我的。恰恰相反，他每次提起我的母亲的时候，总是说我很幸运，能够完整地拥有她。而且他照顾我的时候，也从来没有表现过他想做我的继父。他让我很安心。你为什么要提起他？"

"因为我确信他知道很多你不知道的事情。"

乔治－哈里森打开了收音机，让我明白自己今晚已经说了太多话了。我们开了半小时，到了梅戈格之后，他关掉收音机问了一个问题：

"这里面好像有个问题。写信的人肯定知道我父亲已经死了，他好像知道一切关于我们的事情。那他为什么还要给我写信呢？"

我想到了一个答案，但是这个答案让我害怕。我想如果一个人不向你直接揭露事实，而是想让你自己去发现，这背后一定有什么企图。但是我没有告诉乔治－哈里森，不想让他担心，我今天已经说了太多话了。

他把车停进了车库。看到这座工作室里的房子，我终于又笑了起来。

乔治－哈里森打开了燃气灶，工作室里又暖和起来。我们在平台上吃了晚饭，他想要活跃气氛，可是我感到他内心还是有点伤感的。他整个人都显得特别孤独，这让我想起了自己的家人，于是也跟着伤感起来。

之前我似乎也并不是怕一个人被留在巴尔的摩的旅馆，而是害怕跟他分开。生活中已经有了太多的秘密和伪装，我不想再继续自欺欺人了。

等他睡下之后，我走进了他的房间，钻进了他的被窝里。

他转过身来抱住了我。我们没有发生肉体关系，今天他才刚知道自己的父亲已不在人世，我们应该为他父亲服丧。但是我们还是感到了一种前所未有的温柔，甚至比我们水乳交融的感觉还要美妙。

● ∞

第二天，我们一直泡在他的工作室里。他有一些活迟迟没有完成，我就坐在旁边看木匠是怎么干活的。车床是一种很有趣的工具，它就像一件乐器，能让木头奏出悦耳的音乐，变成希望的形状。看着一个人沉浸在自己的工作中是一件很有意思的事情。一会儿他又坐了下来，告诉我必须得好好打磨，才能确保榫头可以完美嵌入之前留出的凹槽里。后来我觉得有点无聊，他好像在跟我卖弄专业词汇，但是我还是假装很感兴趣。最后，他从各个角度端详了这个刚刚打好的柜子，把它装上车运到了古董店。

皮埃尔·特朗布莱正在看报纸。当我们推开店铺的门的时候，他一下跳了起来，接着就看到了我，激动之情简直溢于言表。他简直高兴坏了，一直要求乔治－哈里森介绍一下我。直到看到柜子之后，他的情绪才恢复正常，让我们把柜子搬到仓库里。

"你不把它摆在橱窗里吗？"

但是特朗布莱先生说可以先放起来，明天他要好好看一看。乔治－哈里森请他一起去丹尼斯嬷嬷那里吃饭，然后我就看到了那个十八世纪的角柜。我不是行家，但是还是能看出来这是出自大师之手的仿品，这几乎让我有点骄傲。我的反应还真是荒谬啊。

皮埃尔向我推荐了一道用当地水产做的马赛鱼汤，建议我配魁北克当地产的白葡萄酒。他一边骄傲地介绍这种酒，一边把酒给我们倒到杯子里。

喝过酒之后，他转向乔治－哈里森，开始向他解释其中的误会。

"我不想让你生气。但是我必须得告诉你，我是想让你给我做一个雪橇，而不是柜子。"

"嗯，"乔治－哈里森针锋相对，"我跟你问了无数遍关于我爸爸的信息，但是你从来没有告诉过我，应该也是不想说。我只好自己做了些调查，这让我浪费了很长时间。你知道那句谚语的，人不能同时在烤炉旁边和磨坊里，所以在我调查的时候也没有办法完成活计。你还是知足吧。我很久以来就在打这口柜子，今天下午还特意加了班，好让你有东西可卖。"

"好吧，"皮埃尔埋怨道，"我明白了，看来你请我吃饭并不是要把你的女朋友介绍给我，而是一个陷阱。"

"既然你什么都不知道，又怎么能算是陷阱呢？"

"好吧，"皮埃尔生气了，"不要让我在大家面前丢脸。我之所以什么都没有告诉你，是因为我没有这个权利。我答应过你妈妈的，人要守信。"

"你答应了什么？"

"只要她还在这儿我就得闭嘴。"

"我的皮埃尔，现在她并不在这里，你认识的那个女人现在可能连她自己是谁都不知道了。"

"我不允许你这样说自己的妈妈。"

"这是事实，你知道的，因为你老是去看她。你以为我看不出她房间里的家具是哪里来的吗？那个床头柜、门旁边的茶几、窗户旁边的沙发，你到底去了多少次，来改善她日常的生活环境？"

"这本来应该是你的任务。"

"我想如果是你来做这些，她会更高兴的。现在，求你了，回答我们的问题，在我跟你提到匿名信的时候你就该告诉我的。"

"回答你的问题？这和你女朋友有什么关系？"

"艾琳－卢比是萨莉－安的女儿。"乔治－哈里森回答道。

只要看看皮埃尔脸上的表情，就能明白他很清楚我妈妈是谁。乔治－哈里森告知了他我们目前的进展。等他说完之后，皮埃尔觉得自己有义务把接下来的故事告诉我们。

"盗窃案发生之后，你们的妈妈回到了公寓。她们把战利品藏了起来，然后就去酒吧找朋友喝酒了。据我所知，那是一场很棒的聚会。其他朋友都以为自己是在庆祝第一期《独立报》的面试，但是你们的妈妈是在庆祝自己的胜利，她们根本想不到报纸面世之后会引发什么样的后果。警察很聪明：保险箱上能提取到的指纹只有汉娜和罗伯特的，而且保险箱也不是被撬开的，所以他们就得出了两种可能的结论。要么就是小偷是工作人员之一，要么就是斯坦菲尔德一家根本没有被偷。这一家人根本就不缺钱，警察不认为他们会骗保。汉娜·斯坦菲尔德最担心的就是丑闻。在她那一行里，名声是最重要的。你们想想，经常有收藏家委托她保管一些价值连城的画作，要是他们知道汉娜家失窃了会是什么反应，所以她就没有跟警察提……你们的表情很奇怪，我有什么说得不对吗？"

乔治－哈里森和我都陷入了沉默。写信人的意思终于明朗了。我不知道该不该打断皮埃尔，但是乔治－哈里森开始问，到底丢失的是什么样的画。

"我唯一知道的事情就是这幅画引起了你们母亲间的争执。并不是因为这幅画有很大的价值，虽然它真的价值连城，而是因为它对汉

娜·斯坦菲尔德有着重要的意义。好像这幅画曾经属于她的爸爸。梅认
为萨莉－安正是因为这个原因才偷走这幅画的，她得出结论，萨莉－安
根本就不是想救《独立报》，而只是为了报仇。萨莉－安向她保证自己
根本不知道这幅画也在保险箱里，说直到打开保险箱才看见，根本没有
想就顺手拿走了。讽刺的是，很快《独立报》就面世了，看到那篇指责
斯坦菲尔德家族的文章之后，爱德华很快就想明白了其中的关节。他认
定梅是同谋，她肯定是为了偷东西才……"

"才什么？"乔治－哈里森问道。

"我们换种说法吧，因为爱德华当天晚上见过梅，所以他就在这几
件事情之间建立了联系，认为梅来到这里不光是为了毁掉他的订婚礼，
还有别的企图。再说他之前看到梅的地方离失窃的房间也不远。但是当
他看到这篇报道时，就明白自己的姐姐为了复仇什么都做的出来。在梅
和他……呃……争吵的时候，萨莉－安偷走了母亲最宝贵的画。你们明
白吗？需要我再说一遍吗？"

"不能再明白了。"我插嘴道。

我没有告诉乔治－哈里森当天晚上的一些细节，现在我很感激皮埃
尔也做了同样的事情。

"后来那幅画怎么样了？"

"我也不知道。梅也不知道，我可以向你们保证，梅从来没有拿过
那幅画。"

"她和妈妈住在同一所公寓里，怎么会不知道？"我问道。

"因为她们很快就不住在一起了。爱德华·斯坦菲尔德非常确定是
自己的姐姐做了这些事情，决定和她当面对质。爱德华对自己的母亲有
很深的感情。他知道妈妈并不在意那些债券，那只是一笔小钱，但是那

幅画很重要。几天之间，他都一直在跟踪两个女孩。她们在房间里写文章的时候，他就坐在车里从窗下监视。他还追踪梅，发现她去银行里卖债券，以还清供应商的货款。他紧跟着梅进了银行，在未被发现的情况下目睹了交易的全程。现在他有证据了。等到梅走出银行的时候，他还发现了另外一件事情：梅走到人行道上弯腰吐了起来。他本来以为这是因为梅紧张和害怕所导致，但是接着，她从出租车上下来之后，又开始了呕吐。梅回了公寓。爱德华停好车子走了上来，接下来就是激烈的对质。爱德华让她们立即把赃物交出来，不然就要向警察告发。刚刚那个银行的柜员可以做证，他一定还记得梅的长相，她们两个人都要在监狱里度过余生。梅没有让萨莉－安解释，立刻回到房间把所有的债券都拿了出来。直到爱德华询问画的下落的时候，梅才知道有关画的事情。他们争吵起来，萨莉－安骂了爱德华，梅也生了萨莉－安的气。萨莉－安拒绝归还画作，爱德华就问她要是母亲进了监狱，孩子该怎么办。萨莉－安还不知道梅怀孕的事情，这个消息对她也无异于晴天霹雳。三个人都在互相指责。这个时候，萨莉－安看到梅没有否认自己怀孕的消息，突然想明白了孩子的父亲是谁。她拿起了藏有画的盒子。"

"爱德华是不是很震惊？因为他就是孩子的父亲？"乔治－哈里森问道，他的嘴唇都发抖了。

"是的。"皮埃尔叹了一口气。

"那你怎么从来都不告诉我？为什么让我等了这么久？"

"因为之后发生的事情，"皮埃尔垂下了眼睛，"但你还是好好想一想吧，到底是不是希望我继续说下去。一切都已经过去了，你妈妈从来都不想告诉你真相，其实是有原因的。"

"好了，皮埃尔，你可以走了，我知道是她杀了爱德华。"

"老伙计，你什么都不知道，你还是好好考虑一下。"

我握住了乔治－哈里森的手，使了如此之大的力气以至于他的指节都泛白了。我想也许应该让皮埃尔停下来。但是站在乔治－哈里森的立场上，他怎么会不想得知真相呢？

乔治－哈里森点了点头，皮埃尔继续说了下去。

"爱德华离开了公寓，他本来应该闭嘴的，但是——原谅我这么说——这真是个浑蛋。他站在外面的楼梯上，对今天的结果感到不平，最后张口威胁道，要是梅不去流产的话，他一定会把她们两个人都送进监狱的。他还轻蔑地说，他的姐姐只是个养女，是个假的斯坦菲尔德，有鉴于她之前做的事情，她将失去一切：她是个杂种，毁掉了自己的婚礼。他还说自己已经很仁慈了。总比母亲进监狱后，孩子要进社会福利院好得多。萨莉－安有很多缺点，但她不是一个容易屈服的人。她立即冲了上去，给了爱德华几拳。爱德华还了手，不过也因此失去了平衡，从楼梯上滚了下去。那个楼梯很陡，平时走的时候都要冒生命危险。他摔断了脖子，死神正在楼梯下面等着他。"

皮埃尔又抬起了头，看着乔治－哈里森，想知道他的反应。他的脸上满是焦灼和担心，但是乔治－哈里森什么都没说。皮埃尔就把手放在他的手上，郑重地道了歉。

"你怪我吗？"他很担心。

乔治－哈里森打量着他。

"我没有父亲，这样就挺好的，但是我有一个很好的母亲，我还有你，我的皮埃尔。这已经够了。我不会像一个忘恩负义的人一样抱怨生活。"

皮埃尔付了账。我们走回了他的店面，之前我们把卡车停在这里了。我们本来已经打算告别了，皮埃尔却示意我们等一下。他打开了办公桌上的一个抽屉，拿出了一本很老的线圈笔记本，就像小学生的作业本一样。

"我向你们发誓，我从来没有看过。是你的妈妈把它交给我的，"他看着乔治－哈里森，"但它其实是您母亲的日记，"他又转头看向我，"我不希望生活中还有其他秘密了，它就交给你们了。"

●　◍

夜已经深了，乔治－哈里森开着车，车的大灯照亮了整条街道，我们回到了他的工作室。我的膝盖上放着妈妈的日记，可是我没有勇气打开它。

38

艾琳－卢比

二〇一六年十月，梅戈格

这一夜，我又睡在了乔治－哈里森的身边。他闭上了眼，让我能安静地阅读妈妈的日记。

整个夜晚我都在看这本日记。透过这些文字，我理解了妈妈那些年在英国寄宿学校里的痛苦：她在宿舍里夜不能寐，对自己两次被抛弃无法释怀。但是在她遇到我的爸爸之后，整个日记的语气都欢快起来：他们一起在伦敦的俱乐部里唱着披头士的歌。他们在一起三年，她甚至觉得自己找到了幸福。但是我明白她为什么会回巴尔的摩，因为她真的希望能够和家人修复关系。她在报社当过校对员，出于对自由的渴望也冒过险。我们真的很像。在她这个年纪，我开始周游世界，试图在他人的世界里找到自己熟悉的东西。我看到了她为报纸付出的努力，还有她后来在情绪的控制下进行了怎样的复仇。

我一夜未睡，第二天早上的时候，我终于看到了最后几页。我叫醒了身边这个睡着的男人，让他和我一起看，因为这和他也有着密切的关系。这几页是妈妈写给梅的。

一九八〇年十月二十七日

亲爱的日记，这是我为你写的最后一段话了。

当时，我们终于鼓足勇气下了楼梯，彼此都以为我的弟弟已经死了。梅意识到他还有呼吸。所以我们以为自己还没有犯下不可弥补的错误。我们把他带到车上，送进了医院。等到有医务人员接手之后，我们就像小偷一样逃走了。整个夜里，我都在给医院打电话，医生告诉我已经没有希望了。爱德华的脖子断了，他还有呼吸就已经是一个奇迹了，但是只要撤下那些维持他生命的仪器，他就会立刻离开人世。我们终于从理想主义的小偷变成了真正的罪犯，虽然这只是个意外。

第二天早上，梅把爱德华开的那辆车驶进了码头附近的水域。我们看着它沉入海底。没有人知道他当时是过来找我们的，缺少了这份直接证据之后，就不会有人知道是我们犯了罪。

已经到中午了，我接到了妈妈的电话。她要求我立即去见她。我最后一次骑上了那辆凯旋摩托车。

妈妈在医院大堂里等我，她在照看弟弟。我想看看他，但是妈妈拒绝了。我本想向她承认一切，也做好了接受一切后果的准备，我要把那幅画还给她。但是她没有给我时间，而是命令我闭嘴，说了以下一番话：

"滚吧，趁着别人没有发现之前离开这个国家，再也不要回来了。昨天夜里我失去了自己的儿子，不想再把女儿送进监狱。我知道的，我什么都知道，因为我是一个母亲。护士告诉我是两个女孩把爱德华送来的，我就已经想到了最坏的结果，看到你出现我就都明白了。我没有告诉你碰面的地点，但是你还是找到我了。要是还没弄的话，赶紧处理掉我的车，然后就和它一起消失。"

妈妈走了，她非常痛苦，现在只剩我一个人了。

我离开医院，又回了一次公寓。梅不在家。我去了银行，兑换了妈妈上次给我的支票。我看到了朗达的老公，就把《窗边的少女》交给了他，让他帮我存到之前租下的保险柜里。他没有问任何问题，就让我填了一堆表格。我不想带它一起走，我不想再看到这个女孩，更不想去想她的命运，还有我弟弟的命运。我走出了银行，立刻买了一张飞机票，把剩下的钱放在一个信封里。我要把它放在床头柜上，希望梅能看到它，这些钱可以帮助她在加拿大安顿下来。

● ☉☉

我的爱人，这是我给你写的最后一段话了。

我回了公寓，这次你正在家等我。我告诉了你我的决定。我们说了很多话，最后还无声地哭了。你准备了自己的行囊，又给我打好了包裹。

你睡着的时候我就离开了。我不想跟你说再见，那是在欺骗你。床头柜上有所有的债券，希望你能重建之前被我毁掉的生活。亲爱的，你现在还怀着孕，你腹中有一个孩子，虽然我没有和他一样的血脉，但是他是我们这段岁月的见证人。以后还是由你告诉他我们的故事吧。

不要为我担心。伦敦有人在等我，我可以依靠他。我希望可以这样吧。就是因为他，我才经常在你耳边放披头士的音乐，我知道你只喜欢滚石乐队的。

　　这是我跟你说的最后一些话了。我不想欺骗任何人。如果你的孩子愿意原谅我的话，请你替我用尽全部的力气来爱他，让他幸福。

　　你也要幸福，让你的孩子过上最幸福的人生。我在你身边度过了人生中最快乐的几年，不管在我们身上发生过什么，你都会永远住在我心里。

萨莉－安

这是妈妈日记的最后一页。太阳已经升起来了。乔治－哈里森递给我一件毛衣，我们去森林里走了走。

39

艾琳－卢比

二〇一六年十月，梅戈格

我给米歇尔打了电话，询问他近况如何。我比任何时候都要想他。趁着通话的时候，我问他妈妈是不是跟他提过一家银行，她在那里存了一幅画。他告诉我我的话很不符合逻辑。为什么要把画放在保险柜里？画被创作出来就应该挂在墙上。我没法儿找到合理的解释。然后他就问我是否找到我要找的东西了，我看着乔治－哈里森，告诉他我找到了之前没有预料到的东西。他立刻告诉我，这种事情偶尔会发生的，他在书上看到过，很多科学发现其实都是偶然的结果，虽然偶然本身是一件不太科学的事情。图书馆里有两个读者，在人流量这么大的情况下，他不能一直打电话。但是他保证会替我亲吻玛吉和爸爸的，然后让我发誓之后会自己给他们打电话，自己亲吻他们。

乔治－哈里森正在卡车前面等我。我们锁上了他的工作室，重新上路。夜晚之前我们就赶到了巴尔的摩。

第二天，我们去见了夏洛克教授，履行了之前的承诺。我们把我们的发现告诉了他，嗯，我们还是隐瞒了一些细节，因为这些事情根本就和他没有关系。我们希望这能让他满意，随后就问他知不知道可能会是哪家银行。我们的问题让他很生气，他拿出自己的手稿，把我们当成废物一样对待。

"这里不是写着呢吗！你们要认真一点。斯坦菲尔德家族是巴尔的摩商业银行的股东，现在这家银行还在呢！电话簿里就有银行的地址。你们真的允许我出版这个故事吗？"

"前提条件是您回答我的问题。"我说道。

"我听着呢。"他好像更愤怒了。

"您是写匿名信的人吗？"

夏洛克指着办公室的门。

"现在就离开！你们真是太可笑了！"

我们去了银行，柜员很热情地接待了我们。不过他告诉我们，要是我们想打开保险箱，就必须得证明我们是保险箱的主人。我向他解释了很久，说保险箱是我妈妈租的，她已经去世了，可是他还是不能接受。他说，我只需证明自己是妈妈的法定继承人就可以了。我把我的护照拿给他看，整个对话就变成了卡夫卡式的荒诞。我叫多诺万，但是妈妈开这个保险柜的时候用的是原来的姓氏，而且她到了英国之后还改了名字。恐怕就算是爸爸给我寄过来他们的结婚证明，也不能说服这个职员了。

为了摆脱我们，他告诉我们唯一有权力进行特批的就是银行的总行长。他一个星期只过来两次，不过后天应该会过来一趟。他还补充说，就算找到总行长也没有任何意义，克拉克先生是个坚守信条的摩门教徒，他不会允许这样的例外的。

"您是说克拉克先生？"

"您难道听不到吗？"柜员叹了一口气。

我请他告诉总行长，萨莉－安的女儿来了，而且要是克拉克夫人还在的话，应该还记得她和萨莉－安一起创办过一份报纸。相信克拉克先生一定会愿意见我们的。我在一张纸上写下了我的手机号、我们的旅馆地址，甚至还说要把我的护照留给柜员。他留下了这张纸，拒绝了我的护照，告诉我只要我们马上离开，他就会把这张纸交给行长。

"我觉得我们不可能成功。"乔治－哈里森说道，"他说自己的行长是个坚守信条的摩门教徒……"

"你再说一遍！"

"对不起，这只是个比喻，我对摩门教徒没有敌意。"

我吻了乔治－哈里森，他根本没明白我为什么这么高兴。我突然想起了玛吉和爸爸之间的对话。当时玛吉正在爸爸的家里找东西，爸爸把她逮了个正着。

"一个摩门教徒不会否认其他摩门教徒的工作吧？"

"你喝醉了？"

"之前摩门教徒致力于重建家族谱系，他们十九世纪末期的时候还在犹他州建立了一个家族谱系研究中心。他们从美国开始研究，最后还把研究扩散到了整个欧洲，跟各个国家的政府签订了互换公民资料的合同。他们从未停止过工作，一直到现在还在制作相关的电影。"

"你是怎么知道的？"

"这是我的职业。爸爸之前也摆脱过他们，不过他动了手脚，让家族树停在了他和妈妈那里。但是现在我可以要求把整个族谱都给我发过来。"

没有用太长的时间，我就找到了我想要的资料。摩门教徒也现代化了，只要我在他们的网址上输入我和父母的身份信息，整个家族谱系就出现了，我也可以知道自己的祖先是谁。我决定再去会会那个柜员，不过恰在这时我接到了克拉克先生秘书的来电。

他答应后天在办公室里见我。

●　◎

我来到了克拉克先生的办公室，一时不知道面前哪个人或物的历史要更悠久一点：是克拉克先生，是他的秘书，还是他的办公室？

我们坐到了两张表面已经损坏的皮沙发上。克拉克先生穿着西装三件套，还带着领结。他已经秃顶了，但是他鼻尖上的长方形眼镜和白胡子让他看起来非常和气。他一直在倾听，然后看了看我拿给他的材料。他认真研究了我递给他的族谱，重复了三次"我明白了"，然后我屏住了呼吸。

"事情有点复杂。"他说道。

"有什么复杂的？"乔治－哈里森问道。

"族谱并不是官方材料，但是它能证明您的出身。您说的那个保险柜只在三十六年前被打开过一次，之后就再也没有人动过它。只要再过几个月，它就要被宣布成无主保险柜了，里面的东西也将归银行所有。您可以想想，突然有人出现自称是保险柜的主人，我得有多惊讶。"

"但是您面前就有证据，能证明我就是萨莉－安·斯坦菲尔德的女儿。"

"当然，我同意您的说法。而且您和她长得很像。"

"这么多年过去了，您还记得我的母亲？"

"您知不知道，在这些年里，我的太太因为当年那笔贷款责备了我多少次吗？您知不知道她每次都要说，要是我敢于反对信贷委员会的意见，一切悲剧就都不会发生？您知不知道，这些年来，您的母亲一直都间接降低了我的生活质量？嗯，我还是不要再说了。"

"所以您知道之后发生的事情？"

"在弟弟出事之后，她抛下了父母，去国外定居了。所有和斯坦菲尔德家族来往密切的人都这么说。"

"您认识汉娜吗？"

克拉克先生点了点头。

"这是个了不起的女人，"他说道，"医生们都无法说服她。一个真正的圣人。"

"说服她做什么？"

"拔掉维持她儿子生命的仪器。她花光了所有的钱，就是为了儿子能接受最好的治疗。她一幅幅地卖掉了所有的画，最后还有那栋大宅。后来她就搬到了一个小公寓里，每天都在诊所里照顾儿子。她希望能有一个奇迹，但最后奇迹也没有发生。所有的现代仪器也没能让她的儿子重返人世。她牺牲了一切，儿子死了之后，她也消失了。"

"爱德华存活了多久？"

"十年，或许更久。"

克拉克先生推了推眼镜，用手绢擦了擦额头，清了清嗓子。

"好了，说回您的事情。您知道的吧？族谱上还有您的哥哥和妹妹，他们都是斯坦菲尔德的后人，也就是您母亲的继承人？"

"当然。"

"租赁合同上说得很清楚，她本人，或者是她的任何一个孩子都能打开保险柜。"

克拉克先生拿起了族谱还有合同。他把东西递给了隔壁房间里的秘书，自谈话开始，他的秘书就一直坐在自己的办公室里，半开着门，就好像克拉克先生需要一个证人，来证明自己没有徇私舞弊。

秘书很快就回来了，她点了点头，示意事情都已经办妥了。

"走吧，我们一起过去。"克拉克先生说。

我们上了一部电梯，现在只有在黑白电影上才能看到这种古董电梯了。电梯的门是栅栏，手柄甚至还是木质的，这给乔治－哈里森留下了很深的印象，我想他回去之后应该会试着自己做一个。

保险柜在一个很大的房间里。克拉克先生让我们在旁边的小房间里等一等。我们和他的秘书坐在一起，这位年长的秘书还对我们笑了一下。

克拉克先生很快就回来了，手里是一个盒子，外面还有一层保护层。

他把盒子放在屋子中央的桌子上，往后退了几步。

"你们可以打开盒子了，我只是保管人。"

我们小心地解开保护层，仿佛里面装的是圣人遗骨，从某种意义上说，的确是的。

乔治－哈里森打开了锁，我打开了盒盖。

《窗边的少女》出现在我们的面前。少女面部的光线是如此自然，我们几乎以为是太阳照到了画里。

我又想起了另外一位少女，她看着窗外的父亲，父亲正在和一位年轻的美国军人聊天。我想象着他们那场惊心动魄的逃亡，想象着那些帮助过他们的人，想象着那位慷慨助人的英国画商，想象着他们中央公园附近的公寓，想象着我初被领养的母亲，想象着她的弟弟，所有人的命运都被这幅霍珀的画联系了起来。

克拉克先生和他的秘书很谨慎地靠了过来，欣赏着这幅画。他们似乎也看得出神了。

"您打算今天就把它带走吗？"克拉克先生问道。

"不，"我回答说，"在这里更安全。"

"好的，我会把合同上的名字换成您的，更新一下日期，然后再给您复印一份。请您在那边等一会儿，我的秘书会带给您的。"

我们又坐着电梯上去了。之后，我们等了大约十分钟，他的秘书给我们拿来了一个信封，上面写着我的姓名。交给我之后，她热情地告诉我，千万不要弄丢这个文件。她在这里工作了一辈子，这还是克拉克先生第一次特事特办，恐怕之后也不会有类似的事情了。她又给了我们第二个微笑，就回去工作了。

●　∞

我们去水手咖啡厅吃了午饭，这倒不是一场朝圣，只是想看看我们之前会面的地方。餐桌上，乔治 - 哈里森问我打算如何处理这幅画。

"把它给你，它是你的。只有你身上才流着山姆和汉娜·戈登斯坦的血。我妈妈只是个养女。"

"你看我不是很高兴吗？"

"你很想拿回画？"

"那幅画很美，但是我并不在乎。是不是收养的又有什么关系呢？孩子就是孩子，你妈妈是这幅画的合法继承人。"

"那你在高兴什么？"

"高兴我们没有任何血缘关系，我不想让你回英国，至少不会让你一个人回去。"

我也不想走，但是我可以一直等到机场的，等到他阻止我登机。

"我知道的。"我骄傲地说。

"不，你不知道。另外还有一件事情我们永远不会知道：谁是写信的人。"

●　◎◎

我们回到了卡车上。我从口袋里拿出了克拉克先生的秘书给我的信封。我的目光落在了信封外面的笔迹上，看到我的姓名是如何被书写的之后，我的表情都明媚了起来。字迹很美，非常美，就像在学校练过的字帖一样美丽。

我明白了，明白了所有的事情，我笑了起来。

在一个交通信号灯处，我转向乔治－哈里森，让他看信封。

"夏洛克说得不对，汉娜没有自杀。她的车是我们的母亲弄到海里去的。"

"我不明白。"

"克拉克先生的秘书就是她，她是汉娜！"

40

一小时以前，克拉克先生的办公室。

"您满意吗？"克拉克先生把汉娜送到银行的门前。

"是的，我很满意。我父亲的画又重见天日了，我履行了之前对他的承诺：永远不卖这幅画，永远把它留在家人的手里。而且我现在还见过自己的孙子孙女了。因为这样，我之前寄的那几封信都是值得的，哪怕为这个专门去了加拿大。我会永远感激您，感激您为我做的一切。"

"您为什么不表露身份呢？"

"他们已经做了这么多的事情。我很确定，如果他们想见我的话，知道可以在哪里找到我。"

汉娜向克拉克先生挥手告别，准备去坐大巴车。克拉克先生目送她在人行道上远去，她挺直的背影这些年来从没有改变过。

尾 声

二〇一七年一月一日，雷·多诺万开始节食：他马上就得挤进那件燕尾服了。

二〇一七年四月二日，艾琳－卢比和乔治－哈里森在克里登注册结婚。仪式很成功。玛吉和弗瑞德分手了，她继续攻读法学学业，下定决心要成为一名律师。很快，她又换了专业，去读了兽医。

婚礼的当天晚上，薇拉和米歇尔宣布他们要搬到布莱顿去。他们在期待一个新生命，那边的环境要好一点。

没有人知道，婚礼的当天，汉娜就坐在最后一排。她还利用这个机会去女儿的墓上祭拜了一次。她看着满堂的儿孙，满意地离开了。

二〇一七年四月二十日，夏洛克教授出版了一本书，题为《最后的斯坦菲尔德》。他的著作取得了很大的成功……不过成功的范围仅仅局限于他赠送过样书的同事。

艾琳－卢比和乔治－哈里森搬到了梅戈格。他们的房子就在工作室的里面。

梅见到了她的孙子，山姆。

山姆的卧室里挂着一幅霍珀的画，恐怕再也不会有第二个小男孩有这样的待遇了。

晚上，睡觉的时候，他偶尔还会对那个坐在窗边的女孩说晚安。

图书在版编目（CIP）数据

最后的斯坦菲尔德 /（法）马克·李维（Marc Levy）著；章文译.—长沙：湖南文艺出版社，
2018.5
ISBN 978-7-5404-8603-7

I. ①最… II. ①马… ②章… III. ①长篇小说—法国—现代 IV. ①I565.45

中国版本图书馆 CIP 数据核字（2018）第 051766 号

著作权合同登记号：图字 18-2017-266

La dernière des stanfield by Marc Levy

Copyright © Marc Levy / Versilio，2017

Published by arrangement with Susanna Lea Associates through Bardon-Chinese Media Agency.

Simplified Chinese translation copyright © 2018 by China South Booky Culture Media co., Ltd.

ALL RIGHTS RESERVED

上架建议：畅销·外国文学

ZUIHOU DE SITANFEIERDE
最后的斯坦菲尔德

作　　者：［法］马克·李维（Marc Levy）
译　　者：章　文
出 版 人：曾赛丰
责任编辑：薛　健　刘诗哲
监　　制：蔡明菲　邢越超
策划编辑：马冬冬
特约编辑：温雅卿
版权支持：辛　艳
营销支持：李　群　张锦涵　傅婷婷
版式设计：张丽娜
封面设计：利　锐
出版发行：湖南文艺出版社
　　　　　（长沙市雨花区东二环一段 508 号　邮编：410014）
网　　址：www.hnwy.net
印　　刷：三河市中晟雅豪印务有限公司
经　　销：新华书店
开　　本：880mm×1270mm　1/32
字　　数：262 千字
印　　张：11
版　　次：2018 年 5 月第 1 版
印　　次：2018 年 5 月第 1 次印刷
书　　号：ISBN 978-7-5404-8603-7
定　　价：46.80 元

若有质量问题，请致电质量监督电话：010-59096394
团购电话：010-59320018

您可以在以下网站搜寻到所有关于马克·李维的消息

www.marclevy.info